COMÉDIE D'AUTOMNE

(*La vie poétique, 6 et fin*)

DU MÊME AUTEUR

Le livre des morts :

Les champs d'honneur, Éditions de Minuit
Des hommes illustres, Éditions de Minuit
Le monde à peu près, Éditions de Minuit
Pour vos cadeaux, Éditions de Minuit
Sur la scène au ciel, Éditions de Minuit

La déposition du roman :

L'invention de l'auteur, Éditions Gallimard
L'imitation du bonheur, Éditions Gallimard
La femme promise, Éditions Gallimard

La vie poétique :

Comment gagner sa vie honnêtement, Éditions Gallimard
Une façon de chanter, Éditions Gallimard
Un peu la guerre, Éditions Grasset
Être un écrivain, Éditions Grasset
Kiosque, Éditions Grasset

Manifestes littéraires :

La désincarnation, Éditions Gallimard
Misère du roman, Éditions Grasset

Essais :

Tout paradis n'est pas perdu, Éditions Grasset
La splendeur escamotée de frère Cheval, Éditions Grasset
Manifestation de notre désintérêt, Éditions Climats
L'avenir des simples, Éditions Grasset
La constellation Rimbaud, Éditions Grasset
Qui terre a, guerre a, Éditions Grasset

JEAN ROUAUD

COMÉDIE D'AUTOMNE

(*La vie poétique, 6 et fin*)

BERNARD GRASSET
PARIS

Photo de la bande : © JF Paga.

ISBN : 978-2-246-80382-9

« À la joie que j'ai toujours éprouvée en sortant d'un château, il est évident que je n'étais pas fait pour y entrer. »

CHATEAUBRIAND,
Mémoires d'outre-tombe

Ses manières courtoises, un peu surannées, détonnaient dans le quartier populaire de la rue de Flandre. Jamais il ne saluait une femme sans ôter sa casquette de tweed, ni l'hiver ne serrait une main sans retirer son gant. Il s'effaçait toujours au moment d'entrer sous l'auvent du kiosque si quelqu'un se présentait en même temps que lui, et d'un geste du bras cédait volontiers son tour. De même proposait-il spontanément ses services pour se saisir d'une revue glissée dans un casier haut perché, que réclamait un client aux bras trop courts, évitant au vendeur de journaux de sortir de sa cahute avec son escabeau pliant, car il était assez grand, ce qui ne se laissait pas deviner au premier coup d'œil tant il marchait le corps penché en avant, comme on aime à se représenter les penseurs, ou les gens porteurs d'une histoire trop lourde, ou les myopes qui perdant l'habitude de regarder au loin prennent pour repère, non l'horizon qui est la zone des brouillards, mais ce chemin de relative netteté à leurs pieds. Avant de reconstituer par morceaux la fresque de sa vie essaimée au long des sept années de nos conversations au kiosque, le plus probable était d'attribuer à la myopie sa démarche pensive.

Les lunetiers n'avaient pas encore obtenu cet affinement des verres qui évitera bientôt aux myopes de donner l'impression de regarder le monde à travers des fonds de bouteille, et nous de les dévisager comme si nous les apercevions dans des jumelles retournées tant leurs yeux rapetissent derrière une double épaisseur de verre. Parfois, pour déchiffrer des caractères qu'il ne parvenait pas à lire, il lui arrivait de retirer ses lunettes et d'approcher le journal à quelques centimètres de ses yeux. La myopie autorise cette vision rapprochée quand la presbytie demande des bras interminables, mais dans son cas, et bien qu'il ne fût pas jeune, il ne restait plus beaucoup de distance entre la feuille de papier et son visage. Débarrassé de sa monture aux branches métalliques dorées, c'était un autre homme alors qui apparaissait. Paupières plissées, sa figure au teint parcheminé semblait privée de relief. On distinguait à peine la couronne blanche de ses cheveux coupés ras. Et cet effet monochrome était accentué par sa calvitie protégée du soleil par sa casquette, que son geste d'approcher le journal de ses yeux l'obligeait à retirer en même temps que ses lunettes. Ce n'était évidemment pas un homme d'extérieur, et ses mains, quand il venait déganté à la belle saison, ne dénonçaient pas non plus une vie de rude labeur. On les imaginait plutôt tournant délicatement les pages et glissant un signet avant de refermer l'ouvrage. Ce qui s'imposait immédiatement à l'esprit quand on avait la chance de converser avec lui.

C'était un homme d'une vaste érudition. Son apparence physique et vestimentaire le renvoyait à cette figure du lettré telle qu'on la concevait encore à cette époque, nourrie d'humanités et férue d'histoire, du moins de cette conception particulière de l'histoire qui s'autorisait un saut de plus d'un millénaire entre l'effondrement de l'Empire romain et le Grand Siècle, l'entre-deux étant perçu comme une zone de ténèbres. Ce qui eût suffi, cette imagerie, à l'asseoir sur le banc d'une bibliothèque poussiéreuse au milieu de livres à reliure de cuir, s'il n'avait marqué un intérêt passionné pour l'actualité du monde qu'il suivait avec assiduité et sur laquelle il livrait des commentaires d'une grande sagesse politique. Il disait consacrer chaque jour deux heures pleines à la lecture de son quotidien du soir, de la première à la dernière ligne, annonces nécrologiques comprises, dont la formulation et parfois les noms lui rappelaient son milieu d'origine, ce qu'il confia plus tard en même temps que son goût pour la généalogie.

Cette attention méticuleuse aux événements, pour peu qu'on cherche à en démêler les tenants et les aboutissants, exige du temps et une large disponibilité d'esprit, difficilement compatible avec des horaires surchargés et les mille contraintes d'une vie de travail. Mais du temps, visiblement il en avait. Un temps choisi, non imposé par les vicissitudes du marché de l'emploi. Pas une seconde on ne l'imaginait en chômeur de longue durée dont il ne partageait pas l'air abattu et résigné, presque honteux, celui-ci s'approchant timidement du kiosque, rôdant autour des journaux de petites annonces, demandant la permission de les consulter faute d'avoir les moyens de les acheter, recopiant après autorisation du marchand celles qui lui semblaient correspondre à ses qualités, et replaçant le quotidien replié d'un geste las dans son casier, tout en affichant déjà son renoncement quant à la probabilité que sa prochaine démarche fût couronnée de succès.

Il y avait parfois des surprises au kiosque, mais d'une manière générale les gens achetaient ce à quoi l'on s'attendait. Le système de classes se laissait lire assez facilement. Comme le quartier était majoritairement populaire avec sa foule d'immigrés et d'exilés, les lecteurs du *Monde* tendaient à se distinguer par leur mise, leur esprit, leur vocabulaire. Ils avaient parfaitement conscience par le choix de leur « quotidien » de constituer une sorte d'élite intellectuelle, répugnant à choisir un autre journal quand leur favori manquait, au lieu qu'un habitué du *Parisien* ne voyait pas de grandes remises en cause idéologiques à se rabattre sur *France-Soir*, de même que les turfistes haussaient les épaules d'un air d'indifférence quand on leur proposait par défaut une autre feuille de pronostics. Celle-là ou une autre, tous des menteurs, concluaient-ils.

Le complexe immobilier des Orgues de Flandre, dont la plus haute tour s'élève à plus de cent mètres et qui avait été achevé quatre ans avant l'installation du kiosque, abritait en majorité des fonctionnaires qui ne se seraient pas risqués jusqu'alors à investir dans un arrondissement vétuste et aux rues peu sûres. C'est pour les attirer qu'on avait créé cet ensemble. Ils étaient des sortes de pionniers, préparant et annonçant dans un fort avancé de béton l'embourgeoisement intégral de la capitale. Sans doute pour les convaincre avait-il d'abord fallu les rassurer. Les bâtiments forment une enceinte quasi close et on y entre par la porte dite des Flamands. Datée de 1850, vestige d'une ancienne cité ouvrière, cette arche ressemble, en moins volumineux et dépouillée d'ornementation, aux portes Saint-Martin et Saint-Denis. Il avait été question de la démolir mais un reste de mauvaise conscience avait conduit à la déplacer de quelques mètres et à l'intégrer de force dans le nouvel ensemble. Ce qui correspondait assez bien à la place que l'on entendait réserver désormais à la classe ouvrière, sorte de témoignage ancien d'un peuple en voie de disparition, comme on aime à donner des noms indiens aux rivières d'Amérique. Dans cette configuration de ville fortifiée, il ne manquait à cette porte que le pont-levis et la herse.

Les lecteurs du *Monde* témoignaient d'un parcours professionnel dont ils devaient considérer eux-mêmes qu'il était réussi. Il avait répondu aux vœux des parents d'offrir une situation meilleure à leurs enfants, ce qui était le leitmotiv ressassé de génération en génération depuis que les études, le savoir et les diplômes donnaient le sentiment qu'il était possible d'échapper à une condition sociale inférieure. Mieux qu'hier et moins bien que demain. L'avenir était à ceux-là. Manquait l'héritage qui aurait permis de s'installer dans les beaux quartiers mais avec le temps on pouvait espérer réussir ce saut de classe en capitalisant sur ces friches pionnières du 19e arrondissement.

Ils se vivaient comme la pointe éclairée du socialisme auquel *Le Monde* sous le bras tenait lieu de petit livre rose. Aussi longtemps réformistes que les changements de la société allaient selon leurs vœux et sans rien remettre en cause de leurs aspirations à un meilleur confort de vie. Comme il faut une anomalie à toute règle, notre ami à la casquette de tweed semblait, lui, dans son imper Burberry que dénonçait le revers écossais de son col, avoir parcouru le chemin inverse. Ce n'était pas l'ascenseur social qui l'avait conduit là au milieu d'une population bigarrée, laquelle n'était pas en mesure de percevoir dans ses manières exquises les signes d'appartenance à une classe supérieure dont elle n'avait même pas idée. Ce grand bourgeois était sans doute le seul à ressentir l'écart qu'il y avait entre sa naissance et son lieu de vie.

Son comportement aussi précieux que désuet eût sans doute intrigué de la même façon dans les arrondissements huppés, mais au moins là-bas l'aurait-on interprété comme la survivance d'une communauté disparue. Ce qui n'est pas certain non plus au milieu des parvenus et d'un monde ayant abandonné son capital de courtoisie. De plus, ses manières se montraient si discrètes qu'on pouvait très bien ne pas les remarquer. Si je les notais derrière mon rempart de journaux, c'est que notre mère nous les avait enseignées. Non qu'elle fût issue d'un milieu favorisé, mais son père avait été le tailleur d'un descendant d'une des plus vieilles maisons de France, antérieure même à Saint Louis. Le tailleur ayant fait ses classes chez de grands couturiers parisiens autour des années 1910, c'est peut-être de la sorte qu'il avait été amené à habiller le comte, lequel avait aussi château et propriété dans notre Loire-Inférieure, à quelques kilomètres du bourg natal maternel. Ce qui permit sans doute de poursuivre la relation, une fois le tailleur retourné malgré lui au pays, pour reprendre l'atelier paternel. Les liens entre la famille et le comte s'étaient même élargis à son cuisinier, frère ou cousin du tailleur, qu'un perroquet bavard dont j'ai gardé l'image dans un unique souvenir d'enfance, accompagnait dans tous leurs voyages, et jusqu'en Écosse d'où le comte rapportait des étoffes de laine pour les costumes que lui confectionnait notre grand-père. Notre mère en avait gardé le goût des tissus qu'elle saisissait entre ses doigts et caressait de son pouce pour apprécier leur qualité. Cet exemple aristocratique, dûment enseigné comme une excellence absolue, nous avait tenu lieu de point sublime. Et notre mère tenait pour un mal élevé qui franchissait une porte devant elle ou empoignait fourchette et couteau.

Il y aurait une sociologie de la périphérie des châteaux à développer. Ou comment les employés, même affectés aux tâches les plus humbles, s'appliquent de retour chez eux à adopter par mimétisme les manières des princes, s'élevant ainsi à leurs propres yeux et aux yeux de leur entourage. Les cercles de contamination s'élargissant, quelque chose passe de ces codes d'Ancien Régime, sorte d'auto-anoblissement qui permet à chacun de s'imaginer vivre au-dessus de sa condition par des comportements et des attitudes littéralement empruntés. Je me souviens de cette vieille dame qui, devant le kiosque, rangeait avec élégance une mèche de ses cheveux sous le foulard fatigué qui encapuchonnait sa tête. Cherchait-elle à donner l'illusion d'une appartenance à une classe supérieure que démentait sa tenue ? Elle n'aurait pas trompé grand monde. Plus simplement son geste témoignait d'un souci de raffinement, dont la source remontait à loin, qui avait réussi cependant, avec obstination, sous le sceau de la grâce, à traverser les couches sédimentaires de la misère. « D'une main fastueuse / Soulevant, balançant le feston et l'ourlet », dit Baudelaire.

Cette façon de retirer sans ostentation son gant avant de serrer une main, ou sa casquette pour saluer une femme, c'était peut-être pour notre exilé des beaux quartiers une façon de se réciter le bréviaire de son enfance, de se distinguer pour lui seul du commun, ultime éclat d'une époque enfuie, qui, à mesure qu'il égrenait ses confidences, ce qui nous prit des années, m'apparaissait sortie tout droit de l'épaisseur de l'Histoire.

D'ordinaire les lecteurs du *Monde*, dès lors qu'ils n'étaient pas pris par un travail, guettaient l'arrivée de la première édition qu'un porteur nous livrait autour de 13 h 30 si aucun mouvement de grève ne venait perturber la distribution. Mais Albert – ce qui me laisse à penser qu'un jour il me dévoila son prénom – ne s'intéressait qu'à la seconde édition qui nous parvenait trois ou quatre heures plus tard. Non dans l'espoir de ne pas rater un ultime événement qui se fût produit trop tardivement pour figurer sur la première livraison – la plupart du temps on ne notait guère de différences entre les deux versions – en réalité ce qui l'intéressait, et c'est pourquoi il attendait le milieu de l'après-midi pour traverser la rue de Flandre jusqu'à notre kiosque – et il n'en fit l'aveu qu'après de longs mois – c'était les cours de la Bourse à la clôture, sachant – pas moi mais il me l'apprit – qu'entre la première et la seconde édition, ils avaient le temps de fluctuer.

C'était le genre d'aveu qui coûtait en ces temps où l'argent et la gauche ne faisaient pas bon ménage. Car cet homme – et sa première vie le démontrait – était sincèrement de gauche, sensible à la misère d'autrui, aux disparités et à la justice sociale, soucieux des remèdes à y apporter. Avec modération cependant. Ses commentaires sur la vie politique étaient toujours mesurés. Souvent il me remit discrètement à ma place quand je parlais sans trop savoir, en me fiant à l'atmosphère ambiante qui avait tendance, par une sorte d'automatisme pavlovien, à réagir à certains mots comme patron, bourgeois, capital, pensant aller dans son sens bien plus que par conviction. Toute ma réflexion était alors absorbée par les questions poétiques, autour du roman, de la langue, du lyrisme. Ce qui laissait peu de place à une analyse plus élaborée de la situation politique, même si je n'avais aucun doute sur mon camp.

Albert ne se laissait pas emporter par une rhétorique révolutionnaire de façade qui servait à beaucoup à se dédouaner d'une vie plan-plan, tous ces restes et slogans d'une phraséologie issue de mai 68 qui relevaient davantage du mantra que d'une réelle volonté de changement. Ou d'un changement tellement hypothétique qu'on ne risquait rien à lever le poing. Orwell avait déjà noté que les plus farouches partisans du changement ne l'auraient certainement pas voulu pour eux-mêmes. Lui n'était pas partisan des méthodes brutales, plutôt d'une politique de petits pas où les avancées ne se jugent qu'en se retournant pour estimer les progrès accomplis. Ce qui, cette prudence de réformiste, a souvent du mal à composer avec les bouffées contestataires qui n'ont pas le temps d'attendre des années avant qu'on leur apporte une solution. C'est ainsi que jadis, le pain n'arrivant pas, on prenait la Bastille qui n'était pourtant pas un dépôt de boulangerie.

Emma Goldman dans sa jeunesse, à la fin du XIXe siècle, fut une ardente prosélyte d'un anarchisme pur et dur, n'acceptant aucun compromis avec les pouvoirs dominants. Lors d'un des nombreux meetings qu'elle tenait pour défendre et diffuser sa cause, elle fut ainsi contestée à Chicago par un ouvrier alors qu'elle dénonçait les socialistes qui défilaient pour demander une réduction du temps de travail. Pour elle, pas d'accommodement possible avec le capitalisme. On ne négocie pas avec le patronat, on le renverse. Ne comptait à ses yeux que la victoire finale, où le prolétariat triomphant n'aurait plus à quémander des miettes aux puissances d'argent. C'est vrai, lui avait répondu l'ouvrier, mais d'ici là je serai mort, et si je pouvais obtenir de ne travailler que huit heures par jour, ça m'aiderait sans doute à vivre plus longtemps. Albert s'inscrivait dans une ligne qui allait de Mendès France au PSU et à la CFDT, le syndicat qui s'était extrait de la centrale chrétienne mais en avait gardé, sinon une tendance à tendre l'autre joue, du moins une volonté de dialogue et d'apaisement.

Quand j'en appris davantage sur sa vie d'avant la rue de Flandre, toutes les pièces éparses de son dossier s'emboîtèrent d'elles-mêmes. Je découvris le rouge au front combien j'avais eu tort d'attribuer sa modération politique à une prudence de grand bourgeois. Il avait su, en d'autres lieux et dans d'autres circonstances, passer outre à ses préventions et pratiquer lui aussi une forme de délinquance en contrevenant gravement à la loi. Et la loi au Brésil était celle imposée par la dictature militaire qui, dans les années soixante du siècle dernier, avait suspendu la constitution et légiférait via les Escadrons de la mort. S'opposer à ce régime de terreur, ce qu'il fit, c'était risquer d'être déposé sans vie au petit matin dans un caniveau de São Paulo.

Le Brésil, c'est la première indication qu'il laissa filtrer, le concernant. Comme on ne pouvait le suspecter d'avoir un travail hors de chez lui, longtemps il me fit croire qu'il traduisait du brésilien. À quoi certainement il se livrait mais il se montrait si évasif qu'il devenait évident qu'il n'attendait pas du règlement de ses piges qu'elles assurent ses fins de mois. Jorge Amado, qui était considéré alors comme le plus grand auteur brésilien, appartenant à cette fabuleuse génération latino-américaine qui a donné Carlos Fuentes, García Márquez, Octavio Paz, Alejo Carpentier, Vargas Llosa et d'autres, était venu signer dans une librairie du Quartier latin et il s'était désolé que sa venue déplaçât si peu de monde. Cinq personnes en tout et pour tout, dont lui. J'en avais profité pour lui demander s'il le connaissait personnellement. Un peu, avait-il dit sans trop de précision. L'avait-il traduit ? Sa réponse – un sourire pouvant signifier qu'il laissait ça à d'autres plus qualifiés – m'avait convaincu que son activité de traducteur était davantage pour lui un moyen de ne pas couper les ponts, de prolonger cette forme de nostalgie qui l'amenait dans la conversation à évoquer ses « amis brésiliens ».

En quoi j'avais de nouveau tort. Ce n'était pas un passe-temps de désœuvré. Beaucoup plus tard – et j'avais quitté le kiosque depuis bien longtemps – je découvris que ses traductions avaient une autre fonction, moins littéraire, comme je l'avais naïvement pensé, que politique. Il avait été non seulement lié à la CFDT qu'il alimentait en notes et articles sur la situation du Brésil, mais du temps qu'il était à Salvador, la capitale de l'État de Bahia, il avait participé activement à la résistance à la dictature en favorisant les liens entre la centrale syndicale française et les syndicats brésiliens – du moins ceux qui n'étaient pas asservis au gouvernement et qui, isolés, traqués, avaient besoin de moyens, de soutiens, de formation, de relais pour plaider leur cause à l'extérieur. Et le pompon qui me laissa interdit, cet homme aux manières aristocratiques de grand lettré, qu'on aurait imaginé sortant sous un parasol de palmes pour se protéger du soleil du Nordeste, avait été lui-même membre du Mouvement de libération populaire, un rassemblement clandestin qui luttait contre le régime et dont l'un des animateurs, un ouvrier surnommé « le Forgeron » pour avoir travaillé dans la métallurgie, avait été arrêté et torturé avant de fuir le pays.

Sans ressources, Albert et ses relations lui trouvèrent une place à la JOC internationale dont le siège était à Bruxelles. Ce qui dit assez qu'il n'était pas qu'une petite main dans le dispositif. D'ailleurs à son retour en France, on peut lire dans une étude sur « La CFDT et le mouvement syndical brésilien », qu'il avait pris pour quelques numéros la direction de *Brésil information* qui deviendra *Le Brésil des travailleurs*, un bulletin financé par la centrale française et destiné à alerter l'opinion sur la réalité politique et sociale du pays.

Il passait quelquefois au kiosque avec un de ses « amis brésiliens » qu'il me présentait et dont je comprends aujourd'hui qu'ils étaient sans doute des membres importants de ce réseau de lutte et d'influence. Il devait les héberger, les piloter dans Paris, organiser des rencontres avec des soutiens, des politiques peut-être, complotant avec eux jusqu'à la chute de la junte militaire au milieu des années quatre-vingt. Pas une seconde je n'imaginais ces hommes venir pour autre chose que rendre visite à leur ami français et profiter de la beauté de la capitale. Du coup je peux même m'inventer que, faute de le connaître alors, et bien malin eût été celui qui lui eût promis un tel destin, j'ai peut-être un jour serré la main de Lula, le futur président de la République qui lui aussi, comme « le Forgeron », était ouvrier métallurgiste, grâce à quoi il avait laissé un doigt dans une machine.

Ses liens avec la JOC, la Jeunesse ouvrière chrétienne, j'aurais pu aisément les deviner. Au Brésil, Albert était prêtre. Sur la naissance de sa vocation, il semble qu'elle ait découlé spontanément de son milieu d'origine, la grande bourgeoisie catholique, conservatrice et aisée. Ce qui, cette fortune, en dépit des mises en garde évangéliques contre l'argent, ne semblait pas incompatible avec la foi. Chaque chose en son temps. Les riches estimant sans doute qu'au moment d'entrer dans le royaume des cieux, ils sauraient graisser la patte du portier pour passer par le chas de l'aiguille, de même que le couple de donateurs du retable de « L'Agneau mystique » de Gand, enrichis dans le commerce et les trafics, pensait s'acheter le ciel en s'offrant les services des frères Van Eyck, à condition qu'eux-mêmes soient représentés, aussi grands qu'Adam et Ève et Dieu le Père. Pas plus grands mais pas plus petits non plus, ce qui en dit long sur l'état de décomposition avancée de la foi en Occident et cette place que l'homme s'apprêtait à occuper : au centre de l'univers.

Sur le parcours qui le conduisit à la prêtrise, Albert n'évoquait pas un appel pressant et mystérieux du Ciel, la voix impérieuse du Seigneur lui intimant de le suivre, comme j'avais pu le lire dans les saintes lectures dont nous abreuvait, enfants, notre tante Marie, voix à laquelle il semblait impossible de résister au point que j'aurais préféré être sourd que de l'entendre. C'était même ma terreur au moment de m'endormir dans la chambre éclairée par le rayon du lampadaire de la rue filtrant entre les paravents de bois, le Christ s'invitant à travers la cloison et me commandant de le suivre. Mais dans le cas d'Albert, une mère pieuse souhaitant offrir ses deux garçons au Seigneur, l'appartenance à une caste où l'on recevait l'archevêque à dîner, la bien-pensance des nantis, la détestation des « rouges » et tout un conditionnement laissant peu de place à la contestation, l'avaient conduit jusqu'au séminaire sans que la question de la foi fût véritablement posée.

Son enfance s'était déroulée dans l'entre-deux-guerres, au temps triomphal de la *Bonne presse*, la presse catholique bien-pensante, parfaitement réactionnaire et antisémite, fervent soutien de Franco, qui sortait les cartons rouges de l'excommunication aussitôt qu'on s'en prenait à l'Église et aux « bonnes familles ». Même Maurras, peu suspect de dérive gauchiste, eut à subir ses foudres. Ce qui dit assez que la « mauvaise presse » se situait du côté des mécréants et des tenants du partage des richesses. L'Église était alors au faîte de sa puissance, nullement affectée par les lois de séparation de 1905. Elle adoubait l'argent, bénissait les batteries, et ses séminaires débordaient de jeunes gens prêts à embarquer dans les canonnières pour évangéliser l'Indochine. Elle se présentait comme le rempart au communisme athée qui avait massacré le clergé orthodoxe en Union soviétique et se livrait à la terreur en Espagne. Et comme l'idéologie marxiste s'en prenait aussi à la propriété privée, au nom d'intérêts communs elle s'enrôlait sous les bannières les plus contestables, oubliant au passage de se pencher sur les démunis, ce qui pourtant la fondait.

La propriété, dans la famille d'Albert, c'était d'une certaine manière une cause sacrée. Son grand-père maternel avait été directeur général du Crédit Lyonnais avant 1914, quand la banque était la première du monde. Grâce à quoi on lui avait proposé à plusieurs reprises le ministère des Finances que, selon la légende familiale, il avait toujours refusé. Pas envie de tomber sur madame Caillaux peut-être, qui après avoir tiré sur le directeur du

Figaro, s'en serait pris à l'ex-banquier. Mais il appartenait manifestement à la caste des puissants. Albert m'avait confié qu'il avait contribué à la création du tramway de Shanghai qui faisait partie avec Canton et Hankéou des concessions étrangères attribuées à la France lorsque les grandes puissances se partageaient la Chine. Ce dont son petit-fils, en dépit d'un discours anticolonialiste, se montrait très fier.

Mais Chine ou Brésil, on voit que l'idée de participer à la marche du monde partait de loin. Ce qui aide toujours, cet horizon élargi du ciel de naissance. Quand l'horizon est bordé par la clôture d'un champ, c'est toute une aventure d'aller à la ville voisine. Il partait même de plus loin encore, puisque la famille descendait d'un général d'Empire qui avait parcouru l'Europe à cheval et été nommé baron par Napoléon. Elle avait même, au cours du XIXe, adopté un neveu par alliance qui se trouvait descendre, lui, du frère de Murat. Ce qui consolidait la lignée « impériale ». Si on remonte au-delà de ces ascendances prestigieuses, on tombe sur un maréchal-ferrant et un aubergiste mais Hugues Capet serait par sa mère le petit-fils d'un boucher. C'est d'Albert que je tiens cette réplique formidable d'un maréchal d'Empire que j'ai reprise cent fois, à chaque fois citant un nom différent pioché parmi la garde rapprochée de Napoléon, Lannes, Augereau, Oudinot, ne pouvant me souvenir de son auteur et n'ayant trouvé nulle part trace de la citation. Mais comme elle me convenait je n'avais pas envie non plus d'apprendre qu'elle était peut-être apocryphe.

Napoléon, en signe d'apaisement post-révolutionnaire, avait invité les émigrés à rejoindre sa cour composée pour l'essentiel de vaillants soudards. De part et d'autre, on dut s'observer avec curiosité et une distance d'intouchables. Une vieille aristocrate qui opposait à un officier de la Grande Armée aux titres d'opérette, duc de ceci et prince de cela, qu'à la différence de la noblesse d'Ancien Régime lui n'avait pas d'ancêtres, reçut comme un gant sur la joue la réponse de celui qui était revenu lardé de coups de sabre de toutes les campagnes glorieuses : « Mais madame, les ancêtres, c'est nous. »

Si la réplique m'avait marqué c'est sans doute que cette idée d'un premier ancêtre, d'un « premier homme » comme dit Camus, m'encourageait dans ma quête d'une reconnaissance littéraire. Qu'il n'était nul besoin pour ça de quartiers de noblesse et de sang bleu. La poésie nichait aussi bien dans la tête d'un truand du Quartier latin à la fin du Moyen Âge que dans celle, butée, d'un collégien de Charleville sous le Second Empire. On pouvait être à soi-même son propre lignage et à rebours, grâce au pouvoir d'agencement des mots, anoblir ceux de qui l'on procède et qui, aux yeux du monde, étaient jusque-là des moins que rien. Si je réussissais ma « campagne poétique », moi le sans-grade rejoignant à grands coups de phrases comme de sabre les princes du verbe, j'adoubais les miens. Lesquels, anoblis par mes soins, me légitimaient à leur tour. Et peut-être que toute cette « opération » poétique, la pensée parfois m'en traverse l'esprit, n'avait d'autre but que de m'inventer une généalogie fabuleuse.

Mais sur le moment, écoutant les leçons de maître Albert, je n'étais pas grand-chose, m'estimant déjà heureux qu'il m'ouvre à des mondes dont je n'avais pas même idée. On sait que Napoléon avait prédit sa propre chute sous le prétexte avéré que les princes d'Europe ne toléreraient jamais parmi eux un « parvenu », c'est son mot. En quoi il voyait juste. Il ne se débarrassa jamais des moqueries, des « pailles au nez » qu'il avait endurées de ses camarades de chambrée à l'école militaire de Brienne. À travers cette histoire d'un général d'Empire, on peut penser qu'Albert aussi cherchait à se légitimer, lui qui, en dépit de son titre de baron que certains généalogistes lui contestaient, ne pouvait rivaliser avec l'antique aristocratie et ses blasons au langage ésotérique, devant composer dans ses lointains pas si lointains, moins de deux siècles, avec des lignées d'aubergistes et de maréchaux-ferrants. Et moi de tailleurs et de marchands de vaisselle.

Je l'ignorais alors, il a fallu que le frère de notre mère se livre à des recherches généalogiques pour nous l'apprendre, mais j'aurais eu moi aussi des lettres de noblesse impériale à faire valoir. Mon arrière-arrière-grand-père, Louis Duchesne, vingt-quatre ans, grand-père de notre grand-père maternel, était à Waterloo dans les derniers carrés du général Cambronne. La filière nantaise, peut-être, puisque le général est né et mort à Nantes. À son retour au pays, deux ans après la défaite – passés sur les pontons anglais ? –, ne trouvant plus sa place dans le magasin familial que son père avait créé après une vie de colportage en lingerie et textile, il avait acheté deux métiers à tisser pour la production de toile à draps et lainages légers, et monté son propre atelier. Avec une certaine réussite. À soixante-six ans, en reconnaissance de ses faits d'armes, il recevait la médaille de Sainte-Hélène instituée par Napoléon III.

L'écart était grand entre son lieu de naissance et la rue de Flandre. Bien plus que ne le disait un plan de Paris. Albert avait passé son enfance dans un hôtel particulier de la rue de Grenelle. Et « du bon côté de la rue », aimait-il préciser en citant sa mère. Et son sourire amusé devant la revendication maternelle laissait filtrer une petite joie secrète. La rue de Grenelle n'est pas si longue. Coincée entre la rue du Dragon et les Invalides, accueillant les ministères, on a du mal à lui trouver un côté déplorable. Elle se situe au cœur du faubourg Saint-Germain sur lequel lorgnait le jeune Proust du temps que le grand-père d'Albert dirigeait le Crédit Lyonnais. L'hôtel a dû accueillir les Norpois, les Brichot, les Verdurin, et peut-être les grands airs du baron de Charlus. Albert revendiquait aussi un lien de parenté avec les Habsbourg. Mais on devinait que c'était par le jeu des cousinages, à la faveur d'une alliance destinée à renflouer les caisses d'une particule défaillante.

S'il est difficile de s'inventer un lignage remontant à Henri IV, l'argent peut du moins s'offrir le château de

Rosny. Lequel avait été voulu par Sully, le surintendant des finances du premier Bourbon, puis achevé et embelli par la duchesse de Berry, la même qui prétendait soulever les campagnes de l'Ouest et fut arrêtée à Nantes, chassée du réduit où elle se dissimulait par la fumée de la cheminée. Plus ou moins à l'abandon, il avait été racheté par une richissime famille de sucriers dont une descendante avait épousé un Murat. C'est ainsi que le petit Albert avait joué dans le parc du château, cassé un jour un onéreux vase de Chine, et accompagné les chasses à courre pour lesquelles le propriétaire entretenait une meute dispendieuse, non à cheval mais dans une calèche que conduisait à grandes guides sa grand-mère. Et quand il racontait, c'est comme si la frange d'écume d'une vague d'Ancien Régime venait s'échouer sur le trottoir de la rue de Flandre.

Ce qu'il avait retenu de son milieu, et qui le fascinait, qui expliquait aussi pourquoi il avait pu s'installer dans le quartier sans renoncer à ses manières courtoises, c'était cette capacité, quelles que soient les circonstances, à ne jamais paraître marqué par un changement de condition. Il se rappelait – et son visage s'éclairait comme un projecteur braqué sur le temps passé – comment, pendant la Seconde Guerre mondiale, quand toute la tribu nombreuse et élargie s'était réfugiée à Rosny, sa grand-mère avait pris les choses en main avec une énergie et un sens de l'organisation qu'on ne lui soupçonnait pas. Elle qui n'avait jamais tenu un chiffon s'était mise aux tâches les plus ingrates comme si elle avait fait ça toute sa vie, avec une égale distinction et sans manifester le moindre dépit, nettoyant accroupie les dalles du salon, courant les fermes pour ces bouches nombreuses à nourrir, et ne permettant pas à l'occupant de se conduire en son château comme en terrain conquis. De la même façon, de son long séjour au Brésil il gardait cette image qui le ramenait à son enfance, de deux frères, prêtres comme lui, mais d'authentiques Bourbons, qui pagayaient sur je ne sais quel fleuve en pirogue avec la même distinction et la même indifférence que s'ils traversaient la galerie des Glaces du château de Versailles, retirant prestement leur chapeau devant une femme surgie à moitié nue de la forêt.

Notre mère aurait opiné de la tête en signe d'assentiment. C'était l'idée qu'elle se faisait des princes. En quoi elle se reconnaissait secrètement peut-être. Le monde de son enfance avec les vacances au bord de mer dans la villa familiale de Préfailles et les soirées où les instrumentistes amateurs se réunissaient autour de son père, violoniste et pianiste, pour interpréter Mozart ou Schubert (qu'elle écoutait les dimanches après-midi, son magasin fermé), était bien éloigné de celui que lui avait offert notre père. Une fois laissées entre les mains de l'orphelin solitaire, qui avait préféré partir dans la clandestinité faire le coup de main contre l'occupant, ce qui lui semblait plus noble, et peut-être aussi plus excitant que de demeurer derrière un comptoir à vendre les saloirs et barattes en grès sous l'œil des Allemands, les activités de grossiste héritées de ses parents défunts avaient périclité au point qu'il n'en restait plus qu'un entrepôt vide dans le jardin. À l'abandon pendant les années de guerre – la seconde – l'entreprise prospère de jadis avait complètement sombré au moment d'en reprendre les rênes, une fois la paix revenue. Et le jeune homme de vingt-quatre ans qui avait perdu père et mère au début du conflit avant de se lancer dans la bagarre n'avait certainement pas la tête à enfiler la blouse bleue des magasiniers. Mais quoi faire d'autre ? De guerre lasse, dit-on. Et c'est peut-être de cette guerre lasse qu'il mourut.

En invitant sa jeune épousée à tenir le comptoir du magasin de vaisselle de ses parents, notre père avait eu beau se mettre en quatre, l'entourer d'aides ménagères pour la lessive, le repassage et l'entretien de la maison, parcourir par la suite le pays tout entier ses valises de voyageur de commerce entassées dans sa voiture pour maintenir ce train de vie, il n'avait pas été en mesure de lui renvoyer la lumière de son enfance. Pas le même environnement – ni musique ni mer –, pas le même confort – entre la lumineuse maison de Riaillé et son parc, et la triste maison de Campbon tout entière consacrée à la marchandise il y avait de quoi pour l'épousée se mettre à pleurer la tête dans les mains – et conséquemment, pas le même sourire sur son visage. Comparer les photos avant et après son mariage a même un côté déchirant pour notre mère. Les soixante kilomètres qui séparent les deux maisons ne furent pas pour elle un chemin ascensionnel. « Elle y eut grand regret mais il n'y parut jamais », écrit Saint-Simon à propos de sa mère, que son père avait empêchée de devenir dame d'honneur de madame de Montespan.

Même si la dégringolade sociale ne tint pas seulement au choix de son époux. Elle est aussi à mettre sur le compte de ce trou noir du second conflit mondial dans lequel s'engouffra tout un monde ancien. L'après-guerre et le déclassement du pays du rang des grandes puissances, sommé d'avancer à marche forcée pour s'aligner sur les standards américains, tournaient la page d'un certain art de vivre, celui de la petite bourgeoisie provinciale entreprenante de la seconde moitié du XIXe siècle, balzacienne en somme. Le modèle économique des entreprises familiales autofinancées, se transmettant de père en fils, fonctionnant sur la reconnaissance d'un savoir-faire véritable et d'une honnêteté foncière, fut balayé. Verdict désastreux auquel se conformèrent les deux familles.

Du côté de notre mère, les choses auraient pu tourner autrement. Son grand-père avait fait partie des cinq adhérents de Loire-Inférieure ayant fondé une coopérative appelée *Le pain quotidien*, préfiguration d'une centrale d'achat, qu'il avait lui-même dirigée et qui devint par la suite avec *Unico* (union des commerçants) puis *Système U*, l'une des grandes enseignes de la distribution. Enfants, on trouvait encore du café *Quotidien* parmi d'autres produits de la marque dans les épiceries de la commune. Mais visiblement la famille avait dû rater une marche, ou emprunter le mauvais escalier. Au lieu de l'aisance faramineuse de la grande distribution, il nous fallait parfois attendre que la caisse du magasin se garnisse d'un peu de monnaie avant de courir chez l'épicier. Il est arrivé pourtant encore à notre mère, à la fin de sa vie, de toucher de maigres dividendes d'on ne sait quel résidu financier provenant de feu *Le pain quotidien*. Un lointain arriéré sans doute. Depuis plus rien. Mais elle avait fait montre d'une certaine fierté amusée au moment de nous annoncer cette manne inattendue, qu'elle divisa en trois pour chacun de ses enfants.

Ce petit éclat de la gloire passée ne s'accompagna d'aucun soupir, d'aucun commentaire nostalgique. Elle avait en suivant son époux tourné le dos à son enfance et choisi de ne plus en reparler. Elle était entrée en discrétion comme en religion. Comme la grand-mère d'Albert dans son château de Rosny elle avait, plus modestement derrière son comptoir et ses cartons de vaisselle, affronté l'ironie cruelle de la vie, sans une plainte, avec une égale dignité. Mais cette façon qu'elle avait eue de couper radicalement les ponts avec sa jeunesse pour ne pas être changée en statue de sel, telle la femme de Loth ne pouvant se résoudre à ne pas jeter un dernier regard sur sa ville, c'était une forme d'aveu. Elle était là sans y être. Toutes les photos d'elle la montrent le regard inquiet, ailleurs, fuyant, ne souriant jamais ou d'un simple plissement d'yeux qui a du mal à simuler la joie, et surtout ne participant jamais du moment présent.

Plus tard, une fois décantés les griefs qui empêchent de voir ses parents comme des hommes et des femmes désirants, avec ce poids terrible d'insatisfaction et de rêves mutilés qui caractérise à des degrés divers et selon les attentes et les individus toute existence, et plus encore quand elle ne fut plus là et que subsistait dans le sillage de sa disparition la traîne de son regard perdu qui avait vu la mort d'un enfant, d'un mari et d'un père, à rebours de ce qui se passe d'ordinaire, il apparut d'une manière flagrante que notre mère, exportée dans une vie qui n'était pas la sienne, avait vécu en exil de son enfance. Derrière son comptoir elle devait éprouver – et l'écart de classe ni la distance n'y font rien – ce que ressentaient ces princes russes ouvrant cérémonieusement à une passagère la portière de leur taxi parisien. Elle s'était appliquée à ne rien manifester qui eût été interprété comme des regrets, à ne rien céder de ce qui demeurait profondément ancré en elle et qui était l'expression de sa fidélité à cette enfance perdue : montrer en toutes circonstances de la tenue. Même dans la solitude de son veuvage on ne pouvait la suspecter, une fois retirée de son magasin, de s'autoriser ce que l'absence de témoins eût permis, jusqu'à des choses minuscules comme de poser une poêle directement sur la table sans en verser au préalable le contenu dans un plat ou de plier négligemment sa serviette. Cet engagement à ne jamais se laisser aller, c'était le rôle qu'elle s'était distribué dans son petit théâtre personnel dont elle fut, pendant plus de quarante ans, la seule spectatrice.

Ce à quoi je m'appliquais au kiosque : ne pas montrer ma déconvenue. Celui avec qui vous échangez n'est rien d'autre qu'un marchand de journaux. L'aura de son ambition vous échappe, il n'a pas à vous en faire part et vous n'avez pas à subir les conséquences désastreuses d'une rêverie désabusée tandis que vous vérifiez votre monnaie. Spéculant sur une reconnaissance littéraire hypothétique, et avec la probabilité d'un échec, il me semblait prudent de me préparer à une vie conforme à celle que je menais. « D'ajouter à chaque défaite une défaite nouvelle », comme dit Brecht. Inutile de claironner sa gloire future quand on aura à s'expliquer plus tard sur sa non-venue.

Contrairement à la grand-mère d'Albert et à ma propre mère que la vie avait contraintes à se livrer à d'humbles tâches, je n'avais, balayant le trottoir devant le kiosque, qu'un passé triste dans mon dos, ce qui m'obligeait à inverser le cours du temps, à projeter un passé heureux devant moi pour me consoler. Ce que je ne pouvais partager qu'avec mes aspirations et ma rêverie. Mais c'est en adoptant la philosophie de notre mère, pleine d'un renoncement hautain, que j'avais traversé silencieusement les sept années du kiosque. J'abritais un peu d'elle et de son chagrin. Je pouvais d'autant mieux imaginer sa réaction au moment de voir Albert saluer en soulevant sa casquette. Elle aurait immédiatement noté ce qui le distinguait : ses manières discrètement élégantes, son parfait savoir-vivre, la maintenance de son éducation dans un milieu qui correspondait peu à ses origines. Et cette distinction l'aurait autorisée à renouer quelques secondes avec l'éclat de son enfance. Je pouvais entendre ses commentaires extasiés après sa rencontre virtuelle. Il a de la classe, aurait-elle dit d'un air admiratif. Ce qui constituait le plus haut degré de son idéal masculin.

Au cours de ses longues soirées devant la télévision qu'elle regardait tout en égrenant ses comptes en bout de table, notre mère s'était éprise d'un comédien qui correspondait à ses exigences. Un homme grand, mince, beau, beaucoup de prestance, dont on pouvait penser que l'élégance des manières renvoyait à des qualités morales. Je l'ai rencontré, cet homme, dans la suite de mes aventures. Toujours aussi beau et droit à bientôt quatre-vingts ans, se désolant qu'on eût abandonné de jouer, même à la Comédie-Française, les grandes tragédies du répertoire, et accompagné d'une femme beaucoup plus jeune, écrivaine, devant qui je fis une des plus belles boulettes de ma vie. Je lui confiai que ma mère, qui eût pu être sa mère à elle, admirait beaucoup son mari, et m'entendant, je me lamentai : Mon Dieu, pourquoi m'avez-vous donné d'être aussi idiot ? C'était à l'occasion de rencontres littéraires dans les châteaux bordelais. Il s'appelait Paul Guers. Lui et sa femme Marie-Josèphe furent découverts sans vie, allongés l'un près de l'autre. Il avait succombé à un cancer et elle, ne concevant pas de continuer sans son compagnon, l'avait rejoint. De sorte qu'on ne sait ni pour elle ni pour lui, à deux ou trois jours près, la date exacte de la mort. « Qu'on ne compte pas sur moi pour vivre après Diego », avait dit Frida Kahlo. Mais c'était étrange de témoigner à son épouse du béguin de notre mère pour un homme qu'elle n'avait vu qu'à la télévision et qui se tenait devant moi, tel qu'elle l'avait admiré, à peine entamé par l'âge – ce que je devais, ce privilège, à la seule vertu de mes jongleries poétiques. Car c'est bien ce pont de phrases enjambant mes livres qui m'avait permis de passer de l'autre côté de l'écran de verre.

À une courtoisie discrète, à l'absence de plainte, à cette exigence de tenue, s'ajoutait dans le cahier des charges de la distinction de notre mère cette chose particulière à laquelle elle attachait beaucoup d'importance : la qualité des matières et des produits. Pour elle, les draps et les tissus, héritage familial remontant à plusieurs générations, puis la finesse de la porcelaine ou du cristal pour sa vie présente. Comme chez Proust, elle avait ses adresses à Nantes, à quoi s'accrochaient ses souvenirs de jeunesse. Les dragées rue de Verdun, les chaussettes rue du Calvaire, le linge de table, je ne sais plus où. J'ai encore une petite paire de ciseaux incurvés qu'elle achetait chez un coutelier de renom et la comparaison est cruelle avec ceux bon marché dont les lames se désolidarisent dès qu'elles entament un ongle. À un autre niveau de biens, Albert frémissait pour son authentique secrétaire Louis XV quand il recevait ses petits-neveux. Tous deux avaient un même rapport sain à l'argent, qui sans être à dédaigner n'était pas une fin en soi. Même si pour Albert, il était plus facile à gagner que pour notre mère qui ne comptait pas ses heures. Car la vraie raison de son attente de la seconde édition du *Monde*, dédaignant la première si la seconde n'était pas arrivée, c'est qu'il spéculait en Bourse.

À quoi notre mère, plus proche d'une égérie de la classe ouvrière que du trader, n'aurait rien trouvé à redire. Elle aurait rappelé que le comte de D. ne se contentait pas d'acheter ses tweeds en Écosse. À chaque anniversaire de ses enfants, ou à leur majorité peut-être, il leur donnait une somme d'argent non pour leurs menus plaisirs mais pour boursicoter. Avec le risque de perdre, au lieu que la même somme glissée dans la fente d'une tirelire n'a que l'inflation à redouter. À quoi notre mère accordait un certain panache. On ne peut apprécier une étoffe en comptant ses sous. Le mal, c'est l'avarice, marquée par cette limite où l'on cesse d'être économe par nécessité, pour le seul plaisir d'entasser qui dessèche le cœur. Le fait est que son père était dispendieux, courant les salles de vente, et qu'elle eut dix-sept ans pour époux un homme qui considérait qu'avaler un sandwich au lieu de s'installer derrière une table de restaurant, c'était déchoir, quand son métier de voyageur le tenait hors de chez lui des semaines entières. Grâce à quoi le coffre-fort volumineux du bureau ne contenait que des reconnaissances de dette.

Il ne fut certainement pas simple pour Albert, homme revendiqué de gauche, d'avouer qu'il spéculait. J'ai oublié à quel moment et dans quelles circonstances il se confia mais il y fut grandement aidé par un changement brutal dans l'idéologie du temps. Changement que nous avons vécu en première ligne dans notre kiosque qui se mit soudain à claironner à tout-va les vertus du marché. Le libéralisme triomphant de Reagan et Thatcher enfonçait un coin dans la bonne conscience de gauche, et la plupart de ses membres se laissaient convaincre sans grande résistance, arguant que laisser agir la main prétendument invisible était en définitive l'arme la plus efficace contre le chômage qui gangrenait le pays. La gauche au pouvoir remplaça les œufs de lump par le caviar et, sans états d'âme particuliers, effectua sa grande culbute conceptuelle. Se discréditant définitivement aux yeux des plus modestes qui ont un sens moral nettement plus élevé, et ne comprenant même pas qu'elle se coupait de ce qui la justifiait, l'aspiration à un mieux-vivre des classes opprimées.

L'installation du kiosque, rue de Flandre, avait coïncidé avec ce qui s'appela en novlangue socialiste « le tournant de la rigueur » (traduction : la reprise en main par les intérêts financiers). Nous vîmes ainsi débarquer dans notre édicule des revues dont les titres auraient suffi à l'incendier dix ans plus tôt, parmi ceux-ci *Capital* qui sonnait comme un règlement de comptes vengeur après des années et des années de conspiration marxiste. Tout un arsenal – *Investir*, *Le Revenu français*, *Le Journal des finances* – hérité de la rente du XIXe siècle et actualisé à la sauce néo-libérale. Mais ce n'était que la partie visible de la grande manœuvre qui consistait à encourager l'actionnariat populaire. Un coup de génie des puissants pour aller piocher les quelques sous misérables qui dormaient dans les tirelires en prévision d'un coup dur.

Par un effet de mirage d'enrichissement personnel – nous en avons été les témoins dans un quartier pourtant populaire –, tout un chacun se prenait pour Perrette et son pot au lait, escomptant des profits mirobolants de l'achat de dix actions d'Eurotunnel. La propagande fonctionnait à plein régime. Enrichissez-vous, disaient-ils. Mieux qu'un billet de loterie, achetez des actions. Profits garantis. On n'avait jamais vu à long terme la Bourse perdre de l'argent. Il fallait être un rat pour confier ses économies à un bas de laine. C'était le symptôme d'une pensée rétrograde, mesquine. Cassez vos porcelets de céramique. Suivez ce bateleur de plateau de télévision, fameux repreneur-liquidateur d'affaires, qui vous encourage à « gagner ». Gagner quoi ? Pas le Ciel, bien sûr. Le monde radieux de l'actionnariat s'ouvrait à tous et pas seulement à une poignée de privilégiés. Pour un peu, on en faisait une mesure sociale. Les vrais révolutionnaires, c'étaient les libéraux.

Je conversais amicalement avec un garçon d'Abbeville, demi-frère adultérin et non reconnu d'un chanteur de variétés célèbre – et la ressemblance entre eux laissait peu de doute. Fils d'une femme de chambre engrossée par le maître de maison issu d'une riche famille du Nord, il consultait chaque jour le cours de son action à laquelle les prévisionnistes à la solde des marchés, ou tout simplement idiots comme tout le monde, prédisaient un destin florissant. Ce parieur fou, qui passait son temps sur les champs de course, avait bien compris qu'aucun cheval vainqueur ne lui rapporterait autant que cette mise providentielle de quelques milliers de francs destinée à aider au creusement d'un tunnel sous la Manche. Des deux côtés, les voyageurs allaient s'engouffrer dans ce trou mirifique, lui assurant une rente à vie. Ses yeux clairs brillaient. Ils brillaient aussi quand il me donnait à coup sûr le nom du gagnant dans la quatrième dont il avait obtenu le tuyau par le cousin du lad qui s'occupait du cheval de la stalle voisine du crack inconnu. Le résultat était couru d'avance, mais en fait pas toujours. La faute au terrain gras, au jockey trop lourd, à une avoine frelatée. Au lieu que là, il n'y avait qu'à creuser. Le chercheur d'or était un tunnelier dont, avec ses frères et sœurs actionnaires, il se partagerait les pépites.

De la même façon une jeune métisse habituée du kiosque, secrétaire dans un établissement culturel du quartier, était venue me demander conseil, considérant sans doute qu'entouré de tous ces journaux je devais être un expert financier. Elle se désolait que son argent, économisé mois après mois sur son salaire minimum et déposé sur un livret de caisse d'épargne, dût se contenter d'un taux aussi bas, quand il lui revenait de tous côtés que les cours de la Bourse flambaient, faisaient des bonds formidables. Est-ce qu'il ne serait pas plus judicieux d'investir dans un panier d'actions ? Elle pourrait ainsi tripler, quintupler son petit pécule, et avec s'acheter une voiture d'occasion, peut-être. Est-ce que nous n'avions pas dans nos rayons une revue plus avisée qu'une autre en mesure de la guider dans ses placements ? Dans la presse spécialisée, de fins connaisseurs conseillaient en gros titres à l'oreille des foules des données confidentielles dont elles pourraient faire leur miel. Comme si les investisseurs professionnels, familiers des coups tordus, des conflits d'intérêt, des fausses rumeurs, allaient confier leurs scoops à des magazines dont ils étaient eux-mêmes actionnaires, quand le principe premier de ces délits d'initiés repose sur un secret bien gardé entre dirigeants.

Déballant son argumentaire, la jolie métisse avait dans les yeux cet éclair de naïveté que je reconnaissais dans ceux de mon turfiste d'Abbeville. Mais lui était complètement fou, il continuerait de jouer sur tout et n'importe quoi. Capable de miser sur la date de sa mort et de se suicider le jour dit pour empocher – son cadavre – la somme promise. Lui, c'était le jeu qui lui importait. Mais elle, le ressort de sa naïveté s'appelait l'espérance. Pas une espérance faramineuse, une suite avec jacuzzi, une villa avec vue sur mer. Non. Une espérance modeste à la mesure de ce qui se peut concevoir quand on gagne chaque mois le salaire attribué au bas de l'échelle. Une voiture d'occasion, par exemple. Et sans prétendre à quelque don de divination que ce soit, je lui conseillai de garder ses économies sur son livret de caisse d'épargne.

Et elle fit bien de m'écouter. Entre-temps, mon parieur fou d'Abbeville avait assisté au décrochage fatal de ses actions. Je le voyais se décomposer chaque fois qu'il consultait les cours. Au début, en bon joueur, il estimait que c'était une manœuvre pour obliger les petits porteurs à vendre à perte de manière à racheter leurs actions à vil prix, mais rien – et pas ses diagnostics prévisionnistes entendus dans un journal télévisé sans doute – ne semblait devoir arrêter la dégringolade prodigieuse. En désespoir de cause il s'était résigné à vendre en catastrophe, ce dont par la suite, passé une phase déceptive, il se félicitait, me prenant à témoin à chaque nouvelle glissade d'Eurotunnel. Les yeux toujours brillants, ouvrant avec ma permission un journal économique, retrouvant dans la page de la Bourse son cours fétiche, il jubilait d'avoir perdu moins que ce qu'il aurait dû s'il s'était accroché, et je le félicitais de sa vista, de ce courage qu'il avait eu de sauter en marche du train infernal. Ce qui, ce gain indexé sur une perte virtuelle, valait pour lui comme de gagner au tiercé.

Quand en octobre 1987 s'abattit la foudre sur les marchés, qui dépouilla de ses dernières illusions l'actionnariat populaire, Albert ne se troubla pas. Le monde affolé vivait un remake du Jeudi noir de 1929, on tremblait à la perspective de renouer avec les longues files de chômeurs, la soupe populaire, les vagabonds loqueteux, les visages émaciés de Dorothea Lange, et lui continuait de traverser calmement la rue de Flandre, attendant devant le kiosque la seconde édition du *Monde* sans l'arracher fébrilement des mains du livreur. Il avait enduré ce coup de tabac financier avec un détachement qui surprenait venant de quelqu'un aussi attentif aux variations boursières. Les cours dégringolaient, les traders se jetaient du haut des tours et ses propos se montraient rassurants. Tout rentrerait dans l'ordre une fois encaissée la secousse. Il avait vécu sous un régime dictatorial qui avait fini par céder sous la pression conjuguée des créanciers, de l'insécurité et de la misère. Sa sagesse politique s'était forgée à cette réalité brutale et il ne voyait pas dans cette crise de menaces pour les libertés publiques ou l'annonce d'un chaos économique et financier. Comme il était le seul à s'y connaître dans le quartier, il était devenu pour moi une sorte de baromètre.

Sa tranquillité d'esprit avait bien sûr une autre raison que son talent de prévisionniste. Il était protégé par un savoir-faire héréditaire en matière de placements, lesquels lui étaient aussi naturels que pour mes sœurs et moi l'art de faire des paquets-cadeaux quand au moment de Noël et de la Fête des Mères, les clients se bousculaient dans le magasin. Ce dont encore nous nous enorgueillissons, agacés de la lenteur de certains à emballer laborieusement une simple boîte carrée. Mais des deux talents, l'un est moins profitable que l'autre. Être né dans la banque, dans une lignée de banquiers, semble mieux préparer aux aléas de la vie que la science de l'emballage et le coup de ciseaux pour frisotter un ruban.

Dans *Le Trou*, le film de Jacques Becker, l'un des acteurs non professionnels, qui avait connu la prison et s'en était évadé plusieurs fois, avait expliqué que son métier étant serrurier, l'enfermer, c'était comme de jeter un poisson à l'eau pour le noyer. L'enfance du petit Albert avait baigné dans l'eau des affaires et jouer en Bourse lui était aussi naturel que réciter ses prières le soir. Grâce à quoi il fit prêtre et rentier. Au lieu que j'en étais dans notre kiosque à rendre la monnaie comme jadis au magasin, et dix qui font cent, et à rêver qu'on me reconnaisse écrivain, ce qui n'est pas le meilleur moyen de gagner sa vie. Quand les marchés se calmèrent, comme je cherchais à savoir comment lui avait traversé la tourmente, ce qui revenait à tester *in vivo* les dons de courtier expert que je lui prêtais, Albert avoua du bout des lèvres qu'il n'avait rien perdu. Ce qui pouvait vouloir dire – et la prudence de sa réponse le laissait penser – qu'en homme avisé il en avait profité pour augmenter son capital.

Une fois décidée la publication des *Champs d'honneur*, réglées les questions littéraires et contractuelles (vous signez là et là, inutile de lire), l'éditeur, qui connaissait mes conditions de subsistance, me suggéra d'abandonner la vente des journaux. Il existait d'autres moyens, annonçait-il de l'air de celui pour qui gagner sa vie est une question secondaire. On m'enverrait à Rome, à la Villa Médicis. Je n'ai pas souvenir de m'être emballé à cette idée mais l'hypothèse fut vite réglée. Vous avez quel âge ? Trente-sept ans. Ah non, trop vieux, la limite est de trente-cinq. Mais ne vous inquiétez pas, on vous obtiendra des bourses. Ce qui lui évitait de parler d'avances dont je n'avais pas vu la couleur. Il se flattait de n'en pas donner. D'ailleurs il ne se flattait pas, la question ne se posait même pas. Ce qui était une manière de confirmer la réputation d'ascèse de la maison, tout en réalisant des économies.

Pendant des dizaines d'années, l'éditeur, qui publiait des livres dont le succès public était inversement proportionnel à l'écho qu'ils avaient, s'était demandé comment boucler ses fins de mois. Pour tenir il avait bénéficié de la largesse de Samuel Beckett qui lui abandonnait généreusement ses droits d'auteur, se contentant des retombées de ses pièces qui, après des débuts confidentiels, se jouaient dans tous les théâtres du monde. Et si, depuis, les comptes s'étaient relevés suite à l'obtention du prix Goncourt pour *L'Amant* de Duras, le pli d'austérité était pris. Comme c'était la marque de la maison, on n'allait pas se lancer, sous le prétexte de cette manne formidable, dans une gabegie de notes de frais et d'à-valoir. Ne rien changer pour que rien ne change. L'auteur intronisé comprenait qu'il n'était pas là pour réclamer sa part mais qu'il participait, en moine-soldat, à l'édification du grand œuvre de la maison d'édition que l'éditeur composait à partir des fragments de textes reçus dans sa boîte aux lettres. D'une certaine manière, le grand auteur des éditions de Minuit, c'était lui.

Je n'avais nullement l'intention de quitter le kiosque et de remettre ma survie à la distribution aléatoire de bourses et de subventions. Autant demander à mon fou d'Abbeville des tuyaux pour les courses à Longchamp. Ce qui n'avait rien d'héroïque et correspondait à une habitude familiale bien ancrée, un commandement presque biblique : ne jamais rien demander, ne compter que sur soi. Je revois notre mère à demi immergée dans ses cartons de vaisselle, refusant de se faire aider, expliquant qu'il lui en coûterait davantage d'avoir à expliquer comment procéder, mais en réalité, ce qui la motivait, c'était cette assurance que sa réussite, le prestige gagné au fil des ans du magasin de madame Rouaud, cadeaux, listes de mariage, dans la région, ne devait qu'à son seul talent. J'étais bien dans la ligne maternelle. Notre père, lui, n'avait pas hésité à embaucher des jeunes gens quand il s'était livré à de grands travaux dans la maison, comme de recouvrir de plaques d'*Eternit* l'ensemble des plafonds sur trois étages, grâce à quoi il évolua pendant des semaines dans les nuages de poussière grisâtres que dégageaient les grandes plaques de quatre ou cinq mètres sur deux qu'il découpait à la scie électrique dans l'atelier. Ce qui ne dut pas être fameux pour ses artères.

(J'ai longtemps attribué les pages sur les gaz de combat dans lesquels était immergé en 1916 le premier Joseph Rouaud, mort quelques mois plus tard à Tours de ses blessures au poumon – décès que sa fiche militaire attribue pudiquement à une pleurésie, il ne fallait pas affoler l'opinion –, à la fumée des Gitanes que fumait à la chaîne notre père, mais il me vient soudain que la description du nuage d'ypérite m'a peut-être été soufflée par ce souvenir inconscient de l'atelier envahi de particules d'amiante : Joseph Rouaud en second (neveu du premier qu'il n'aura pas connu et dont il se contentera de reprendre le prénom avec sa charge tragique), penché sur sa machine, poussant les longues plaques que la scie circulaire ouvrait en deux, au milieu d'un brouillard de matière grise. Il est vraisemblable que son sang et ses artères en tinrent compte, deux ans ou trois ans plus tard, quand son grand corps s'effondra brutalement dans la salle de bains.)

Mais la vérité, c'est que dans le choix binaire qu'offre la naissance, je partageais avec notre mère d'être un solitaire. L'esprit de camaraderie, vital pour l'enfant unique qu'était notre père, m'était étranger. Un avantage, parfois. Cette posture qui consiste à se débrouiller seul, sans jamais rien demander, convient parfaitement à l'écriture. L'écriture se condamne d'elle-même si elle appelle à l'aide. Le surgissement de phrases inédites sur un terreau de solitude, c'est sa récompense et son châtiment, sa vanité et sa prétention, son humilité et sa grandeur, même si certains ne se privent pas d'avoir recours à des sherpas pour boucler leurs chapitres, ce qu'on apprend plus tard avec stupeur. Tel livre que tel auteur n'aurait pas écrit et dont on me donnait le nom du porte-plume. Non ? Si. Vraiment ? Vraiment. Ce qui laisse le sentiment étrange, malaisé, que certains jouent avec des cartes biseautées. Comme si notre mère avait falsifié ses factures et trafiqué ses prix de vente. Impensable. Pas le même monde.

Mais j'avais fait ce choix, nul ne m'y avait contraint. Je n'avais pas l'intention de changer ma ligne. Je fis savoir à l'éditeur que ni les bourses ni les résidences d'auteur ne m'intéressaient et que je continuerais à vendre des journaux aussi longtemps que ma situation l'exigerait. L'éditeur s'en étonna – c'était la première fois qu'on repoussait sa proposition – mais n'insista pas. En cherchant à m'en décharger, estimait-il qu'il s'agissait d'une activité pénible, ou que le peu de prestige de la profession de kiosquier ne cadrait pas avec l'idée qu'on pouvait se faire d'un auteur de la maison, ce que je fus à même de percevoir par la suite ? La compassion n'était pas son fort, même s'il plaçait très haut l'idée de justice, et il était bien conscient du pouvoir qu'il représentait, adorant signaler dans le cours d'un échange qu'il avait refusé son manuscrit à telle personnalité très en vue qui n'aurait aucun mal à se placer ailleurs. Le fait est que tous les auteurs avaient envie d'être adoubés par lui.

Pénible, la vente des journaux pouvait l'être, principalement les longs mois d'hiver où je désespérais de la venue des beaux jours. Planté dans notre cahute j'avais l'impression d'être changé en statue de glace. J'avais beau empiler les vêtements, c'était un calvaire pour moi, quand je me moquais, l'été, des températures caniculaires dont se plaignaient mes collègues et qu'accentuait l'effet de serre de notre grande boîte de plexiglas. Quant au faible prestige de la profession, inutile de m'enfoncer davantage, j'étais parfaitement au courant. J'avais eu l'occasion cent fois de situer le barreau sur lequel les regards se posaient quand on s'informait de mon activité. Tout en bas de l'échelle sociale. Dernier échelon. Mais ça m'était égal à présent que mon manuscrit était accepté par l'éditeur. Je pouvais bien vendre des journaux à vie. J'avais désormais en main le seul passeport qui m'intéressait à présenter à mes semblables. On, et quelqu'un dont le jugement valait de l'or, m'avait reconnu écrivain. Je figurais dans le même catalogue que Beckett et les auteurs du Nouveau Roman, et quand l'éditeur me promit que nous ne vendrions que trois cent cinquante exemplaires de ce livre qu'il s'apprêtait à publier, sans doute pour m'éviter de rêver à des tirages prodigieux, ce qui était peut-être le cas chez d'autres candidats auteurs, je ne compris même pas qu'il me mît en garde. C'était très loin de moi.

En quoi je ne faisais pas preuve d'un radicalisme farouche, me conformant simplement à l'esprit du temps, dont sa maison d'édition était la vitrine. La mort du roman, de l'auteur, des personnages, de la phrase, de l'intrigue, du sujet avait au moins eu ce mérite de nous convaincre qu'un livre sur rien n'avait aucune chance d'intéresser le lecteur. Que d'en trouver relevait presque d'un affront. À coup sûr d'une imposture et de la plus infâme compromission. Nous avions appris à bien dissocier succès public et qualité littéraire. L'idée même s'était imposée que les deux se repoussaient comme les aimants d'un même pôle. Que l'un ne pouvait être qu'au détriment de l'autre. Qu'un succès était synonyme de médiocrité littéraire dont les tirages modestes vous préservaient. Entre les deux options j'avais fait depuis longtemps mon choix. Quand bien même vendre peu n'est pas en soi un gage de qualité. Du moins l'inverse passait pour vrai.

Les temps s'étaient déjà convertis au libéralisme mais le monde de la littérature l'ignorait, ou résistait, ou traînant son glorieux passé peinait à s'acclimater. Même si commençait peu à peu à pointer cette idée que le succès d'un livre était peut-être aussi un gage de ses qualités littéraires. Et toujours de ramener inévitablement à la rescousse *Les Trois Mousquetaires*, la preuve par neuf qu'un ouvrage populaire pouvait supporter la comparaison avec les *Mémoires d'outre-tombe*. Pas du tout, mais bon. De plus on pouvait trouver au succès des vertus démocratiques. Une sorte d'élection par le plus grand nombre qui rejoignait le slogan révolutionnaire pour qui le peuple a toujours raison. Comment s'opposer au verdict des « masses », à moins de prôner un élitisme rétrograde et fascisant ? Par où le libéralisme rejoint l'idéal égalitaire marxiste. Le triomphe de l'audimat où la seule mesure est le taux d'audience. Qu'importe la qualité du contenu.

L'éditeur, du haut de son catalogue prestigieux autant que confidentiel, se moquait de certains collègues entreprenants qui se vantaient de ne publier que des ouvrages à fort tirage. Il ironisait : rien de plus triste qu'un best-seller qui ne se vend pas. Comprenons : à quoi bon lâcher la proie poétique pour l'ombre d'un profit. Nous y sommes quasiment aujourd'hui où un tirage formidable vaut pour une reconnaissance littéraire, ce qui signe à retardement l'éclatante victoire du marché sur les œuvres de création – n'a de prix que ce qui se vend, bientôt *Les Aventures de Petit Ours brun* en Pléiade –, mais il y avait à l'époque une incompatibilité fondamentale entre la valeur d'un livre et son succès. Autrement dit l'argent et la littérature ne faisaient pas bon ménage. Alors pourquoi s'indigner d'une absence d'à-valoir ?

Au cours du même déjeuner rituel qu'il offrait à chaque auteur à l'occasion de la parution de son livre, dans ce restaurant de la rue du Sabot où il avait sa table – pour peu que l'opération se passât dans de bonnes conditions, il est arrivé que dans un désaccord au moment où je lui livrai mon troisième roman, je sois privé d'un repas, ce qui en réduit le nombre à quatre en dix ans –, poursuivant son interrogatoire, il s'était réjoui que je n'eusse pas d'enfants. Très bien, ne faites pas comme – et il cita un auteur de la maison, lequel lui annonçait bientôt la naissance d'un cinquième, ce qui dut le consterner. Personne pourtant ne se serait risqué à lui demander une avance ou un prêt sous prétexte que la famille s'agrandissait, mais il préférait prendre les devants. Ni Beckett, ni Claude Simon, ni Robbe-Grillet, ni Pinget n'étaient pères. Butor, oui, mais il avait quitté la maison. Les figures tutélaires donnaient l'exemple. On n'avait pas de temps à perdre avec les couches et les leçons. Mais trois ans plus tard, à la naissance de ma fille, il courait chez un antiquaire pour lui offrir un cadeau. Et c'était émouvant d'imaginer cet homme peu suspect de sensiblerie poussant la porte du magasin et s'inquiétant de sa voix enrouée de tel article auprès du marchand, arrêtant son choix sur une timbale et une assiette à bouillie en argent dont on ne sait généralement quoi faire, qu'on ne saurait peut-être même pas retrouver aujourd'hui, mais ce jour-là, j'aurais signé à vie pour lui.

Toute l'énergie créatrice se devait d'être dirigée vers la seule production romanesque. Et des romans écrits exclusivement pour sa maison, bien sûr. D'une conversation tardive avec lui, je retins que ce qui l'intéressait au fond, c'était d'abord le récit, comme s'il avait cheminé, poursuivi au fil du temps et des manuscrits son travail d'élagage formel pour rejoindre vers la fin de sa vie son père peut-être. Si ce dernier fut un procureur redoutable à la Libération, requérant la sentence capitale pour Jean Luchaire et Henri Béraud (il aurait inspiré Marcel Aymé pour l'un de ses procureurs dans *La Tête des autres*, sa pièce réquisitoire contre la peine de mort), il fut aussi un lecteur et admirateur d'Arsène Lupin, au point d'écrire un pastiche de Maurice Leblanc, *Le Secret des rois de France ou la véritable identité d'Arsène Lupin*, paru en 1955 sous le nom de Valère Catogan, où ? Chez son fils, aux éditions de Minuit.

Mais le roman, rien que le roman. L'éditeur déconseillait de répondre favorablement aux sollicitations diverses qui sortent l'auteur de son confinement et de ses histoires. Demandes d'articles, de préfaces, de rencontres, de nouvelles, de scénarios, de conférences, de tournées à l'étranger. L'isolement est tel qu'un signe de l'extérieur est toujours flatteur et perçu comme un rai de lumière sous la porte. Lui soumettait-on la proposition pour avis, il poussait systématiquement à décliner l'offre en avançant des arguments à la limite de la mauvaise foi : tentative de débauchage d'une autre maison d'édition, perte de temps pour des articles que personne ne lirait, projet voué à l'échec, risque d'une perte de crédit, financièrement peu rentable – ce qui ne manquait pas de sel dans sa bouche.

Lorsqu'il accepta de publier mes *Très Riches Heures*, une pièce à deux personnages, il me confia qu'il n'entendait rien au théâtre, que le théâtre l'ennuyait. Ce qui provoqua une grande confusion dans mon esprit. J'étais bien devant cet homme qui était l'éditeur de toute la production dramatique de Samuel Beckett et de Robert Pinget ? Je pouvais penser que c'était une manière plus ou moins élégante de laisser entendre qu'il publiait ma pièce non par intérêt littéraire mais uniquement pour que je ne la propose pas ailleurs, mais il en rajoutait, estimant que n'allaient au théâtre que les gens qui y étaient invités. Les gens de son milieu, bien sûr.

Il avait pourtant assisté en première ligne à l'aventure d'*En attendant Godot*. Il venait tout juste de publier les deux premiers romans de Beckett, *Molloy* et *Malone meurt*, quand Roger Blin se proposa de monter ce qui doit être la pièce la plus célèbre de tout le répertoire du XXe siècle. Des débuts confidentiels dans un petit théâtre parisien avec des acteurs qui ne tenaient pas le haut de l'affiche, mais parmi lesquels on comptait le formidable Lucien Raimbourg, qui partageait avec son cousin Bourvil une naïveté bon enfant, campagnarde, un peu roublarde, laquelle allait comme un gant à l'un des deux clochards célestes attendant Godot.

Le texte, qui n'est pourtant pas bavard, était jugé trop long par le metteur en scène qui, sous les yeux de l'auteur, biffait des passages entiers, arrachait des pages. Et à mon grand étonnement, ajoutait l'éditeur, au lieu de s'en indigner, Sam ne disait rien. Sam, c'est ainsi que l'éditeur appelait Beckett. Et on sentait dans cette formulation personnelle toute l'admiration et l'amitié qu'il éprouvait pour le génial Irlandais. Mais ce silence valant pour acceptation avait de quoi surprendre quand on sait comment Beckett veillait à ce qu'on respectât scrupuleusement, et son texte et ses didascalies. Ainsi pas question de remplacer l'arbre mort de *Godot* par un lampadaire ou une cabine téléphonique. Ou que ses personnages soient interprétés par des femmes. Ou que Winnie sorte une pelle pour se désensabler. L'autorisation de jouer était aussitôt retirée. Il est possible que ses exigences draconiennes aient tendu à réparer l'offense de sa première expérience théâtrale, les metteurs en scène futurs payant pour l'outrecuidance de Roger Blin qui le censurait sans ménagement. Mais la remarque de l'éditeur, qui devait avoir un fond de vérité, était surtout destinée à étouffer toute velléité de protestation quand il exigeait d'un auteur des coupes dans son manuscrit. Si Beckett ne s'était pas rebellé, on n'allait tout de même pas.

Il ne restait que peu à vivre à l'ermite du boulevard Saint-Jacques quand il fit parvenir un court manuscrit à la maison de la rue Bernard-Palissy. Ce qu'on pouvait considérer comme un événement. L'éditeur venait de le recevoir quand il manifesta son mécontentement devant un jeune auteur de la nouvelle génération de son écurie. Commentant à voix haute : Ça fait des années que je lui demande un roman – lui étant Samuel Beckett, tout de même – et regardez ce qu'il m'envoie. L'éditeur soulevait d'un air désolé de minces feuillets où sur un blanc dominant étaient posés quelques mots arrachés au silence, et d'un geste désabusé les laissait retomber sur son bureau, montrant ainsi au jeune auteur, qui se demandait s'il ne s'était pas trompé d'adresse, son désappointement et son dépit.

Mais c'est le même homme qui allait visiter chaque jour son ami Sam à l'hôpital, une bouteille de whisky dissimulée sous son manteau. Samuel Beckett vivait ses derniers jours, après s'être retiré quelques mois plus tôt dans une maison de retraite du 14e arrondissement, une dernière demeure « minable » aux dires de Robert Pinget, lequel concluait plein d'admiration pour cette « fin de partie » en parfaite cohérence avec l'œuvre : Chapeau. Là, au milieu de ses camarades déliquescents comme lui qui était atteint de la maladie de Parkinson, il se chargeait des courses des moins ingambes. À peine six mois à couper la viande de ses semblables à la cantine, et profitant d'un emphysème, il jugeait que c'était bien assez de vivre. D'ici là, l'éditeur ne voyait pas au nom de quoi on l'aurait privé de sa boisson favorite, que le grand Sam après son départ remisait sous le matelas. Ce qui ne changeait plus grand-chose à son état de santé et n'implique pas de les imaginer tous les deux toquant joyeusement leur gobelet de plastique en cachette du personnel soignant. La boisson favorite de l'éditeur était l'eau gazeuse et déjeunant avec lui, on ne se risquait pas à commander au serveur un verre de vin. Mais il révérait et aimait profondément l'auteur de *Molloy*. De lui il disait qu'il n'aurait jamais pensé qu'un tel homme pût exister. Végétarien, il aurait fait la queue chez le boucher pour apporter une entrecôte à son ami.

Sa force résidait en ceci qu'il était rarement conforme à l'idée qu'on se faisait de lui. Trois ou quatre ans avant ce qui allait devenir *Les Champs d'honneur*, je lui avais envoyé un court manuscrit intitulé *Préhistoire*. Ayant décelé dans ces pages, m'avait-il écrit dans sa réponse, « l'amorce d'une œuvre forte », il m'avait reçu à deux reprises, curieux de découvrir le corps du délit, d'où sortait-il, ce texte, de quel auteur, de quel milieu, ayant pris la précaution, lors d'un premier entretien téléphonique afin de prendre rendez-vous, de me demander mon âge, ce qui m'avait étonné, qu'est-ce que l'âge pouvait bien faire si le manuscrit lui semblait valoir la peine ? Il m'expliqua des années plus tard que la marge de progression n'était pas la même selon qu'on avait trente ou soixante ans, et que ce n'était pas sans importance. L'intérêt et la grandeur de son métier, ce n'était pas de publier un livre mais de découvrir un auteur, et d'un auteur on attend une œuvre, c'est-à-dire un déploiement, un paysage, un panorama dont on suivra l'évolution comme un récit dans le récit. Ce qui disait aussi que lui-même était parvenu à maturité, que son magistère nécessitait pour s'exercer des jeunes gens, des filles et des fils en somme, après qu'il eut connu l'âge de la camaraderie avec les auteurs de sa génération qu'il appelait par leur prénom, Claude (Simon), Alain (Robbe-Grillet), et à ses débuts celui du fils respectueux avec « Sam » qu'il publia quand lui-même n'avait que vingt-sept ans.

Mais que je n'aille pas me monter la tête. Dans ce même courrier, il me prévenait que l'état présent du manuscrit ne justifiait pas pour lui la publication. Bien trop court. Ce qui était un argument très relatif quand on considérait certains petits livres de Duras, qui ne devaient pas dépasser la dizaine de feuillets. Sans parler de Beckett. Mais je ne me voyais pas lui opposer ces deux noms, il aurait eu beau jeu de me remettre à ma place. Ayant anticipé la situation désagréable dans laquelle je risquais de me mettre, je n'avais pas soulevé d'objections. D'ailleurs il ne nous laissait pas dire grand-chose, monologuant en regardant par la fenêtre qui donnait sur une façade blanche de la rue Bernard-Palissy, déroulant le long fil de ses réflexions où se mêlaient le manuscrit, son idée de la littérature, l'état de la librairie, de l'édition, des bibliothèques, la désaffection des lecteurs un peu partout en Europe, des considérations politiques, des souvenirs de guerre dans le maquis de la Montagne Noire au-dessus de Castres, et parfois des confidences lorsqu'il racontait que son grand-père, peintre faussaire, l'emmenait visiter des expositions et, montrant à l'enfant un tableau de Toulouse-Lautrec, avouait négligemment qu'il en était l'auteur.

Après quelques remarques acerbes sur les afféteries formelles de ma *Préhistoire*, ce qui me vexa, je l'avais entendu avec ébahissement se lancer dans un éloge du roman et détailler ses recommandations pour ce qu'il en attendait : une vraie histoire, sinon on se désintéresse, pas trop de personnages, on s'y perd, pas de commentaires, si on doit s'expliquer sur ce qu'on écrit mieux vaut s'en dispenser, pas de jugements moraux, gardez-les pour vous, pas de digressions, on s'égare, et une dernière chose qui me parut le comble de l'irréalité eu égard à la situation dans laquelle j'étais, c'est-à-dire rien : pas de jeux de mots, ça ne passe pas en traduction. Quand on n'est pas publié la perspective d'un livre traduit est hasardeuse et dans l'ordre des priorités elle arrive très loin si jamais on y songe. Puis il s'en prenait à la phrase elle-même, à ce qu'elle prétendait dire, ajoutant qu'il était inutile de qualifier d'indescriptible un désordre, quand l'auteur était précisément là pour ça, pour le décrire, ce désordre, nous le donner à voir et à ressentir.

Mais cette fois je ne pris pas la remarque pour moi, pour la bonne raison qu'un « désordre indescriptible » est exactement le genre de poncif qu'intuitivement on écarte, sorte de mine antipersonnel au cœur de la phrase qui « l'invalide » sitôt qu'on tombe dessus. Il n'est pas impossible cependant que les pages sur le chaos du grenier dans lequel se réfugie le grand-père des *Champs d'honneur*, où s'entassent plusieurs générations d'objets abandonnés, dont parfois on ne perçoit même plus la fonction, ne soient une réponse narquoise à cette réflexion de l'éditeur. Je pense même que oui : Vois comme je décris l'indescriptible, dit le texte. Avec cette remarque conclusive, comme un coup de pied de l'âne : « l'ordre n'est qu'une variation algorithmique du désordre » (ou réciproquement, j'ai oublié).

J'ai découvert par la suite que ce discours ne m'était pas strictement adressé. Il le ressortait à chaque nouvel adoubé. Plus tard, quand j'appris à mieux le connaître, il me vint à l'esprit que cet *aggiornamento* était une manière de remettre les pendules à son heure à lui. Oubliez ce que vous savez de la maison d'édition. Le Nouveau Roman a été fait, et bien fait. À quoi bon être à soi-même son propre copiste. Il n'allait pas passer le reste de sa vie à se plagier. D'autant qu'ayant commencé de bonne heure dans la profession, si l'on compte qu'au moment de sa rencontre historique avec Beckett, d'où allait dépendre tout un pan de la littérature du XXe siècle, il avait vingt-sept ans, dix ans plus tard, les principaux auteurs du Nouveau Roman étant parus, il en avait terminé avec ce qui aurait suffi à assurer sa gloire d'éditeur. Il était temps de rebattre les cartes poétiques. Quand il aurait pu vivre sur ce matelas de renommée qui lui valut deux prix Nobel.

Outre que sa nouvelle « bible » romanesque, qu'il dispensait devant le néophyte stupéfait, témoignait d'un désir honorable de passer à autre chose, de ne pas ressasser, on pouvait se demander si elle ne correspondait pas mieux à ses goûts. D'autant qu'il était seul maintenant à décider parmi la pile de manuscrits reçus par la poste, quand ses débuts avaient bénéficié des conseils de Georges Lambrichs et d'Alain Robbe-Grillet. Par cette insistance à diffuser ses commentaires sur le roman, en total désaccord avec l'idée qu'on avait de sa maison, il manifestait ainsi que désormais la ligne éditoriale se confondait avec ses choix propres. À se demander encore s'il ne réglait pas ses comptes à distance. Des propos tenus devant certains, tout aussi stupéfaits de l'entendre émettre des réserves sur des livres canoniques édités par lui, accréditeraient cette hypothèse. Vous aimez ça, vous ? Ce genre de remarque au sujet d'un de ses auteurs phares avait de quoi déboussoler. Désormais unique maître à bord, il tenait à se démarquer de ses débuts sous tutelle et s'appliquait à ce qu'on le sache.

Bien que désagréables à recevoir, ses remarques eurent le mérite de me débarrasser de cette autre tutelle, tout aussi pesante, du formalisme et de ses diktats en vogue dans les années soixante-dix et quatre-vingt du siècle dernier, qui, sous couvert de sacraliser le texte, le vidaient de sa substance. On n'allait quand même pas attendre de la phrase qu'elle passe le sel ou lance bonjour à la compagnie. Le texte visait plus haut que ces considérations de bas étage. Le texte sacralisé, réduit à la seule aventure de l'écriture (comme si on retournait l'introït de l'évangile de Jean : Et le verbe s'est fait chair, pour rendre la chair essentiellement verbeuse) rejoignait les onomatopées du *om mane padne hum*. Ou le corpus syllabaire du lettrisme d'Isidore Isou qui, dans les années cinquante, avait contribué à la sape de la langue qui préfigurait la mort du roman et de l'auteur. En accord avec ce nouveau bréviaire, me gardant de toute restitution du réel – peut-être pour cette autre raison que j'avais beaucoup de mal dans ma vie à l'affronter, et qu'en plus myope et sans lunettes je n'y voyais rien –, cette posture moderniste me convenait. Il est plus valorisant à ses propres yeux d'évoluer à la pointe de la recherche que dans les gros bataillons épuisés de l'arrière-garde. D'inventer plutôt que rabâcher. Plus confortable aussi, dans cet inconfort d'un texte bousculé, de sembler répondre aux diktats de la modernité poétique. Mais à présent que dans *Préhistoire* j'abordais aux rivages de ma Loire-Inférieure natale – car mon projet consistait en cinq livrets à dévaler le XXe siècle en racontant l'histoire des miens, autrement dit d'un Joseph mort à vingt et un ans le 26 mai 1916 dans un hôpital de Tours après avoir été blessé en Belgique, à l'autre, notre père, s'effondrant brutalement à quarante et un ans un 26 décembre 1963 – cet emballage formel contemporain m'aidait à m'infiltrer dans le monde réactionnaire de mon enfance. Présentant mon histoire familiale dans les habits traditionnels du romancier, je n'y aurais pris aucun goût, m'y serais profondément ennuyé, et d'ailleurs la seule idée de devenir un écrivain du terroir jouait le rôle de repoussoir. Plutôt l'obscurité textuelle que ce déploiement mélancolique d'une enfance rurale. Ce modernisme auquel je sacrifiais dans le texte, usant de formes syntaxiques qui me semblaient nouvelles, c'était ma tortue romaine dissimulant sous sa carapace de boucliers formels le chagrin de mes onze ans.

« Faire moderne », le mot d'ordre, autant esthétique qu'idéologique, avait traversé tout le siècle. Il consistait principalement à démolir ce qui s'était pratiqué jusque-là. Pour le texte, s'émanciper des contraintes grammaticales en usant de formulations « hors piste », balayer la ponctuation, bousculer la narration jusqu'à ne plus savoir qui est qui, qui parle et où ça se passe, manifester une liberté d'improvisation ne tenant aucun compte de la logique du récit, faire un bras d'honneur à la loi d'airain du réalisme, s'interroger sur le pourquoi de l'écriture, sur le pourquoi du pourquoi, autant d'éléments du credo moderniste que l'éditeur balaya comme ressortissant à des enfantillages. Ce cahier des charges, hormis la remarque sur le jeu de mots intraduisible – écrire est en soi un jeu de mots, inutile d'en rajouter –, avait de quoi me contrarier et ruinait mes conceptions poétiques où la forme primait. Moi, raconter une histoire ? Plutôt « un livre sur rien, un livre sans attache extérieure, qui ne se tiendrait que par la seule forme interne de son style », comme l'écrivait Flaubert, fatigué de passer ses journées et ses nuits avec ses paysans normands.

J'avais lu dans une sorte de complicité intime, comme des confidences à l'oreille, sa correspondance avec Louise Colet, sa maîtresse languissante, à laquelle, repoussant sans cesse leurs rendez-vous, il préférait visiblement l'écriture besogneuse de *Madame Bovary*. « Une corvée », selon lui. J'y retrouvais, grossis à la loupe, mes tourments de romancier rétif. Lui aussi s'était contraint à raconter une histoire « terre à terre », « à la Balzac », s'inspirant d'un fait divers auquel son père médecin de Rouen avait été mêlé. Appelé au chevet d'une mourante, celle-ci avait refusé de lui révéler le nom du poison qu'elle avait avalé pour qu'il ne lui trouvât pas d'antidote. Elle s'appelait Delphine Delamarre, était l'épouse d'un officier de santé, et on imagine la hauteur de son désespoir. Une histoire que le jeune Gustave avait entendue à la table familiale avec des centaines d'autres, tout aussi morbides, quand il rêvait de « grands vols d'aigle ». Après s'être écrasé au sol comme Icare avec sa *Tentation de saint Antoine* dont il avait fait la lecture quatre jours durant à ses deux amis peu enthousiastes, Maxime Du Camp et Louis Bouilhet, il diagnostiquait les racines de son mal et, en bon fils de médecin, décidait de s'opérer du « cancer du lyrisme ». Ce à quoi le jeune homme s'appliqua pendant les quatre années laborieuses de la conception de *Madame Bovary*, à qui nous devons de connaître en transparence la tragédie de Delphine Delamarre, qui sinon aurait rejoint depuis longtemps la fosse commune des faits divers.

J'en étais là, dans cette tension de l'entre-deux, entre réalisme et lyrisme, bataillant pour ne pas céder à « l'illusion représentative », ou encore « l'illusion référentielle » (en clair tenter de dire le réel) dénoncée par les maîtres de la modernité littéraire, profitant de la moindre occasion fournie par le texte pour me dégager du récit, sortir mes partitions et entonner un hymne à la beauté. Même si dans cette *Préhistoire* où l'éditeur avait décelé « l'amorce d'une œuvre forte », il était déjà question de la Loire-Inférieure et de la guerre, la première, avec ses tranchées, sa boue et ses gaz de combat, qui avait tapissé de noms la plaque de bronze fixée sur le monument aux morts de la commune. Et dont je repris intégralement les pages dans mon premier roman. Mais dire le monde n'était pas l'objectif premier. Le monde était un moyen, une palette. À défaut d'un père médecin, c'est l'éditeur qui, par ses remarques blessantes, agissant comme autant de coups de scalpel, se chargea de l'opération flaubertienne. Opéré brutalement de mon cancer du lyrisme, restait à répondre à l'autre question flaubertienne : comment chanter avec ça. Ça, la vie.

Ce premier texte, *Préhistoire*, il s'en est fallu de peu qu'il parût chez d'autres éditeurs de renom qui furent intéressés, au point de m'assurer de la publication si je leur fournissais la suite que je n'avais pas encore. Mais je ne fis pas preuve d'une grande pugnacité, ni d'un doigté diplomatique. Au lieu de me précipiter à produire le second opus qui se serait appelé *Histoire et géographie*, j'écrivis à l'un d'eux une lettre assassine dont j'ai conservé le brouillon et dont je ne sais si je dois en rougir ou m'en féliciter, dans laquelle j'expliquais que c'était vraiment idiot de sa part de refuser un texte qui lui agréait. Dans ce cas, pourquoi ne me faisait-il pas confiance pour la suite ? La vérité c'est que je me résigne vite après un emballement éphémère. Peut-être aussi qu'il m'apparaissait que je n'y étais pas encore, pas encore au point. Mais le refus aide à vous convaincre de ce genre de chose. Variante éditoriale du syndrome de Stockholm. On a tendance à donner raison à son censeur. Raison fluctuante quand un autre dénoncerait autre chose dans le même texte. Mais ce *Préhistoire* eût-il été publié, non seulement mes livres mais ma vie auraient été autres. J'aurais poursuivi ce chemin expérimental de crête entre fragments de réel et digressions poétiques, qui me plaisait malgré tout, qui me correspondait peut-être mieux, même si je m'en serais lassé, je me connais, accumulant les recueils comme des médaillons ciselés à placer dans la vitrine de mes souvenirs. On aurait loué sous le manteau mon exigence (entendre ennuyeux et confidentiel), ma ténacité (ne dérangeant personne), mon courage (il vend depuis trente ans des journaux) et passé le vingtième opus, un critique aurait élevé la voix pour mettre en avant son indignation qu'on fît si peu de cas d'un auteur aussi injustement méconnu, se drapant dans l'anonymat de son poulain vieillissant pour se mettre lui-même en valeur (l'ombre ne fait pas d'ombre).

Mais l'éditeur parla, qui me convainquit que ce n'était pas par cette voie expérimentale que je devais passer, me barrant de son autorité papale le goulet du formalisme, et me montrant la montagne et le rocher à rouler : « Faites-en un roman », dit-il. Face à tout autre j'aurais haussé les épaules. Cette même rengaine à fabriquer du tout-venant, du comme tout le monde, c'était exactement le discours convenu qu'on servait partout. Un discours à charge, idéologiquement réactionnaire, impliquant l'idée sous-jacente que le Nouveau Roman avait stérilisé la littérature, qu'il fallait en revenir au bon vieux roman balzacien, comme si celui-ci avait été en place depuis la nuit des temps et avait fourni le gabarit définitif à toute forme de récit, comme si nous en étions toujours à la diligence et au boulevard du Crime, aux robes à crinoline et aux liqueurs dont les petits verres sur le comptoir des cafés dessinaient des guirlandes multicolores, comme si chaque époque ne devait pas forger ses propres modes d'expression afin de rendre compte honnêtement des forces, des inventions, des bouleversements, des changements de mentalité qui la traversent. En quoi le Nouveau Roman avait tenu son rôle. Pas de Beckett sans les camps de concentration allemands, auxquels il avait échappé de peu, fuyant Paris en catastrophe pour se réfugier à Roussillon-en-Provence, et où avaient péri certains de ses amis résistants du musée de l'Homme. Pas de Claude Simon sans cet effondrement des armées françaises en juin quarante, entraînant dans sa débâcle la fin de cette idée romanesque de la France, et par là même la mort du roman, entendre la mort du roman « chevaleresque » de la France. Pas de Robbe-Grillet dont la pensée maurassienne, alors qu'il suivait sa formation d'agronome, l'avait amené à envoyer, avec un camarade de promotion devenu peintre, une lettre d'encouragement au maréchal Pétain, et qui avait intérêt à ce renouveau narratif passant par l'effacement de l'ancien.

Comme j'étais groggy dans mon fauteuil, n'en revenant pas d'entendre cet homme proférer des sentences qui relevaient de l'académisme le plus conventionnel, en contradiction flagrante avec son catalogue, il avait profité de son avantage pour m'assener, ce qui fit sur moi dans l'instant l'effet d'une phrase satori : Vous n'êtes pas penseur, vous n'êtes pas philosophe, vous n'êtes pas essayiste, vous êtes romancier. De ce moment, en même temps que je perdais mes illusions platoniciennes, je sus ce qu'il me restait à faire : emprunter le rude chemin du réel. Étreindre la réalité rugueuse, comme dit Rimbaud. Quand une heure plus tôt j'aurais juré ne jamais succomber à ces sirènes rétrogrades, il me persuadait qu'il n'y avait pas d'autre salut pour moi que le roman tel qu'il venait de me le présenter, c'était plus qu'un conseil, c'était un ordre, au point que, sorti de son bureau, ma feuille de route en tête, dévalant l'escalier pentu qu'avaient emprunté les clients de cette ancienne maison de passe, pressé de retrouver l'air libre de la rue Bernard-Palissy (le face-à-face avait été assez oppressant) où selon Carco deux peintres de ses amis, Dignimont et De Nève, avaient eu un atelier dont on voyait en levant les yeux la verrière, j'avais déjà en tête l'image d'un vieil homme conduisant une 2CV cabossée sous les pluies d'Atlantique et fumant ses cigarettes à la chaîne.

Il m'apparaissait aussi que cette carte que venait de me donner l'éditeur était ma dernière. Si je ne voulais pas demeurer le restant de ma vie à aligner inutilement des phrases n'intéressant personne – perspective absolument désespérante quand j'avais rêvé d'entrer « par effraction » en littérature, comme le recommandait Flaubert –, il me faudrait passer par cette porte étroite du récit et abandonner, du moins pour le moment, ma tendance naturelle à la dérive et au chant. J'avais en main le petit guide pratique de l'éditeur que je veillerais à suivre à la lettre. Je m'appliquerais à ne pas dévier de cette ligne pure du récit, le récit et rien que le récit. J'écrirais en pensant à mon juge sévère et lui rendrais ma copie achevée comme un écolier guettant en tremblant un mot bienveillant de son instituteur. Alors qu'il m'avait reçu à deux reprises, prenant à chaque fois deux heures de son temps pour me dire ce qui n'allait pas et ce qu'il attendait, je lui montrerais qu'il n'avait pas eu affaire à un ingrat, que j'avais bien retenu ses leçons, de même que lorsque je demande ma direction à un passant je veille d'abord à lui montrer par un regard soutenu et un front plissé que je suis attentif à ses indications. Bien plus qu'à les retenir, puisque deux rues plus loin je suis à nouveau perdu.

S'il vantait la discrétion, lui-même ne courant pas les dîners en ville, et défendait qu'on s'intéressât à rien d'autre qu'au texte, repoussant avec dédain tout ce qui pouvait relever d'éléments biographiques susceptibles de l'éclairer, en quoi il était pleinement « moderne » – le structuralisme ayant fait tomber un couperet entre l'auteur et son œuvre –, refusant de communiquer d'autres renseignements qu'éventuellement une date de naissance, il savait faire preuve de souplesse dans son approche dès lors qu'il ne perdait pas de vue l'autre objectif de son métier qu'il avait formulé devant moi : « Le premier devoir d'un éditeur, c'est de ne pas faire faillite. » Ce qui impliquait pour lui de vendre les livres qu'il publiait et de ne pas négliger les occasions d'en parler.

S'il prit la tête de la croisade pour le prix unique du livre, ce fut pour cette même raison. Il savait que ses publications étaient vendues exclusivement dans les librairies dites de création, lesquelles étaient condamnées à disparaître, pour peu qu'on laissât faire les lois du marché. N'ayant pas les moyens de pratiquer des baisses drastiques sur les best-sellers comme le feraient les grandes surfaces, il leur resterait sur les bras un fonds d'incunables n'intéressant personne. Pour étayer son argumentation, l'éditeur m'avait sorti cet autre adage de son cru : « Une bonne librairie est une librairie qui vend des livres qui ne se vendent pas » – comprendre les siens. Et il savait de quoi il parlait, consultant chaque matin les bordereaux des ventes de ses ouvrages. Autrement dit, si on retire à ces librairies les livres qui se vendent, qui leur assurent leur chiffre d'affaires et qu'on trouvera à prix cassé dans les supermarchés où les gens iront les acheter, elles n'auront plus, incapables financièrement de suivre ce mouvement déflationniste les privant de cette seule rente, qu'à mettre la clé sous la porte. Et par voie de conséquence l'éditeur avec elles, dont les publications n'auraient aucune chance de figurer en tête de gondole à côté des Mémoires d'un chanteur de variétés ou de ces romans exaltant la vie en Corrèze à l'aube du XXe siècle.

Il avait même affiné son étude concernant les points de vente de ses ouvrages : un ensemble de librairies dont le chiffre d'affaires annuel tenait dans une fourchette précise. C'est pour celles-là qu'il se battait. En dessous de ce minimum, il lâchait les petites structures qui s'imaginaient pourtant qu'il prendrait leur défense en les maintenant à flot par un organisme de prêt sur lequel il avait la haute main. Pour les livres de sa maison, elles n'étaient pas intéressantes, pas assez rentables. Pas à sauver. C'est ainsi que je surpris une conversation entre lui et son éminence grise où tous deux prononçaient l'arrêt de mort d'une librairie de Montpellier où j'habitais alors. Ils la lâchaient. Je la fréquentais, je connaissais ses difficultés, mais la libraire amie, après une passe difficile, semblait plutôt optimiste sur son avenir. De retour dans la ville, la question se posa : dire ou ne rien dire. Les arguments commandant de se taire ne manquaient pas : pas ton affaire, tu te mettras tout le monde à dos, mais comme ils voisinaient avec la lâcheté, pas d'autres choix que d'affronter une situation pénible et parler. La libraire tomba des nues quand je lui annonçai la sentence parisienne, ne voulant y croire, persuadée qu'elle tenait le bon bout, que ses finances étaient en voie de redressement et qu'avec un dernier coup de pouce elle s'en sortirait. On l'avait assurée que bien sûr elle pouvait compter sur des aides, mais commençant d'interpréter certains signes mauvais, des réponses évasives à ses demandes, elle se résigna bientôt à retirer ses parts de son commerce avant la Bérézina annoncée qui, de fait, ne tarda pas. Son associé, qui peinait à sortir d'un drame personnel, décourageait les clients qui s'inquiétaient des nouveautés intéressantes par une réplique définitive : Rien depuis Proust. Ce qui, dans cette passe difficile, n'aidait pas. Prêts suspendus, les éditeurs cessèrent de livrer les livres. La librairie sevrée de parutions se vida peu à peu de ses ouvrages, et ses clients, même les plus militants, faute d'y trouver ce qu'ils cherchaient, prirent l'habitude d'aller voir ailleurs. Encore un peu et on plaçait un écriteau sur la porte d'entrée : À vendre.

Alors qu'un journaliste enquêtait sur les métiers des écrivains, quand pour une fois ils n'étaient pas professeurs ou journalistes, l'éditeur lui glissa, lors d'un déjeuner, qu'un de ses auteurs dont le premier roman paraîtrait à la rentrée de septembre exerçait la profession de marchand de journaux. Que le même eût fait des études littéraires et choisi délibérément de tout sacrifier à l'écriture, il se garda d'en rien dire. Il était pourtant au courant, m'ayant demandé sur quoi avait porté mon mémoire de maîtrise : le théâtre de Beckett, mémoire jamais achevé mais qui me valut cette réponse mémorable de l'éditeur : Le ver était dans le fruit. Mais il comprit que ce n'était pas cet argument que retiendrait le journaliste et il se contenta d'allumer négligemment la mèche : le premier roman d'un marchand de journaux. L'information était suffisamment insolite pour qu'il ne fût pas besoin d'en rajouter. Les tambours de la brousse éditoriale se relayèrent pour annoncer qu'une sorte de fée Clochette s'était arrêtée au-dessus d'un kiosque de la rue de Flandre et secouant sa baguette magique avait semé une pluie d'étoiles sur la tête d'un marchand à peu près idiot. Voici l'élu. Avant de repartir à tire-d'aile faire le bonheur d'un gagnant du Loto.

C'est ainsi qu'avant même la parution du livre, un article dans l'édition d'été du magazine *Lire* attirait l'attention des critiques, non sur le livre lui-même mais sur le métier de son auteur. Sur cette seule donnée, le kiosque attira les premiers curieux. Des journalistes, prenant le risque de s'aventurer dans ces confins de la capitale où la drogue se négociait à ciel ouvert, venaient vérifier *in situ* que la rumeur n'était pas sans fondement. Le kiosque était bien à sa place au 101 rue de Flandre et avec un peu de chance (une chance sur deux) on pouvait tomber sur l'écrivain marchand de journaux. Sur quoi l'information courant toute seule, l'éditeur reprit de la hauteur, se refusant de ce moment, quand on lui demandait d'évoquer le statut professionnel de son auteur, à en faire un argument publicitaire, estimant qu'il ne s'agissait pas d'attirer l'attention sur autre chose que le livre et rien que le livre, ce qui, ce discours vertueux, seyait mieux à l'esprit de la maison. Le tam-tam médiatique se chargeant de la nouvelle, il pouvait retourner à sa lecture des manuscrits.

Porté par l'écho, le livre à peine sorti se trouvait exposé dans les vitrines des librairies. Ce qui n'est pas la destination première du premier roman d'un illustre inconnu. Mais au lieu de m'en réjouir ou d'en être flatté, je détournais la tête quand je l'apercevais bien en vue et je filais sans m'arrêter. Comme gêné, embarrassé. Non de l'avoir écrit. Si le doute ne m'effleure pas, c'est que j'ai depuis longtemps admis être exactement celui-là qui se donne à lire, je ne veux me retrancher derrière aucune excuse qui atténuerait la violence d'une critique ou d'une mine dégoûtée. Moi, c'est ça. Honnêtement, sincèrement. Si ça ne vaut pas plus, je ne vaux pas mieux. Auquel cas je ne peux m'en prendre qu'à moi-même, c'est-à-dire déplorer que la Providence, la génétique ou une mauvaise conjonction astrale aient placé dans mes mains de faibles cartes. Douter, c'est craindre par une réaction narcissique que sa production ne corresponde pas à l'estime qu'on a de soi. C'est se mettre à un endroit où l'on redoute d'être intrus, illégitime. C'est se placer à côté de son existence. Comme ceci que je présente c'est moi, je ne peux m'excuser d'être celui-là. J'étale mon imaginaire comme un marchand à la sauvette disposant quelques objets sur un carré de toile. S'il ne convient pas à la police poétique, je me saisis des quatre coins dont je fais un nœud et je m'en vais ailleurs. Mais là, le livre était sorti de moi, je le voyais vivre une vie autonome. Comme si mon balluchon avait décidé sans mon accord de l'endroit où s'étaler. Le titre seul sur la couverture du livre, sans le nom de l'auteur, m'eût davantage convenu. Et mieux encore une couverture entièrement blanche. Mais il eût fallu la notoriété des Beatles s'autorisant le carré blanc de leur double album après avoir refusé toutes les maquettes proposées, quand ma renommée était circonscrite à un bout de trottoir du 19e arrondissement. Et je ne parle pas des membres de ma famille que je m'étais bien gardé de tenir au courant, avant de me sentir contraint et forcé d'envoyer un exemplaire dédicacé au noyau de chagrin de ma mère et mes sœurs, lors de la signature du service de presse.

Car c'était bien de lire mon nom au-dessus du titre qui m'indisposait le plus. Les billets d'humeur que je publiais douze ans plus tôt à la une d'un quotidien régional – *L'Éclair de Nantes*, disparu depuis longtemps – étaient signés d'un pseudonyme à la demande de la direction. Pseudonyme que j'avais choisi parmi les titres des *Illuminations* de Rimbaud. Je n'avais pas eu à affronter ce tête-à-tête dans le miroir du nom, très peu connaissaient la véritable identité de l'auteur. Un primeur du marché de Talensac, à Nantes, qui parlait chaleureusement d'un de mes articles à ses clients, eut la surprise d'entendre ma jeune sœur qui patientait dans la file lui avouer qu'il s'agissait de son frère. Ce qui est d'une joie sans égale. Mais si je le redoutais, c'est que ce tête-à-tête avec le nom avait déjà eu lieu, et que son souvenir en était pénible. Chaque dimanche de mon enfance, passé mes onze ans, nous consacrions l'après-midi à une visite au cimetière. Sans qu'on sût démêler avec le temps si c'était un but de promenade ou une volonté obstinée de recueillement. Et par tous les temps, or nous savons comme le temps est incertain dans l'Ouest, souvent venteux et pluvieux. Jamais pourtant nous n'avons manqué ce rendez-vous puisque nous ne partions pas en vacances. L'original du nom s'étalait en lettres noires sur la tombe du père défunt, au pied de la croix couchée taillée en haut relief dans l'épaisse dalle de granit gris, comme la couverture pétrifiée du livre de son corps. Ce livre des morts que je livrais en pâture n'était rien d'autre que la mise en récit de cette tombe au patronyme précocement disparu.

Et voilà que le nom avait sauté comme une puce de la pierre tombale du cimetière de Campbon, à une autre « couverture », blanche celle-là, des éditions de Minuit où la petite étoile bleue remplaçait la croix couchée. Comme si l'auteur de mes jours hantait le texte, en revendiquait la paternité, peut-être. Auteur de mes jours mais pas seulement. À la vérité, j'avais de lui un manuscrit de sa main d'une dizaine de pages agrafées, dont il n'était pas l'auteur cependant. Il s'était contenté de retranscrire de sa fine écriture penchée un historique de la commune suivi d'une monographie du pieux Victor, saint patron et ermite local dont on montrait encore, quand j'étais enfant, la fontaine miraculeuse où il guérissait les fièvres. Le véritable auteur de ce samizdat, jamais publié, dont je détiens sans doute l'unique exemplaire, était le frère Honorat, frère des Écoles chrétiennes de Ploërmel, que j'avais eu comme enseignant, enfant, et qui représentait à nos yeux un sommet de la connaissance. On pouvait très bien se fixer comme objectif pour sa vie future de devenir aussi érudit que lui, bien que cela nous semblât inatteignable. Comble de fascination et d'admiration, il prenait chaque été l'avion pour rejoindre les membres de sa communauté à Jersey ou Guernesey, où les lois anticongréganistes du petit père Combes les avaient poussés à l'exil. Et l'avion, à cette époque, dans nos vies campagnardes, semblait aussi inaccessible que le savoir du frère.

Il avait toujours été entendu que ces quelques feuillets calligraphiés de la main de mon père étaient une copie, faute d'autres moyens de reproduction à l'époque. Ce qui dit que jamais il ne laissa entendre qu'il en était l'auteur. Ils avaient traversé des dizaines d'années rangés dans le tiroir central sous le plateau du grand bureau, avant que je les emporte et qu'ils me suivent partout, attendant toujours que j'en finisse la lecture. Je ne crois pas avoir jamais dépassé le premier paragraphe consacré à l'étymologie du nom de la commune où le frère règle ses comptes avec l'acception latine de Campbon qui viendrait de *campus bonus*, le « p » ayant été rajouté pour les besoins de sa démonstration par un latiniste fou au milieu du XIXe siècle. Je me souviens aussi de l'évocation de la razzia des Vikings, qui rasèrent la commune au IXe siècle avant de s'en prendre à Nantes. La suite m'apprendrait sans doute d'autres choses mais je ne m'y résous toujours pas. Le texte est en veille. Comme une petite lumière sur la tombe du disparu. La morale de cette histoire c'est qu'un père ça écrit mais qu'il n'est pas l'auteur. Son nom réapparaissant en couverture de mes *Champs d'honneur*, c'est comme s'il revenait d'entre les morts me signifier que je devenais à mon tour sa copie. Que j'avais « copié » sa vie pour me faire connaître. Un copiste ne revendique pas la « paternité » du texte.

Je peux penser aujourd'hui qu'il s'est essayé à écrire. Ses aspirations à une vie artistique s'étaient manifestées sur la scène du théâtre paroissial. J'ai de lui plusieurs photos de la troupe où il pose grimé en divers personnages.

Notamment en comte de Monte-Cristo dont il assura la mise en scène de la pièce. Ayant abandonné à contrecœur ses camarades de jeu quand son métier de voyageur de commerce l'éloignait trop longtemps de la maison, j'ai tout de même le souvenir d'une pièce tardive pour laquelle il reprit du service, certainement par goût des planches, une sorte de comédie de caserne où je le revois coiffé d'un calot bleu. Griffonnait-il dans ses chambres d'hôtel où il montait le soir après une partie de cartes ou de dés avec des collègues de passage, retrouvant la solitude de ses années de clandestinité, quand il appartenait au réseau Vengeance et se cachait dans le grenier d'une ferme d'où il sortait la nuit pour rejoindre ses compagnons de combat ? Entre ses faits d'armes et les souvenirs récents encore de sa jeunesse orpheline il aurait eu, lui grand lecteur, de quoi composer de beaux écrits. Avant de renoncer peut-être et comme Bouvard et Pécuchet, de se contenter d'un labeur de copiste, me passant le flambeau par l'intermédiaire de mon prénom évangélique, Jean, « ce disciple qui a vu ses faits et qui les a écrits, et nous savons que son témoignage est véridique ». Comme si le géniteur m'avait remis entre les mains la responsabilité d'assumer la pérennité du nom par l'écriture, là où il avait échoué dans son grenier de solitude et de misère du temps, me fournissant par cette copie d'une monographie locale un mode d'emploi : l'histoire de mon lieu de naissance (ça se passe à Campbon, Loire-Inférieure), et un saint à élire – un Victor victorieux. Autrement dit, raconter notre vie locale avec sa figure totémique qui ne pouvait être que lui, Joseph, sorti vainqueur de la guerre, et qui dans la clandestinité, selon le témoignage écrit de son chef de réseau, avait mérité le surnom de « Jo le dur ». En bon fils, j'avais respecté cette tacite commande paternelle. La preuve éclatante s'exhibait dans les vitrines des librairies : une histoire de Campbon, alias Random, avec vie et mort du héros Joseph (mais le premier, gazé à Ypres) et intitulée *Les Champs d'honneur*. À quoi, détournant la tête pour ne pas découvrir mon reflet bleuté sur la couverture blanche des éditions de Minuit, je n'étais visiblement pas prêt.

Le livre était parfois accompagné dans les vitrines d'une photo de l'auteur réalisée par une jeune Américaine, prise dans un café de Pigalle où il pose le menton en appui sur la main, le coude posé sur le zinc d'un comptoir à côté d'une tasse de café. Comme si un écrivain ne pouvait trouver l'inspiration que dans l'odeur délavée des robinets à bière. Moi qui ne mettais jamais les pieds dans un bar. Mais c'était son idée d'un écrivain à Paris, sans doute. Hemingway, Fitzgerald et Miller ayant beaucoup pratiqué, beaucoup descendu de verres, quand la prohibition interdisait la consommation d'alcool aux États-Unis. Ce qui a sans doute contribué à associer dans les imaginaires l'écrivain à la boisson. Mais je ne buvais pas alors. La tenue, un T-shirt vert olive, dit que nous sommes dans les beaux jours. Il ne me serait pas venu à l'idée de me promener bras nus en dessous de vingt-cinq degrés. Comme la photo illustrait l'article sur les métiers bizarres de certains écrivains en vue d'une parution en été, on peut même penser qu'elle a été prise au mois de juin. De toute manière, c'était l'état de ma garde-robe alors. Pour les mauvais jours, rajoutez des manches et des épaisseurs. Illustrant la même enquête du magazine *Lire*, on trouvait le poète Thierry Metz dont on faisait un maçon, quand comme moi, il s'arrangeait de petits boulots pour dégager du temps pour écrire. Mais où l'on pouvait deviner toute la condescendance du milieu. Une descente dans les bas-fonds pour remonter quelques gribouillis de quasi-analphabètes. Tiens, ça écrit aussi chez les gueux. Qu'on me parle du marchand de journaux, cette pointe de mépris, cette suffisance, je les ressens encore. Je sais déceler la nuance de rabais dans ce rappel. Comme si on s'appliquait à me faire descendre des hauteurs d'un verbe où il en coûte de lever les yeux. Mais c'est lassant, comme un mauvais *running gag*. Du moins ça ne m'entame pas, au lieu que, sept ans après la parution de cet article, Thierry Metz se suicidait dans l'hôpital psychiatrique près de Bordeaux où il luttait contre ses démons. Mort d'un maçon.

La jeune Américaine qui avait pris soin, pour me mettre en confiance, de m'informer que certaines de ses œuvres étaient dans les musées, m'envoya une sélection de ses tirages. Découvrant mon portrait je fus à même d'éprouver le sens profond de l'expression « ne pas pouvoir se voir en peinture ». Même sur papier glacé. Mais j'ai appris dès ce moment à ne pas m'en mêler. Claudette Colbert était obsédée par son bon profil, de sorte qu'on la filme toujours du même côté. Sa notoriété lui permettait d'imposer aux réalisateurs ce genre de contrainte. À Montpellier, quelques mois plus tard, je faisais la connaissance de Dominique Bagouet, chorégraphe sensible, intelligent, érudit, inventif, le seul créateur connu de moi qui m'ait jamais impressionné. À sa mort, devant son cercueil exposé dans une salle de la morgue, accompagné par la musique de Marin Marais diffusée à travers deux enceintes placées de part et d'autre de son portrait exposé sur un chevalet, face à ce moment de vide immense où l'on ressent le besoin d'une parole, des membres de sa troupe me poussèrent littéralement pour que je dise un mot. Et le premier qui m'est venu à l'esprit c'est : Nous avons connu Mozart. À cinq ans près, il avait l'âge du prodige de Salzbourg au moment de mourir. Il s'était étonné que je ne m'oppose pas à la diffusion d'une photo, où de trois quarts arrière, tête tournée vers le photographe, je me retrouve avec le nez de Cyrano, trouvant même curieux que l'éditeur eût choisi celle-ci qui ne me mettait pas à mon avantage. Il m'expliqua que lui décidait des trois mêmes portraits qui seraient utilisés pour sa communication et bloquait tous les autres. C'était trop compliqué pour moi, et pas mon genre qui est plutôt de laisser tomber quand à mes yeux ça ne vaut pas la peine. La seule perspective de me retrouver face à l'éditeur pour lui signifier que je valais mieux que cette photo, et d'imaginer l'air cassant de sa réponse, du genre pour moi ça vous correspond très bien, suffisait à me détourner d'une pareille revendication. Et puis surtout j'avais lu que Bob Dylan n'intervenait jamais, dont les reprises pirates inondaient pourtant le marché sans qu'il se sentît obligé d'appeler son avocat et d'attaquer les journalistes qui fouillaient ses poubelles. Alors si Bob Dylan. Bon profil ou non, affichez ce que vous voulez. De quoi j'ai l'air ? Eh bien de celui-là qui vous regarde. Même si aujourd'hui je vois un beau jeune homme. N'étant pas au courant à l'époque, il me semblait devoir imposer au monde ma triste figure.

D'autres fois, à l'initiative de l'éditeur, c'est tout un panneau de la vitrine qui était occupé par une série d'illustrations, tirées de photographies de famille agrandies, qu'à sa demande j'avais mises à sa disposition. Même si celles que je décrivais dans le livre et qu'il s'attendait à retrouver, j'avais dû lui avouer qu'elles n'existaient pas. Recomposées à partir de plusieurs, et parfois de bonne foi, ou carrément inventées. Mais sa commande m'avait obligé à fouiller dans la boîte où gisait en vrac notre mémoire argentique. Cette boîte, on l'avait tout de même choisie avec soin. Une sorte de reliquaire en carton décoré de volutes imitant la broderie, sans doute initialement prévue pour des mouchoirs de qualité où nul ne songeait à y plonger le nez ou des brassières de bébé. Mais jamais l'idée n'était venue à quiconque de classer ces souvenirs et de les disposer avec piété dans un album que l'on feuilletterait, nostalgique, des années plus tard. Le reliquaire s'était refermé il y avait bien longtemps, comme une tombe, très exactement depuis le dernier été passé à Paris où notre père avait tenu à nous emmener, sous le prétexte de retrouver aux Invalides le drapeau du régiment de son père. Et peut-être celui du Joseph disparu en 1916, dont il avait repris le prénom. Comme c'est lui qui prenait les photos, la production cessa et la boîte végétait en l'état depuis vingt ans dans l'une des deux armoires de la chambre où, ses trois enfants serrés dans le grand lit, on nous avait annoncé sa mort.

Profitant d'un retour à la maison natale, je sortis le reliquaire de l'armoire et exhumai ainsi de petites photos en noir et blanc au bord dentelé, et qui, agrandies dans les vitrines à la dimension d'une feuille A4, outrepassaient le cadre de mon enfance pour rejoindre une espèce d'actualité du monde. On pouvait voir ainsi mes parents, jeunes et beaux, marchant tout sourire au bras l'un de l'autre dans une petite rue bordée de maisons basses. Ç'aurait pu être des *people* surpris dans leur promenade amoureuse. Par cet affichage public ils rejoignaient le gotha des magazines, comme s'ils sortaient des pages de *Point de vue – Images du monde*. J'ignorais alors le nom de la commune, et n'avais pu fournir d'indication à l'éditeur, ne reconnaissant pas les lieux de mon enfance, mais la diffusion de ces images dénoua bientôt les langues. Il s'agissait de Saint-Laurent-sur-Sèvre, où repose dans la basilique le corps de Grignion de Montfort, une sorte de Savonarole local dont les prêches terrifiants se faisaient encore sentir dans la région, deux siècles après sa disparition. Drôle d'endroit pour des fiancés.

Cet étalement du nom sur la couverture, c'était bien ça l'insupportable pour moi qui m'étais peu à peu effacé de ma propre vie, avais renoncé à paraître, ne revendiquant plus rien, disposé à un renoncement définitif si mes prétentions littéraires ne trouvaient grâce. Ce que j'aurais interprété, ce refus général de mes écrits, avec une ironie triste comme une de ces lignes embrouillées du pêcheur qui aboutit à un hameçon vide. Littéralement mauvaise pêche. Cette vie bredouille, ramassée, nouée, se lisait dans ma signature, une sorte de griffure illisible, inidentifiable, qui au bas d'un document administratif évoquait plutôt le monogramme comprimé du Christ enlaçant les deux lettres grecques, dont inconsciemment elle s'inspirait peut-être, qu'elle singeait dans un esprit de sacrifice, attendant en y croyant de moins en moins le dimanche de Pâques de la parution pour déployer son corps hors de la tombe.

J'avais dû m'en expliquer sans doute, avec cette propension à me diminuer dans les entretiens que j'avais été conduit à donner, qui était comme une manière de m'excuser de prendre tant de place quand j'en avais jusque-là occupé si peu. Qui était aussi un reliquat de mon enfance où la discrétion était la vertu théologale et ce que Jésus aimait quand il s'en prenait violemment aux hâbleurs et aux orgueilleux. Mais l'information était passée. Sortant d'une rencontre où j'avais parlé de mon deuxième livre, au moment de quitter la salle je surpris la conversation d'un homme, détrompé sans doute par les propos entendus pendant la séance, glissant interloqué à son voisin : je ne comprends pas, on m'avait dit qu'il ne savait même pas écrire son nom.

Jules Claretie était auteur dramatique (aucune trace dans le répertoire), membre de l'Académie française (l'immortalité dans les limites d'une vie, pour l'essentiel de ses membres), et administrateur de la Comédie-Française de 1885 à 1913. Il comptait aussi parmi les membres d'une sorte de club d'une vingtaine de sommités qui se réunissaient une fois par mois dans un restaurant et qui s'appelait le dîner Bixio. On apprend par Ernest Delahaye que le jeune Rimbaud, celui des esclandres parisiens, l'aimait, quand il ne supportait pas grand monde. On apprend aussi par une *Histoire du Second Empire* que le même avait créé une revue féministe, *Le Droit des femmes*. Du coup, on considère d'un autre œil Jules Claretie. Son fils Georges, qui préface ses souvenirs du dîner en regrettant que la mort ne lui ait pas laissé le temps d'écrire ses Mémoires (et on s'en désole d'autant plus maintenant qu'on sait qu'il a connu l'adolescent prodige de Charleville), note la composition du tout premier cercle, créé en 1856, vingt-cinq ans avant que son père n'y entre : Alfred

Arago, Joseph Bertrand, Eugène Delacroix, Dumas père, le général Ferri-Pisani, le duc Decazes, Fromental Halévy, le peintre Jadin, Joseph de Lagrené, Victor Lefranc, Léon de Maleville, Meisonier, Prosper Mérimée, Louis Perrot, François Ponsard, l'acteur Régnier, Ad. Richard, le docteur Trousseau, Auguste Vuillemot, Frédéric Villot, Armand Donon et Alexandre Bixio. « Que de gloires », soupire le fils de Jules. Pas toutes. Est-ce que les temps sont aveugles, incapables dans ce pêle-mêle de discerner les grands talents, ou est-ce une postérité frivole qui, de manière aléatoire, envoie aux oubliettes Joseph Bertrand, Joseph de Lagrené, Victor Lefranc, Léon de Maleville, Louis Perrot, François Ponsard, Auguste Vuillemot, Frédéric Villot, Armand Donon, Alexandre Bixio, et choisit d'élire Delacroix contre le « peintre Jadin » que Baudelaire félicitait pourtant pour une vue de Rome au salon de 1859 ? Delacroix dans son journal dit apprécier ces dîners. Il raconte comment Lamartine s'y vantait d'avoir lu Pouchkine quand le poète russe n'avait pas encore été traduit.

De retour chez lui, Jules Claretie note dans son journal les propos marquants de la soirée. Le renouvellement dû aux disparitions aidant, il côtoie maintenant le général Galliffet qui, lui, a laissé un nom pour avoir été l'un des massacreurs de l'Algérie coloniale et le boucher de la Commune. On apprend ainsi que, sans être dreyfusard, le général ne croit pas aux accusations portées contre Dreyfus, quand on l'aurait classé parmi les plus farouches adversaires du capitaine. Autre exemple, le 3 janvier 1896, alors que Cézanne peint pour la énième fois la montagne Sainte-Victoire, que Gauguin est à Tahiti et l'impressionnisme déjà de l'histoire ancienne, Jean-Léon Gérôme, le peintre pompier, la star des cimaises, annonce qu'il va réaliser un tableau qu'il intitulera *Les Brouettes,* « avec un coucher de soleil sur Versailles et Mme de Maintenon se promenant avec le Grand Roi vieilli ». On comprend mieux sa détestation des mouvements artistiques contre lesquels il ferraille et qui sont le faire-part de décès de sa peinture. On y apprend aussi – là, nous sommes en novembre 1881 – « que Pierre Véron va publier ses *Œuvres complètes* sous ce titre : *la Nouvelle comédie humaine* ». Pierre Véron, néo-Balzac ? On a dû rater un épisode. Ou peut-être faut-il y aller voir.

Tous ces gens adulés, courtisés quand ils étaient puissants, parés de tous les talents qu'on leur prêtait à taux usuraire, enivrés de leur position dans la cour des vanités et dont, après qu'on a débarrassé la table des morts, ne restent même pas des miettes à terre, on pourrait croire qu'ils relèvent d'une autre époque, moins avisée, davantage attachée aux convenances, mais cette comédie du simulacre se renouvelle implacablement, tant la place est convoitée, tant elle aspire par son vide. Outre de l'entregent, des relations et le sens de l'intrigue, elle demande une espèce de vernis qui passera pour du talent, un art de la réplique sur quoi repose toute cette comédie fardée, nourrie avec l'onction du baron Charlus de citations de Jules Renard ou de Sacha Guitry. « De l'esprit, mais rien de plus », balaie Saint-Simon. Il faut une volonté farouche d'en être pour consentir, sous des airs de m'as-tu-vu, à passer sa vie sous les fourches caudines de la mondanité – lesquelles sont la toise du milieu. Le miracle, c'est qu'il se trouve toujours des prétendants de bonne ou mauvaise foi pour s'aveugler devant ces phares de la pensée qui n'éclairent pas plus loin que leurs pieds. Comme si la génétique avait prévu ce couple d'orants et d'idoles de carton. La vérité aussi, c'est que ce sont ceux-là, formant un maillage serré de leurs convoitises, qui alimentent le milieu, le créent, et lui donnant une visibilité, un socle, permettent à Proust de flotter au-dessus du drap tendu dont ils tiennent les coins.

J'avais croisé l'une de ces figures en vue quelques années plus tôt, du temps que je vendais des journaux, dans les couloirs de la Foire internationale d'art contemporain où, escortée d'un aréopage recueillant comme des perles ce qui tombait de sa bouche sacrée, souffrant de la chaleur qui était moite sous l'arche de verre du Grand Palais, elle avait lancé : Mon royaume pour un Perrier. Plus modestement elle aurait pu suggérer Vous n'avez pas soif, mes amis, ce qui eût impliqué qu'elle invitât tout le monde et réglât la tournée. L'avantage de ce détournement shakespearien par lequel elle laissait poindre son étincelante culture, c'est que la formule se déclinait à l'infini. Mon royaume pour une place de parking, mon sceptre pour une aspirine, mon empire pour une chaussure à ma pointure. Mais un marché de dupes, au vrai, étant entendu que la figure en vue, la Dame du Perrier, n'avait aucunement l'intention de céder ne fût-ce qu'un pouce de son royaume auquel elle s'accrochait depuis des lustres. Fût-il un radeau de roseau sur la mer des vanités. On comprenait que ce royaume avait une reine.

Je l'avais retrouvée dans une émission de radio. Cette fois, j'existais pour elle. Elle m'avait accompagné jusqu'à la porte principale de la grande Maison Ronde de l'avenue Kennedy où son chauffeur passerait la prendre. Elle avait écrit en bien sur mon livre et je la remerciai, sans lui avouer qu'à mon sens elle se trompait quand elle soutenait que cet auteur avait écrit parce qu'il avait quelque chose à dire, quand, j'étais quand même bien placé pour le savoir, ce n'était pas à dire, mais à écrire. C'est ensuite que s'était posée pour moi la question écrire mais quoi, et que je m'étais tourné vers les miens pour me fournir une réponse. Même si aujourd'hui je pense que c'est elle qui avait raison. Ce sont mes livres au fil des parutions qui m'ont peu à peu ouvert les yeux. C'est parce que quelque chose m'entravait, m'empêchait de vivre, que je m'étais lancé, en toute innocence, dans le récit de mes morts. Ce qui revenait à reconnaître que j'avais été la victime consentante et aveugle d'une gigantesque manipulation de mon inconscient qui m'avait poussé, sous le couvert de me lancer dans la littérature, à dévoiler cette part sombre, soigneusement occultée depuis mon enfance meurtrie. Il fallut quelques années avant que mes yeux se descillent. Mais la Dame du Perrier avait vu juste même si je n'en étais pas encore à lui accorder du crédit.

Il tombait une pluie de déluge à obscurcir le ciel et noyer dans une brume noirâtre la tour Eiffel de l'autre côté de la Seine qui se distinguait à peine. Nul ne se risquait à s'aventurer sous cette avalanche et nous attendions à l'abri derrière une porte vitrée, elle, sa voiture, et moi, une accalmie. Passé le commentaire sur le temps exécrable, elle s'inquiéta des ventes de mon livre, récemment paru mais qui faisait déjà beaucoup parler de lui (nous étions bien avant le Goncourt). Ce qui visiblement l'intriguait. Il était depuis sa sortie un incontournable des dîners en ville. Les articles louangeurs tombaient les uns après les autres qui attisaient la curiosité. Je commençais à recevoir du courrier auquel je négligeais de répondre, remettant à demain, quand demain je devais affronter une boîte aux lettres plus remplie encore. Les journalistes défilaient au kiosque et il arrivait que l'on m'arrêtât dans la rue pour un mot gentil. L'aventure dans laquelle le livre m'avait plongé comportait bien des aspects inédits, l'étalement du nom sur la place publique, des sollicitations amicales nouvelles, d'anciennes qui me rappelaient qu'elles n'avaient pas attendu pour me reconnaître, craignant d'être supplantées par de plus prestigieuses contre lesquelles elles me mettaient en garde et qui ne pouvaient être qu'intéressées, la famille proche bouleversée par cette célébrité soudaine, et éloignée se rappelant à mon bon souvenir, les premières invitations des libraires, la multiplication des émissions de radio et de télévision, ma vie intime surfant sur des remous que j'avais bien du mal à maîtriser, tous les sentiments des proches exacerbés par cette popularité brutale, de sorte que la question des ventes venait très loin dans l'ordre de mes préoccupations.

D'ailleurs elle ne m'avait jamais préoccupé. Ce que j'attendais, c'était qu'on me reconnaisse à la hauteur que j'estimais être celle de mon ambition poétique. Simplement ceci, qui n'était pas rien, mais qui pour moi valait seul la peine. Me l'accordait-on – et le plus prestigieux parmi les éditeurs me l'avait accordé – j'avais la paix. En cas de mésestime de mes talents, il était entendu que je poursuivrais la vente des journaux ou n'importe quoi n'exigeant rien d'autre que ma force de travail pourvu qu'elle se limite à la manutention et à rendre la monnaie. Le curseur de l'argent était pour moi celui de la survie. Je ne lui en demandais pas davantage.

Je me serais bien gardé de poser la question à l'éditeur. Je n'aurais pas aimé paraître intéressé, et lui se gardait bien de me tenir au courant du succès du livre, quand même la réception critique avait été enthousiaste. Il veillait à séparer la dimension littéraire de l'aspect économique, d'autant qu'on l'a vu, les deux à cette époque ne marchaient pas souvent ensemble. De plus, si les sorties portées par la rumeur étaient importantes, en bon chef d'entreprise il redoutait comme la peste le retour des invendus. Un succès mal négocié peut se transformer en gouffre financier. Anticiper des tirages trop importants, et c'est le spectre des camions rapportant dans les dépôts des dizaines de milliers d'exemplaires. Commander n'est pas vendre. Et les soufflés retombent.

Il avait pourtant évoqué devant moi, d'un air évasif, de l'air de celui qui relaierait une chose entendue mais sans garantie, un chiffre. Autour de vingt mille, avait-il lâché sans que je l'aie sollicité. Peut-être craignait-il que je lui demande des comptes. Manière de me donner un os à ronger. Puis très vite il était reparti sur des considérations plus terre à terre, la réception par la presse, les demandes des libraires (c'est ainsi que je fis le tour de quasiment toutes les librairies appartenant au réseau *L'œil de la lettre* qu'il avait contribué à créer), le tri parmi les invitations à honorer (selon lui pratiquement aucune, c'était une perte de temps), et passé ce tour d'horizon de notre actualité, il renouait avec ses marottes : la survie de la littérature (en Angleterre, c'était fini disait-il, on entre dans les listes des meilleures ventes à trois mille exemplaires), les considérations sur l'état de la librairie (la loi sur le prix unique n'était qu'un répit), le droit de prêt en bibliothèque (son prochain combat), etc.

Il n'était pas devenu éditeur avec l'idée de réaliser des tirages mirifiques. C'est la lecture de Faulkner qui l'avait convaincu de se lancer dans ce métier et de prendre à la hussarde, au sortir de la guerre, la maison créée dans la clandestinité par le dessinateur Jean Bruller (c'est à lui qu'on doit la petite étoile bleue des éditions de Minuit), également auteur du *Silence de la mer* sous le pseudonyme de Vercors. Son métier, c'était dans la pile des manuscrits de repérer Faulkner. Et il avait trouvé Beckett dont personne ne voulait. Ce qui avait maintenu à flot sa maison qui était jusqu'à la parution de *L'Amant* abonnée aux tirages modestes, c'était un best-seller inattendu. *La Route des Flandres* ? *La Modification* ? Non : le *Dictionnaire historique des rues de Paris*, régulièrement remis à jour et réédité.

Jacques Hillairet, son auteur, historien, aura ainsi accompagné de son érudition ancienne tout le Nouveau Roman, lui aura même permis de vivre. Sans doute l'auteur le plus prolixe du catalogue. À contre-courant des modes, il a donné à l'enseigne de la petite étoile bleue : *Gibets, piloris et cachots du vieux Paris, Les 200 Cimetières du vieux Paris, Le Douzième Arrondissement, L'Île de la Cité, La Rue Saint-Antoine, La Colline de Chaillot, Le Village d'Auteuil* et quelques autres creusant un même sillon. Jacques Hillairet, auteur Minuit. On ne lui rend pas cet hommage. Ayant bien mérité de la capitale il a désormais sa rue, dans le 12e. Pour service rendu à la littérature, on aurait pu tout aussi bien débaptiser la rue Bernard-Palissy, siège des éditions.

À la question de la Dame du Perrier qui attendait son chauffeur dans le sas vitré de la Maison de la Radio tandis que j'espérais une accalmie au milieu de ces trombes d'eau, à la question : combien de livres vendus, je répercutai le chiffre donné par l'éditeur, qui me paraissait déjà conséquent dans la mesure où il m'avait promis avant publication trois cent cinquante exemplaires en tablant massivement sur les lecteurs de ma région natale, une pastille de quelques kilomètres carrés entre Nantes et Saint-Nazaire. Vingt mille ? La Dame du Perrier marqua son étonnement. Était-il à ce point naïf ou jouait-il au modeste ? Et après un silence : Beaucoup plus, répondit-elle, me laissant la curieuse impression que quelque chose passait au-dessus de ma tête, comme une rumeur, à quoi je n'avais pas accès quand il s'agissait pourtant de ma vie.

Le livre alimentait les conversations de tous les dîners Bixio sur le mode de La Fontaine demandant : Avez-vous lu Baruch ? Il n'était pas nécessaire de l'avoir lu. On pouvait toujours commenter les commentaires et rebondir sur les propos de table. Après l'emballement de la découverte – ce qui est facile et sans risque quand il s'agit d'un inconnu venu de nulle part, le livre des comptes est encore vierge, et le premier qui y inscrit une ligne prend toute la gloire pour lui – on commençait à présent que l'affaire était lancée, que le livre n'avait plus besoin de tuteurs prestigieux, à se demander si on n'en avait pas fait trop. J'étais bien à même de ressentir ce retournement d'opinion du milieu, lequel accompagnait mécaniquement en raison inverse la montée des ventes. Une des manifestations de ce retournement me fut signifiée dans un débat public par un journaliste qui officiait sur France-Culture. Il reconnaissait avoir beaucoup aimé le livre à sa sortie mais s'était demandé ensuite – traduction : quand il eut grimpé dans la liste des meilleures ventes – si je n'avais pas écrit un livre

« franchouillard ». Le qualificatif était délibérément insultant et pour moi et pour ce qu'il visait, le peuple, les miens en somme. Je répondis que bien pire j'avais craint d'avoir écrit un livre pétainiste avant de retourner un à un les éléments de la trilogie travail, famille, patrie. Ces gens travaillaient pour vivre, et honnêtement sans chercher à profiter de quoi que ce soit et surtout pas de la crédulité de l'autre, c'était ma famille et si elle n'était pas de haut lignage elle pouvait en remontrer question moralité à beaucoup, quant à la patrie, ce n'était pas sa faute si le siècle avait entraîné les membres de cette même famille dans les remous tragiques de deux guerres mondiales. Mais c'est à ce moment, avec la montée des ventes, que je vis arriver l'étiquette infamante : paysan, réactionnaire, pétainiste, etc. L'argumentaire se mettait en place qui allait servir longtemps, accompagné d'une moue dédaigneuse.

J'eus l'occasion de rencontrer la Dame du Perrier une dernière fois. Ce qui me permit d'assister au cérémonial que commande son royaume et qui donne aussitôt envie de prendre le chemin de l'exil. Donnant une réception dans ses appartements, pour se pardonner de m'avoir abandonné sous la pluie peut-être, elle m'avait envoyé un carton m'invitant à passer, si je n'avais rien de mieux à faire, à quoi je comprenais que je ne devais surtout pas imaginer ma présence ardemment désirée, tout au plus optionnelle, mais ce que j'avais accepté dans un mélange de curiosité et de flatterie. Elle fêtait la parution de son dernier ouvrage, *Ma vie avec Skakespeare,* ou *Shakespeare n'est pas Shakespeare (c'est moi)*, ou *Reine en son royaume*, et arrivé trop tôt, ignorant les mœurs des salons, j'avais assisté à cette scène d'allégeance mutuelle où un philosophe du quant-à-soi s'inclinait devant elle et lui prenant les deux mains : Chère Dame du Perrier, quel beau livre encore vous nous avez donné. Ce que dans son *Protagoras*, à propos du poète Simonide qui avait tendance à louer les tyrans, Platon appelle « une nécessité de bienséance ». Songea-t-elle à ce moment sous cet assaut de compliments à réunir ses œuvres complètes sous le titre de *La Nouvelle Nouvelle Comédie humaine* ? Tremble, Pierre Véron.

Au mur du salon on identifiait un grand tableau de Matisse et sur la table basse une statuette bleue d'Yves Klein. C'est donc ainsi que l'on vit dans l'antre du pouvoir. Tout le gratin vertueusement de gauche, qui aura nourri par sa suffisance le désespoir des classes modestes, arrivait, les uns après les autres, non de cet air des parvenus qui se préparent trois jours à l'avance en essayant dix tenues devant un grand miroir sans être certains le jour J d'avoir opté pour la plus seyante, montrant au contraire par une attitude nonchalante que l'invitation n'était qu'une péripétie dans un agenda bien garni. Il se présentait sous toutes ses incarnations, la banque, la politique, le gouvernement, les conseillers du prince, les directeurs de presse, les pontes de l'édition, les seigneurs de la Bourse. J'avais été habitué à les fréquenter à travers les couvertures des magazines du kiosque et il m'était facile de les identifier. Une bombe au milieu du salon et toutes les places les plus enviées de Paris étaient à renouveler. Au cours des semaines précédentes, j'avais été l'un des motifs de leurs conversations, tous se haussant d'accorder leur bienveillante attention à un débutant de la plèbe ne sachant pas même signer son nom, légitimant ainsi une vague ascendance de gauche qui n'était plus à leurs oreilles qu'une petite onde fossile échappée des luttes ouvrières de jadis. Mais à présent que j'étais au milieu d'eux, esseulé, ma flûte de champagne à la main, tous me tournaient le dos. Il ne se trouvait personne pour me manifester le moindre intérêt. Comme si le retentissement provoqué par la parution du livre, et qui avait surpris le milieu au point que de ce moment les comités de lecture furent invités à dénicher la pépite dans la pile des manuscrits reçus par la poste, avait à voir avec cette pièce rapportée, incongrue, plantée au milieu du salon et qu'on appelle l'auteur. J'avais le sentiment d'être Van Gogh chez les Verdurin, son oreille dans la poche. D'où je tirai cet aphorisme : je parle de Van Gogh je suis tout, je suis Van Gogh je ne suis rien.

Quand bien même j'aurais aspiré à autre chose, ma place on me l'avait assignée. C'était celle du chouan au milieu des émigrés dans un salon de Londres. « Ce n'est rien, c'est un paysan vendéen porteur d'une lettre de ses chefs », note narquois dans ses Mémoires Chateaubriand qui est le seul à remarquer ce rustre grossièrement attifé au milieu des ci-devant plastronnant pour la cause desquels il se bat et qui ne lui accordent pas la moindre considération. Mais François-René était là, qui dans le même moment écrivait son *Essai sur les révolutions*, ramassant dans une seule image la vaillance et le mépris de classe. « Un géant au milieu des Pygmées », dit du paysan vendéen le chevalier breton.

Repérant mon désarroi, la force invitante missionna une bonne âme pour me faire la conversation.

Une vraie bonne âme – ce qui oblige à balayer ses préjugés devant sa porte. Elle s'était peut-être même portée candidate, ayant une histoire me concernant à raconter et dont elle tint aussitôt à me faire part. Et ce n'était pas feint. Sitôt les présentations – elle était psychanalyste – elle m'avoua avoir recommandé mon livre à l'une de ses patientes, fille d'un homme célèbre, confia-t-elle, non pour se mettre en valeur mais pour dire la difficulté propre à cette personne stoppée depuis quelque temps dans son exercice de remémoration. On comprenait qu'avoir un tel père était pour la fille un lourd handicap. Et la bonne nouvelle, c'est que la lecture de mes *Champs* lui avait permis de débloquer la situation. Elle ne m'en confia pas davantage. C'était déjà beaucoup, quand bien même l'analyse ne relève pas du secret médical. Mais j'en fus touché et l'en remerciai.

Pour la première fois, le texte s'émancipait de son récit pour s'adapter à d'autres vies qui, à première vue, n'avaient que peu en commun avec le milieu de mon enfance. Ce qui m'obligeait à une curieuse révision en forme de saut de classe : mon père voyageur de commerce, porté désormais à la célébrité par le biais d'un livre, se penchait sur la fille de l'illustre pour lui murmurer un mot de consolation. Je n'avais rien de mieux à espérer que cette note cristalline qui me payait largement de mon incartade. Il était temps de m'esquiver. De nouveau seul et verre reposé, je filai tête baissée sans saluer qui que ce soit, croisant dans le hall d'entrée un célèbre directeur de presse qui me regarda, le temps de mettre un nom sur mon visage, et ne trouvant pas retira son manteau en cherchant où l'accrocher. J'en étais déjà à dévaler avec soulagement l'escalier monumental sur son tapis feutré. Ce miracle psychanalytique ayant peu de chances de se reproduire en de tels endroits, il m'apparut comme une évidence que j'en avais déjà terminé avec les mondanités.

Le lourd rideau de pluie continuait de s'abattre sur la Maison de la Radio. Comme la voiture se présentait devant la porte d'entrée, la Dame du Perrier se précipita sous le parapluie que son chauffeur lui tendait, ne m'accordant pas même un petit signe d'adieu. Cette précipitation était-elle la conséquence de la rupture brutale d'un dialogue intérieur où elle avait débattu de la possibilité de me reconduire ? Ce qui l'eût obligée, quand elle l'eût envisagé, à me demander dans quel quartier de Paris j'habitais, qui n'était certainement pas le sien, et à poursuivre cet échange dont elle doutait qu'il pût la retenir longtemps. Nous n'appartenions tout simplement pas au même monde. Que je n'aille pas m'imaginer partager le siège arrière de la voiture avec chauffeur. Il y avait une station de taxis pas loin, et si le vendeur de journaux n'avait pas les moyens il pourrait toujours guetter un ramollissement de l'averse et marcher jusqu'à Passy rattraper la ligne de métro. Qu'il troque son royaume pavé d'exemplaires contre un parapluie. Car pas les moyens, c'était vite dit. La figure avait dû se livrer à un petit calcul, du genre dix pour cent multiplié par tant ce qui nous donne tant, celui-là n'avait plus aucune raison de jouer au misérable.

Le kiosque de la rue de Flandre où je continuais de me rendre tous les après-midi après que le gérant eut décidé d'assurer les matinées, ce qui m'arrangeait bien, après mes sept années sur le trottoir et les longs hivers à ne rien voir venir, ressemblait à présent à une villégiature, me maintenait aussi à distance de ces rumeurs médiatiques. Même si j'étais en première ligne pour recevoir les nouvelles. La première n'était pas passée par le kiosque mais par un coup de fil au cœur du mois de juillet, un mois avant parution. Un animateur de télévision qui s'apprêtait à lancer une émission littéraire à la rentrée de septembre m'invitait à y participer.

Bernard Rapp avait présenté le journal télévisé de vingt heures du temps que la moitié du pays s'agglutinait devant l'écran pour se perfuser aux nouvelles du monde, l'autre moitié étant rivée à la première chaîne. Il avait même été à l'origine d'un micro-scandale quand il s'était présenté devant la caméra en polo, sans cravate. D'ordinaire le fauteuil de ce genre de poste était tapissé de glu mais lui ne s'imaginait pas y passer sa vie. Profitant de son audience, il s'en débarquait de lui-même et créait une émission culturelle dont le titre, « L'assiette anglaise », était un clin d'œil à la distinction britannique qu'on lui prêtait et qui tenait surtout au fait qu'il se montrait d'une grande correction avec ses invités, saupoudrant ses entretiens de la dose d'humour nécessaire pour ne pas tomber dans l'esprit de sérieux. Sans doute est-ce pour cette raison qu'on lui proposa de prendre la suite d'« Apostrophes », l'émission littéraire quasi centenaire, dont chaque libraire guettait les auteurs invités pour garnir sa table des meilleures ventes, le lendemain de sa diffusion. L'annonce de son arrêt par son animateur vedette avait fait l'effet d'un séisme. Le petit monde de l'édition, qui attendait chaque vendredi pour appuyer sur le bouton des rotatives, se préparait à publier le faire-part de décès de la chaîne du livre. C'était Gide qu'on assassinait. Le risque pour son successeur était qu'on le compare à son modèle. Échouait-il à remplacer l'irremplaçable et il perdrait tout le bénéfice et le coefficient de sympathie qu'il avait accumulés jusque-là.

Sans doute afin de minimiser ce risque, Rapp avait choisi pour ses débuts de n'inviter que des primo-romanciers. Première émission, premiers romans, la symbolique parlait d'elle-même. En même temps, si cette première était ratée, on pourrait toujours incriminer les jeunes auteurs, tétanisés devant la caméra. Comme il n'avait pas non plus l'intention de se saborder, il avait prévu de me rencontrer quelques jours avant le jour J.

Inviter un marchand de journaux, ce pouvait être exotique mais encore fallait-il s'assurer que celui-ci fût en mesure d'aligner deux ou trois mots sensés sans balbutier. On me donna rendez-vous dans un café de la rue Montaigne, voisin des studios de ce qui était alors Antenne 2.

Il arrive que les célébrités soient telles qu'on les imagine à partir de l'image qu'elles donnent d'elles-mêmes à l'écran. À l'occasion d'un festival de cinéma, Audrey Hepburn à qui on avait demandé de remettre une récompense à Gregory Peck, son ancien partenaire de *Vacances romaines*, racontait comme elle s'angoissait à l'idée de tourner avec lui. Le prestige de l'acteur l'intimidait et sans qu'elle l'avouât, on aurait pu ajouter à sa place que les stars arrogantes et désagréables avec les actrices ne manquaient pas à Hollywood. On avait tenu à la rassurer en dressant de lui un portrait flatteur : qu'elle ne s'inquiète pas, c'était un homme merveilleux, drôle, sincère, attentionné, généreux. La princesse Audrey, à laquelle la patte blanche du temps avait encore ajouté à la grâce native, marquait alors une pause dans sa présentation, comme si elle allait apporter un bémol à cette avalanche de vertus – mais d'elle, on savait bien que non. Et après un silence chargé d'entretenir un faux suspense, elle concluait : En fait il était beaucoup mieux que ça. Rapp était un homme absolument charmant et je n'eus qu'à bénir le ciel de ce coup du sort quand un mauvais alignement de planètes au moment où je signais mon contrat avec les éditions de Minuit, au mois de mars de la même année, m'avait prévenu, par l'annonce du jet de l'éponge de son animateur, que je ne passerais jamais à « Apostrophes ». Et c'était comme une mauvaise blague.

Au cours de toutes ces années où l'émission littéraire s'était imposée comme l'instance suprême de reconnaissance, il suffisait que l'on apprît que vous écriviez pour qu'immanquablement quelqu'un vous lançât : Alors quand est-ce que tu passes à « Apostrophes » ? C'était un leitmotiv blessant, humiliant, qui donnait envie d'étrangler le plaisantin, quand bien même il n'y avait pas mauvaise intention de sa part. Mais atteint depuis l'enfance d'une susceptibilité extrême, j'entendais toujours qu'on cherchait à rabaisser mes prétentions. Dans l'immédiat, je n'étais rien, arrêté par ce mur de l'édition qui me semblait infranchissable, dans lequel je cherchais vainement une brèche où m'engouffrer, mes feuillets à la main, et on me demandait sur un ton goguenard mon billet pour la Lune. Ce qui, dans cette impossibilité de fournir le moindre laissez-passer, autorisait mon interlocuteur à considérer qu'effectivement je n'étais rien, me ramenant à la situation douloureuse de départ que je connaissais par cœur : un prétendant éconduit à la porte du bal. On peut se traiter soi-même d'idiot mais on n'aime pas forcément se l'entendre dire. Ironie du sort, alors que j'avais rêvé de répondre « vendredi prochain » au plaisantin dont la mâchoire se serait instantanément décrochée, au moment même où j'avais l'assurance que mon livre allait être publié, Bernard Pivot annonçait que, fatigué, usé, il renonçait à son émission. Exit « Apostrophes ».

Rapp fut le tout premier à me contacter. Il est après l'éditeur la seconde bonne fée à s'être penchée sur le berceau de mon livre. Cette invitation à participer à sa première émission, je la devais en partie au bruit du marchand de journaux, qui commençait à se répandre et incitait les curieux à se pencher sur sa production, mais ce n'était pas la raison première, m'avait assuré Rapp en confidence dans le creux de l'oreille à laquelle je tenais collé l'écouteur, il avait trouvé « formidable » mes *Champs d'honneur*. Et son ton enthousiaste ne laissait pas de place à la mise en doute de ses propos. Rapp prononçait les mots qui jamais ne sortiraient de la bouche de l'éditeur, avec qui la relation avait été tendue et qui semblait inquiet pour lui-même que la critique pût discuter son jugement et l'imaginât déjà sénile. La première de l'après-« Apostrophes » était auscultée à la loupe. Ce dont je bénéficiai. Toute la presse se penchait sur le berceau de « Caractères », inquiète à l'idée de ne pas retrouver sa messe littéraire du vendredi soir, et dans le berceau, sous la loupe, il y avait mon livre. Ce qui contribua à démultiplier l'attention sur lui : les journaux et magazines préparant un article sur la future émission dépêchaient un journaliste rue de Flandre pour vérifier sur place l'authenticité de la rumeur et s'autoriser un entrefilet exotique sur le marchand de journaux.

Deux mois après son coup de fil de la mi-juillet, à quelques jours de l'enregistrement de l'émission, Rapp avait donc souhaité me rencontrer. Il faisait un grand soleil cet après-midi-là, et le café du rendez-vous, élégant, aux fauteuils en osier tapissés de coussins, ressemblait assez peu au bar de Jeannine et Marcel, rue Mathis, où se regroupaient les habitués du kiosque, coude sur le zinc et verre levé. Il était visible que nous ne menions pas la même vie. Il était accompagné de sa collaboratrice, qui elle aussi se montrait souriante et amicale. À leur façon de me dévisager, je voyais bien qu'ils étaient venus tous deux à la rencontre de la bête curieuse. Car la rumeur du marchand de journaux avait entre-temps gonflé, et Rapp pouvait se féliciter de son initiative, qui confirmait son flair littéraire et médiatique.

Après avoir échangé sur le livre – mais il préférait garder ses questions pour la soirée –, s'être enquis de mon parcours – comment j'en étais venu à vendre des journaux –, après m'avoir expliqué le déroulé de l'émission – elle serait diffusée en direct, ce qui signifiait qu'il n'y aurait pas de montage, que tout serait retenu de ce que nous dirions –, il tint à me tranquilliser : on pourrait compter sur lui, il saurait nous mettre à l'aise et rattraper nos bafouillages de novices. C'était son métier. Il était là pour ça. P., le gérant du kiosque avec qui je partageais à parts égales les journées d'ouverture, aurait dit : T'inquiète, Jean, je maîtrise (alors que tous les journaux gisaient en vrac sur le sol, que son état d'ébriété empêchait de compter et classer).

Rapp insistait, veillant à ce que je reparte en pleine confiance, son but n'était pas de nous mettre en difficulté mais de présenter au mieux nos ouvrages. Par la presse reçue au kiosque – ne regardant pas la télévision –, c'était bien l'image que j'en avais. Pas du genre à déstabiliser volontairement ses invités par des remarques qui laissent sans voix et auxquelles on apporte une réponse trois jours après en se maudissant d'avoir manqué sur le coup de présence d'esprit. Il était comme Gregory Peck dans le portrait dressé par Audrey Hepburn.

La veille de l'émission, un jeudi, je reçus au kiosque l'édition du *Monde* dans laquelle étaient incluses les pages littéraires. Le livreur déposait précipitamment la pile de journaux sur notre éventaire. Une apparition éclair dans l'encadrement de notre petit théâtre. Nous avions à peine le temps de se saluer qu'il avait déjà disparu, pressé de livrer tous les points de vente de son secteur. Quelques lecteurs oisifs, qui surveillaient sa camionnette et se chargeaient de nous annoncer son arrivée dans la contre-allée de la rue de Flandre, attendaient fébrilement que l'on tranche la ficelle du paquet avec la serpette afin de se servir eux-mêmes. Tout juste s'il ne fallait pas leur taper sur les doigts pour calmer leur impatience. Les habitués savaient pourtant que notre tâche première était de compter les quotidiens et de vérifier si leur nombre correspondait bien à celui qui figurait sur le bordereau. Après quoi seulement on les disposait dans le casier réservé. Mais c'était plus fort qu'eux. Et pas un de ceux-là n'aurait compensé avec un autre journal en cas de grève ou de défection pour une raison technique. Ils repartaient avec leur dépit.

Ce décompte des quotidiens « du soir » (*Le Monde* et *France-Soir* qui avait encore trois éditions dans la journée, mais on reçut même quelque temps un journal financier qui n'insista pas, ce n'était pas le quartier) était, hors la vente et la conversation avec les clients, la seule activité de l'après-midi. Après la pause du déjeuner, la rue de Flandre connaissait un creux, et avant qu'elle ne reprenne doucement son va-et-vient, on bénéficiait d'une heure paisible qu'on mettait à profit pour feuilleter les journaux et les magazines dont un titre à la une nous avait retenu au moment où il nous était passé sous les yeux.

L'attachée de presse m'avait prévenu d'une possible recension du livre dans *Le Monde*. Bien entendu, selon le précepte maison, « on ne s'emballe pas ». Rien n'était sûr. Ce pouvait être cette semaine, ou la semaine suivante, ou jamais. Combien d'articles annoncés attendaient toujours de paraître. Je n'étais qu'un parmi les centaines d'auteurs de la rentrée littéraire. Tout dépendrait de l'humeur des responsables des pages littéraires qui pouvaient jusqu'au dernier moment bousculer l'ordonnancement prévu pour faire la place à un petit dernier mieux en cour. Ma force, ou mon indifférence, ce qui dans ce cas revenait à peu près au même, c'est que je n'étais pas avide de ce type de reconnaissance médiatique. La reconnaissance, strictement littéraire, que j'avais attendue tout au long de ces années – et non comme un dû mais comme un verdict : pas de place pour moi, eh bien, c'est triste mais tant pis –, l'éditeur me l'avait donnée. Et cette place convenait à mon type d'ambition. Le reste était offert par la comédie que se jouait le milieu avec ses rituels dont j'ignorais tout, ses accointances avec la presse dont les liens étaient de plus en plus indémêlables, ses critiques dont on savait de quel côté de leurs intérêts était orientée leur visière de maître Jacques, ses écrivains jurés toujours suspects de complaisance avec la main qui les nourrissait, ce cahier des charges des maisons d'édition qui juraient de s'en remettre à la littérature, et uniquement à la littérature, mais lorgnaient avidement du côté des ventes sans oser l'avouer ouvertement, étant entendu qu'entre littérature et succès public existait une sorte d'incompatibilité esthétique et morale. Sans doute qu'au troisième livre, le nez collé sur les listes des prix et désespéré de n'y pas paraître, j'aurais rejoint le grand fleuve d'amertume, mais pour l'heure, je regardais tourner cette farandole autour de moi d'un air amusé et détaché, ignorant que j'en occupais le centre.

La toute première critique sur le livre était parue une semaine après sa parution. *Révolution* était un hebdomadaire dont le titre ne cachait rien de la couleur politique. Et l'idée me plaisait que ce fût de ce bord que vînt le premier écho favorable. Je n'avais pas trahi les miens et le monde des humbles. Dans une colonne louangeuse, Jean-Claude Lebrun avait retrouvé la date de la mort du père, pourtant nullement mentionnée dans le texte, au point qu'il me sembla y voir un pur exercice de divination.

Alors qu'il le lisait et le relisait avant de le soumettre à l'impression, l'éditeur m'avait reproché d'avoir eu besoin de dresser un arbre généalogique de la famille tant il s'était perdu dans ce foisonnement de la parenté. L'arbre qu'il me présenta était pourtant sans faute. Ce qui prouvait qu'avec un peu d'attention on pouvait le reconstituer, que toutes les branches, toutes les feuilles étaient disséminées dans le texte, même si je répugnais à préciser « Rémi, le fils d'Émile et de Mathilde », ce qui me semblait peser des tonnes et nuire à l'envol d'une phrase. J'avais pris soin toutefois de modifier certains prénoms originels, quand dans la vraie vie ils doublonnaient, afin d'éviter les confusions. La grand-mère maternelle s'appelait en réalité Marie, comme la petite tante institutrice, si bien qu'elle fut rebaptisée Aline, et Rémi, le fils d'Émile, mort à la guerre, portait le prénom de son père. Ce dont Faulkner se fiche, et avec raison parce que les prénoms ont tendance à se repasser de père en fils et de mère en fille, mais ce qui oblige à se poser la question, entre l'ancêtre et son petit-fils, de quel Bayard Sartoris il s'agit. Pour Faulkner on accepte volontiers de se livrer à cet exercice de limier. On n'a pas envie de demander des comptes au flot torrentiel de sa prose, de l'interrompre, mais débutant, il m'avait semblé que je n'avais pas intérêt à trop brouiller les cartes de ma parentèle si je voulais passer le filtre de la publication. Dès lors que je m'étais engagé à écrire un roman, c'est-à-dire une histoire crédible, en renonçant à mettre en avant son aspect formel, l'objectif était malgré tout qu'on me comprenne.

Ce premier arbre généalogique reconstitué, l'éditeur s'en servit pour corriger ceux que les lecteurs lui soumettaient par courrier pour recevoir son approbation. Ce qui, quand il m'en fit part, était moins pour s'en féliciter que pour se justifier *a posteriori*. N'ayant jamais cru au succès du livre, il argumentait encore en faveur des objections qui selon lui auraient dû nuire à sa réception. Comme si, pour ne pas avoir à se déjuger devant moi, il se donnait raison d'avoir eu tort. Bien que correct, son arbre ne mentionnait pas la date de la mort du père. Et pour cause, elle n'est gravée sur aucune branche de l'arbre. Elle devait pourtant y être enfouie sous l'écorce puisque le critique de *Révolution* l'avait extirpée. La découvrant dans son article, je me sentis presque la victime d'un tour de sorcellerie, au point de soupçonner Jean-Claude Lebrun d'avoir consulté le registre des décès de la commune. J'imaginai même qu'il avait voyagé jusqu'à Campbon et poussé la porte du cimetière où elle figure en caractères noirs sur l'épaisse dalle de granit qui recouvre de sa masse grise le disparu. Voire questionné ma mère sous prétexte d'être intéressé par la coupe en céramique exposée dans la vitrine. Car enfin, j'étais bien certain de ne pas l'avoir inscrite, cette date. Ce 26 décembre 1963 était encore à vif, et j'avais pris soin de le diluer dans une brume temporelle. En dépit de ce pacte que j'avais scellé avec le réel, je veillais à nimber cette histoire d'un *sfumato* qui m'évitait les pièges du naturalisme. Du réel aquarellé, disons. Il faut croire que cette date enfouie, le texte avait pris sur lui de la crypter à la manière d'une encre sympathique, à moins qu'il ait été victime de ce phénomène que les ingénieurs des Ponts et chaussées appellent un « tassement différentiel », ce surgissement fissuré d'une forme ensevelie. Jean-Claude Lebrun fut non seulement le premier à écrire sur le livre, mais les critiques qui suivirent n'ajoutèrent pas grand-chose à sa propre lecture. À lui, ma reconnaissance éternelle.

S'il me comblait, je n'avais cependant pas à espérer un retentissement considérable de cet article divinatoire. J'étais bien placé pour savoir qu'on ne se bousculait pas pour acheter *Révolution*, même dans un quartier populaire censé abriter les forces vives du prolétariat. Nous ne lui connaissions qu'un seul lecteur épisodique, un ancien et peut-être toujours trotskiste, grand, barbu, une épaisse chevelure poivre et sel bouclée, un éternel cigarillo au bec dont avec mes *a priori* de classe je trouvais qu'il ne cadrait pas avec la défense des humbles. Même dans la bouche du Che, et même à Cuba, un cigare, ça dépare au milieu des fumeurs de Gauloises et de Gitanes maïs. Je n'ai jamais appris ce qu'il faisait, mais il devait se situer à un niveau réclamant une forte autorité. Il parlait en théoricien du communisme et connaissait sur le bout des doigts les luttes et les intrigues au cœur du pouvoir soviétique dans les années vingt et trente, sans doute mieux que l'histoire de sa propre famille. Il m'intimidait par ses connaissances et l'assurance qu'il dégageait. C'est par lui que, découvrant les abîmes de mon ignorance, je commençai de m'intéresser à cette période. Je profitais de son érudition et de ses commentaires entre deux bouffées de son cigarillo. À quoi je n'avais pas grand-chose à répliquer, acquiesçant de l'air de celui qui n'en pense pas moins, quand je ne pensais que ce que communément il s'en disait.

Je découvrais surtout, l'écoutant, tout ce qui me séparait d'un authentique savoir. J'en étais à mettre au point mes tours d'illusionniste, qui pour l'heure n'émerveillaient que moi. Et il me fallait de plus en plus de foi pour m'en convaincre. Ces tours poétiques dont je nourrissais mes textes, mariant la carpe et le lapin, sortant d'un haut-de-forme de chemineau un bouquet de fleurs de misère, n'étaient pas sans prix, dont je découvrais qu'ils se réalisaient au détriment d'une connaissance approfondie et d'une capacité de raisonnement qui me faisaient défaut, ou qui m'ennuyaient, que je me dépêchais d'abandonner en cours de route, me jetant dans le premier sentier de traverse. Sans doute parce que ma forme d'esprit n'avait pas les moyens d'autre chose. Ou que je n'accordais pas grand crédit aux principes argumentatifs. Mais ma carte poétique ne cadrait pas avec la logique, l'érudition des spécialistes. Et sur ce point je n'ai pas progressé d'un pouce. Régressé même.

De toutes les connaissances qui s'accumulent au fil des lectures, je ne retiens que des motifs qui me ravissent et que je veille à placer dans mes collages. Je me demande même si je ne lis pas que pour picorer : Montaigne à Rome, découvrant dans la pénombre lors d'une brève ouverture de rideau les têtes décapitées de Pierre et Paul, Chateaubriand, exilé en Suisse, nourrissant les poules d'eau d'un étang, Matisse se résignant à dessiner ses modèles de dos à la fenêtre, ne pouvant les retenir de poser quand passe le corso fleuri, contrairement au petit Wolfgang qui, à Milan, ne lève pas le nez de la partition en dépit des exhortations de son père au moment où défile le carnaval (et au jeune Chateaubriand qui reste dans son fauteuil quand son frère Jean-Baptiste l'invite à regarder l'agitation de la rue des Fossés-Montmartre), Ronsard sortant nu d'une baignade dans la Seine et se couvrant prestement tant son émotion est grande devant la jolie demoiselle assise sur la grève, Chalamov éprouvant une sensation de chaleur quand la température remonte de – 50 à – 25, Mountain Jim déclamant du Shakespeare dans sa cabane de rondins au milieu des peaux suspendues de la trappe, sous un manteau de neige, pour séduire la petite Isabella Bird, le vieux moine Ryōkan échangeant sur son lit de mort des poèmes d'amour avec Teishin, une jeune et jolie bonzesse fervente admiratrice de sa poésie. Quand mon permis de publier m'autorisa à user des courts-circuits et des virevoltes de mon imaginaire, tout en continuant de m'attrister de ses carences, je ressentis au fil du temps une sorte d'allégresse à l'idée d'échapper à cette lourdeur quasi administrative du raisonnement. Au feu la rigueur scientifique et les démonstrations impeccables, au diable la linéarité du récit et les fils qui pendent du canevas. Mes pensées sont comme des vers à l'intérieur d'un pois sauteur. J'aurai à jamais pour saint patron le jongleur de Notre-Dame qui, dans la solitude de la chapelle, tandis que la lumière du couchant traverse les vitraux et dessine un parterre fleuri sur les dalles, exécute ses tours devant la statue de la mère du monde. D'ailleurs, dans l'opéra de Massenet, le vielleux – jongleur et musicien, c'est tout comme – se prénomme Jean.

Ce même jeudi que paraissait *Le Monde* dans lequel se trouverait une possible recension, nous avions reçu à l'aube *Le Nouvel Observateur*, et c'est P. le gérant du kiosque qui, à mon arrivée un peu avant treize heures pour le relever, me signala la présence d'un article. Je ne sais s'il avait parcouru lui-même les pages du magazine ou s'il en avait été informé par un lecteur. Il devait s'intéresser à mon histoire mais ne cherchait pas à montrer qu'elle le passionnait plus que ça, ne me posant de questions qu'en fonction de mon emploi du temps qui commençait de bousculer par des invitations notre organigramme de la rue de Flandre, au lieu qu'Albert n'hésitait pas à faire le tour des librairies du quartier pour vérifier si le livre était bien exposé. P. redoutait surtout, si les choses s'envenimaient, c'est-à-dire tournaient bien pour moi, de perdre son vendeur. Le métier n'exige pas de compétences particulières – savoir lire et compter, être capable de se lever tôt et de soulever de lourds paquets – mais il réclame une honnêteté sans faille. La caisse est sous la main et rien n'empêche d'y puiser. À quoi s'occupera mon successeur, chaque jour à petite dose. Au bout de quelques mois, P. comprit que ses comptes ne collaient pas et il dut se résigner à se séparer de son employé indélicat. Ayant été confronté à plusieurs reprises dans le passé à ce genre de comportement, il savait qu'il n'allait pas de soi d'accorder sa pleine confiance à une recrue. Avec moi, il ne pouvait mieux tomber. L'honnêteté, en Loire-Inférieure, a un statut de sixième sens. On n'arrive pas à se convaincre que l'entourloupe existe.

Par son apparent détachement, il s'agissait aussi pour lui de montrer qu'il était imperméable à ce type de propagande. Son passé anarchiste ne le prédisposait pas à se pâmer devant un article de la presse bourgeoise. Pour l'heure, il n'y avait pas grand danger de désertion de ma part. Je lui avais assuré que je continuerais de travailler au kiosque, n'imaginant pas une seconde être en situation de vivre de mes livres, le regard fixé sur l'horizon indépassable des trois cent cinquante exemplaires promis. Et ce n'était pas une critique favorable dans *Révolution* qui allait contrarier le pronostic de l'éditeur. Sur le moment, je n'étais pas à même de juger que pour lui ce n'était peut-être pas facile à vivre, mon histoire. J'avais beau me défendre de changer quoi que ce soit à mes habitudes, la parution du livre perturbait notre cohabitation. Qu'un photographe se déplace jusqu'en ces quartiers périphériques pour prendre en photo le marchand de journaux, qu'un journaliste s'installe derrière notre étal le temps que j'aille chercher deux cafés chez Marcel et Jeannine, ce n'était pas du domaine courant. Selon toute probabilité, les choses en resteraient là. Mais peut-être que non.

Lui n'avait d'autre perspective que les années qui le séparaient de la retraite, pendant lesquelles il continuerait de compter dans ses mains des milliers de journaux et de magazines, d'aligner des milliers et des milliers de chiffres sur les bordereaux, de voir les saisons passer avec leur manteau de vent, de froidure et de pluies. Il avait rêvé d'une vie autre, l'avait expérimentée avec sa belle femme parmi les marginaux de l'Ariège, avant que le mur du réel ne les oblige tous deux à regagner Paris et reprendre un kiosque. Et puis le drame de la mort de sa compagne. Il avait cessé de rêver. Il ne se croyait pas lui-même quand il évoquait une maison de campagne en Bourgogne qui pourrait lui revenir en héritage et où il planterait des choux et du tabac. Il n'était pas manuel pour deux sous. Et où irait-il trinquer avec des inconnus comme il en croisait au hasard des nuits parisiennes ?

Tirant sur sa pipe au tuyau incurvé, il me tendit *Le Nouvel Observateur* avec son petit sourire goguenard habituel, yeux plissés au-dessus de sa barbe de pope. Il n'avait pas eu besoin d'ouvrir le magazine et de le feuilleter devant moi pour retrouver l'article. La page était repliée près de la caisse et attendait ma venue. Tout de suite je reconnus ma photo. Dans mon souvenir, il me vient celle où je pose avec le chat, le coude en appui sur une sorte de chiffonnier. Mais impossible de vérifier, je ne me suis jamais encombré d'archivage. Quand bien même il m'est arrivé d'avoir des velléités de conservation, ça s'est toujours terminé au bout de quelques mois dans un grand sac-poubelle. Jamais je n'ai engagé le moindre début de classement. Non par une immolation mélodramatique sur le bûcher des vanités, jamais réussi à classer quoi que ce soit, c'est tout. Comme notre mère et le reliquaire de photos. À sa mort, Alain Robbe-Grillet céda à l'Institut Mémoires de l'édition contemporaine une montagne de boîtes méticuleusement ordonnancées. Soixante ans d'entassement comme autant de strates géologiques où ne manque pas une ammonite, pas un billet de train ni la facture de ses gommes. Dans son fameux discours apocryphe de 1854 (réécrit en réalité par un scénariste en 1970) le chef Seattle annonçait que l'homme blanc périrait sous ses propres détritus. Et l'écrivain sous ses archives.

Le journaliste du *Nouvel Observateur* avait lu le livre sur une plage normande et, enthousiaste, n'ayant aucun moyen de communiquer son article, ce qui nous renvoie à une préhistoire vieille d'à peine trente ans, était remonté précipitamment à Paris, écourtant ses vacances pour l'imposer dans le magazine. Récit de l'intéressé lui-même reçu bien des années après, peut-être enjolivé et magnifié par le succès du livre. Pour plus de précisions, demander à Jean-Louis Ézine, de Pontault-Combault. Il m'y adoubait « Mozart des pluviomètres », ce qui me suivit longtemps. Ces pages sur la pluie, je m'étais préparé à les sacrifier si l'éditeur me l'avait demandé. Étrangement il ne m'en avait rien dit, je devinais de sa part une certaine gêne à les évoquer. Comme elles ne participaient pas directement au récit, j'avais toujours le sentiment qu'elles avaient bénéficié d'une tolérance de l'éditeur, qu'elles étaient quasi clandestines. Et voilà qu'on les louait.

S'il m'attribuait la plus précieuse des filiations, le journaliste ne pouvait savoir à quel point sa remarque ironique atteignait le cœur de mes aspirations les plus hautes. J'avais vécu en tête à tête avec le prodige de Salzbourg pendant toute l'écriture des *Champs d'honneur*. Il avait été, par le biais d'un feuilleton télévisé racontant sa vie, le détonateur de ce livre. La lecture de sa correspondance en sept volumes m'avait accompagné tout au long de son écriture. J'avais écouté en boucle pendant des mois et des mois la sonate n° 8 en *la* mineur, rien d'autre, la remettant inlassablement sur la platine. J'y puisais tout, la profondeur, le rythme, la joie, la mélancolie, le chagrin, la structure en trois parties. Entre sa musique et le compte rendu primesautier ou dramatique qu'il nous donnait par lettres de sa courte vie, j'avançais dans un couloir de vérité. Je n'aurais pas aimé que cet homme merveilleux me déjuge. Ce qui comptait bien plus à mes yeux que toutes les critiques.

Un premier roman d'un parfait inconnu, quelqu'un de plus averti aurait senti qu'il se passait quelque chose de peu habituel. Et par habituel, il faut entendre une sortie dans un tunnel de silence, un retour des livres dans les trois semaines, délestés de quelques exemplaires vendus à la famille et aux seuls amis, une fois distribués les dix ouvrages concédés par l'éditeur. Au mieux, quelques lignes dans la catégorie espoir, qui est une autre forme de faire-part de décès, et consiste principalement à montrer qu'on sait prêter une oreille bienveillante aux nouveaux venus avant de les renvoyer à leurs études. Ce qui n'est pas de bon augure pour la suite. Cette attention forcenée aux jeunes auteurs, figure imposée des rentrées littéraires, implique une position en surplomb, une estrade du haut de laquelle, dos au tableau noir, le critique distribue ses bons points d'instituteur. L'âge des primo-romanciers variant peu, ce rituel annuel est pour lui la recette faustienne de la jeunesse éternelle. Mais précisément parce qu'il s'agissait d'un premier roman, que j'ignorais tout des usages du milieu littéraire, que très vite il échappa à l'étiquette condescendante que l'on colle sur le front des débutants, je ne prêtai pas attention aux premiers signes qui avaient accompagné sa parution.

Avant même la moindre recension dans la presse, je recevais des lettres de lecteurs. Ceux-là, sans autre prescription que la couverture blanche au filet bleu des éditions de Minuit, ne pouvaient être que des fidèles de la petite étoile, et donc familiers de textes qui ne se laissent pas attraper au premier coup d'œil. J'avais encore en tête la remarque de l'éditeur qui jugeait le livre d'un abord difficile. Sous-entendu, ne tablez même pas sur trois cent cinquante exemplaires. Sauf si vous avez une très très grande famille. Ce que je n'avais pas. Il y croyait tellement peu que des deux premiers romans de sa maison à paraître en cette rentrée de septembre, l'attachée de presse recommandait aux journalistes de s'intéresser à l'autre. Ce que j'ignorais bien sûr. Mais passé un long délai de prescription, les langues se délient. Les journalistes, sans avoir besoin de se concerter, me confirmant avoir reçu la même consigne : lisez l'autre. À se demander pourquoi on avait pris la peine de gâcher du papier pour moi. Peut-être que le repentir était venu trop tard. Trop tard pour stopper les puissantes *Cameron*. Le livre déjà sorti de l'imprimerie, plutôt que le jeter, autant le distribuer. Parcimonieusement disséminé sur tout le territoire, à peine déballé des cartons, il passerait sans mal inaperçu. D'où l'insistance à recommander « l'autre » pour camoufler une erreur de jugement, un égarement de vieillesse peut-être. J'avais été témoin en première ligne de ce trouble de l'éditeur à l'heure d'accepter mon manuscrit. N'allait-il pas livrer avec ce texte rural et pleurnichard son combat de trop ? Ce qu'on ne manquerait pas de pointer comme une tache sur son parcours jusque-là irréprochable.

Visiblement, les journalistes n'avaient pas tenu compte de sa suggestion de prévalence, tous s'étant passé le mot au cours de l'été, amplifiant le bouche-à-oreille, déclenchant une telle ferveur médiatique que les prix littéraires d'automne se sentirent poussés à se pencher sur mon livre. « L'autre » était un roman d'Antoine Volodine. Celui-ci me confia, vingt-cinq ans plus tard – c'était à Chaumont –, aux lèvres un petit sourire à la fois amusé et contrit, le temps ayant fait œuvre d'apaisement, que fort du soutien déclaré de l'éditeur qui devant lui en avait fait sa priorité, il avait attendu avec sérénité la sortie de son *Lisbonne dernière marge* qui correspondait mieux aux standards de la maison, au lieu que mes récits de

Loire-Inférieure écornaient son image de modernité littéraire et risquaient de heurter la sensibilité moutonnière du temps.

Je peux même comprendre, au nom de cette crainte, la raison de la préférence donnée à « l'autre ». Mais quand bien même les événements tournèrent en ma faveur, ce fut étrange, voire blessant, de découvrir que j'avais été un « second choix » comme on le disait d'une vaisselle de moindre qualité dans notre magasin de porcelaine avec une pointe de dédain. Ce qui laissait entendre que devant moi, on avait joué une comédie contrariée.

Je pouvais ainsi à rebours interpréter d'une autre façon la surprise de l'éditeur devant le succès du livre, qu'il avait dû recevoir comme une sorte de désaveu. Se tromper de un pour dix, disait-il ça arrive, de un pour cent, c'est extraordinaire, mais au-delà, et se passant la main sur le crâne il se perdait dans sa comptabilité, évaluant pour lui-même ce qui lui avait échappé et que pourtant il avait perçu, lui et lui seul, mais intuitivement, sans mesurer la portée du mépris dans lequel au nom du progrès on tenait les campagnes, éternel frein aux « lumières », suspectes d'arriération mentale et accusées de collaboration permanente. Les campagnes qui attendaient qu'on leur rende justice, qu'on les lave du soupçon indigne, quand elles avaient fourni les gros bataillons de la Résistance, fatiguées d'abriter les éternels cousins honteux dont on se cache à Paris (Fellini fut traité de « provincial » par ses pairs distingués pour son regard extasié porté sur la haute société italienne dans *La Dolce Vita* – ce qui le blessa durablement) et qui, bien qu'on les ait accusées d'avoir souscrit au « travail » de la trilogie du maréchal, se voyaient refuser le label de « travailleur » réservé à la classe élue, au prolétariat, aux « ceintures rouges », quand elles n'avaient connu depuis des millénaires que la force de leurs bras. Et puis tous ces morts de 14-18, ensevelis dans la fosse commune de la Nation réclamant qu'on leur rende une identité individuée qui est la condition première pour donner un nom au chagrin. Toutes ces existences passées sous silence, si peu considérées, au cœur desquelles jaillissent pourtant le courage et l'éclair de la bonté. Enfin l'impardonnable, la tentation de s'en remettre au divin, sous le prétexte que Celui-là seul se pencherait avec bienveillance sur les humbles, ce qui était une façon compromettante de ne pas croire au salut terrestre promis par les devins socialistes. *Deposuit potentes de sede et exaltavit humiles.*

Ce qui avait, ce cahier d'existences exhumées, intrigué l'éditeur, au point de s'arrêter sur le texte, de me convoquer pour que je l'éclaire sur certains points, troublé par il ne savait trop quoi, le fond ou la forme, quand il était éloigné de mes histoires par son milieu – la grande bourgeoisie – et son éducation urbaine. Peut-être avait-il reconnu, métamorphosée, une part de lui-même, comme cette photo de mes jeunes parents dont il me confiait qu'il avait la même avec sa femme. Et puis cette province l'avait hébergé et caché, lui, sa mère et sa fratrie, pendant quatre années pour les soustraire aux lois de Vichy. Avant qu'il rejoigne le maquis. Et je m'expliquai mieux son intérêt pour la religion – il me corrigea quand j'utilisai dans le texte, et pas tout à fait à bon escient, le terme hébreu de *haggadah* qui est le récit de la sortie d'Égypte – quand j'appris que chaque samedi il se rendait à la synagogue. Mais la guerre, la famille, la religion, les morts, la mémoire engloutie, les deuils différés, nous étions nombreux à remplir ce cahier d'existences. À cette nuance près que se revendiquer d'un fatras aussi peu ragoûtant pour l'esprit progressiste du temps exposait à des sanctions narquoises. D'où cette parution à mots couverts. Lisez l'autre, plutôt.

La diffusion limitée par un tirage modeste impliquait qu'on ne trouvait le livre que dans certaines librairies, précisément celles que l'éditeur soutenait, de sorte que les premiers lecteurs qui prirent sur eux de me témoigner leur intérêt appartenaient à un cercle choisi, érudit, citadin, presque exclusivement parisien, et peu en lien avec le milieu que je décrivais : celui de mes petits commerçants dans notre commune rurale. Ils avaient beau se situer à l'autre extrémité du spectre social, toutes les lettres de ces premiers lecteurs témoignaient d'une grande émotion. Par eux ma Loire-Inférieure et ses gens de peine se transformaient en une sorte de mandala du chagrin. Les miens ne concurrençaient personne, ne faisaient pas d'ombre, pas d'envieux, par là on pouvait les accompagner en laissant l'arme terrible du quant-à-soi, la crosse retournée à terre. Bas les armes de la position sociale, bas les paupières, ici on pleure sans retenue ses morts, tous victimes de la douleur de vivre.

Par négligence et désinvolture, je remis à plus tard de répondre à ces premiers courriers. Comme si la chose allait de soi, comme le héron de la Fontaine : « Mais il crut mieux faire d'attendre. » Si l'insuccès vous convainc de votre inanité, le succès produit l'effet inverse. Il semble que ce qui vous était il y a peu refusé soudain vous est dû. Le temps de m'en alerter, j'étais submergé par une avalanche de lettres auxquelles d'un petit mot personnalisé j'accusais réception, sans jamais étancher le solde des courriers antérieurs. J'aurais pu en m'abritant derrière un trop-plein de sollicitations et une fois la déferlante assagie, adresser des remerciements différés, mais bientôt je quittais Paris en catimini, négligeant de glisser dans mon sac ces témoignages sensibles des premiers lecteurs. Ils occupent une place importante dans la liste de mes remords.

S'il en est une qui en ce jeudi sut instantanément que sa vie allait de nouveau basculer, c'est notre mère dans son magasin de vaisselle. Elle servait des clients – des clientes sans doute – quand entra le jeune directeur de la succursale du Crédit Mutuel ou peut-être du Crédit Agricole – les deux banques ayant trouvé juteux de s'installer dans notre commune rurale (autrefois, des démarcheurs – pour nous du Crédit Lyonnais – passaient à intervalles réguliers à domicile et repartaient l'argent de la caisse dans une sacoche gonflée de billets, et je ne crois pas qu'ils aient jamais été inquiétés dans leur tournée quand ils circulaient dans une voiture ordinaire et non dans un fourgon blindé). Jeune, considérant sa fonction de directeur, nous avions le même âge et fréquenté ensemble l'école des Frères. Après quoi, les uns et les autres partaient poursuivre leurs études secondaires à Nantes ou Saint-Nazaire, et on ne se revoyait plus. Mais quand elle m'en parla, je revis le petit garçon blond aux cheveux coupés en brosse et toujours souriant. Je lui demandai s'il était toujours blond. Elle n'en était pas sûre. Et souriant, je n'ai pas osé le lui demander. Elle-même n'ayant pas le cœur à rire. Une autre personne poussa la porte du magasin qu'il laissa galamment passer devant lui, arguant peut-être qu'il réfléchissait. Mais notre mère avait compris la raison de cette courtoisie de circonstance. Le jeune homme n'était pas là pour déposer une liste de mariage ou dans l'une d'elles choisir un cadeau. Elle avait reconnu, roulé dans sa main, *Le Nouvel Observateur*. Ce qu'il attendait, c'était un tête-à-tête avec elle. Ce qu'elle redoutait depuis la parution du livre.

Prévenue par ses filles de la présence d'un article dans le magazine, elle comprit aussitôt que son petit secret était éventé. Elle avait pourtant campé sur la ligne des trois cent cinquante exemplaires promis. Espéré qu'il ne se passerait rien. Rêvé d'un livre comme la plupart des livres traversant dans l'indifférence générale sa vie de livre. Persuadée qu'il lui suffirait d'attendre un peu et que dans quelques semaines, la petite émulsion passagère serait retombée sans bruit, et moi retourné à un anonymat dont la parution ne m'aurait fait sortir que le temps d'une rapide bouffée d'oxygène avant de replonger dans mes journaux. Après quoi, si une bonne âme accidentellement avait évoqué devant elle un roman de son fils dont elle aurait eu vaguement écho sans l'avoir lu, elle aurait pris un air contrit, oui, j'ai toujours eu confiance dans le jugement de Jeannot, il m'avait prédit trois cent cinquante exemplaires et je pense qu'il y est arrivé.

Car ce livre, elle l'avait lu et n'avait vraiment pas envie de parler de ce que depuis bientôt trente ans elle avait patiemment refoulé et qu'il avait exhumé. Quand je lui avais annoncé avoir signé chez l'éditeur, elle ignorait de quoi il parlait. Pour ceux dans la confidence, qui suivaient avec un brin de pitié mes tentatives, j'écrivais, un point c'est tout. À cette différence que cette fois, après longtemps d'attentes et d'espérances déçues qui avaient donné à penser que le fils de la maison s'illusionnait sur ses capacités littéraires, on avait bien voulu de mon manuscrit. Je ne l'avais pas claironné non plus, pas faraud à l'idée d'avouer que ce qu'il racontait, c'était *grosso modo* notre vie. Et son pan le plus tragique. Non seulement la mort de cet homme, mari et père, mais le silence dans lequel on l'avait confiné depuis la date fatale. Disparu pour de bon, toute évocation tacitement interdite, son souvenir stagnant au-dessus des repas familiaux et des soirées tristes devant la télévision comme une âme géostationnaire, sans qu'il fût jamais seulement nommé, quand nous savions les uns les autres reconnaître à mots couverts, à l'occasion d'une ressemblance, d'une allusion aux voyageurs de commerce, à la Résistance, son passage voilé.

Si j'avais confié à notre mère le but de ma petite entreprise : redonner vie à cet homme essoré de nos mémoires, elle se serait récriée. Pas d'esclandre, pas d'éclats, non, ce n'était pas son genre, mais une remarque cinglante et sans appel comme quoi je n'avais pas vocation à déterrer les morts, après quoi j'aurais eu à affronter pendant des mois son visage fermé, couvant une contrariété rentrée et peu amicale. Confronté à ce chagrin violent qui portait, creusé sur le visage, le sillon de ses deuils successifs de l'enfant, du mari et du père, face à un désaveu catégorique de sa part, j'aurais sans doute renoncé. Anticipant ma faiblesse, incapable d'affronter le poids de sa douleur qu'elle n'aurait pas manqué de jeter sur ma balance poétique, la déséquilibrant irrémédiablement, j'avais pris sur moi d'écrire notre histoire dans le silence de mes années pauvres, en catimini, et de n'en rien dire à qui que ce soit.

C'est ainsi que notre mère avait reçu par la poste, à l'occasion du service de presse, en cadeau d'anniversaire puisqu'elle était née un 5 juillet, ce livre qui parlait de ce que nous étions seuls à savoir et qui ne regardait pas les autres. Son unique commentaire à sa lecture, deux ou trois jours après réception, et elle n'en eut pas d'autre, fut celui-ci et je dus m'en contenter : Tu m'as fait faire un sacré retour en arrière. Après quoi elle parla du style comme un critique littéraire détaché. C'était bien elle. Du moment qu'elle avait abandonné son enfance proustienne pour suivre son mari et atterrir dans le magasin de vaisselle, elle avait délibérément choisi de ne plus se retourner. Sans doute la comparaison avec sa vie d'avant avait-elle été à ses yeux une source de souffrance. Et voilà que l'essaim de ses pensées dont elle ne laissait rien paraître était livré en pâture par son idiot de fils. Elle avait encore un dernier atout dans sa main, le peu de crédit accordé d'ordinaire à un premier roman. Elle s'y était accrochée pendant une quinzaine de jours, pas un seul mot dans son magasin, les gens au courant se retenant peut-être d'aborder le sujet tant cette femme ne paraissait pas lui accorder d'importance. On l'aurait imaginée fière et heureuse, ne serait-ce que d'avoir enfin une réponse à donner à cette question embarrassante, que devient votre fils, mais encore une fois pas son genre, pas elle, cette satisfaction béate de mère. Et la vérité, ce que je n'ai appris que récemment, c'est qu'elle ne l'avait pas aimé, ce livre. Qu'elle en était même en colère, ce qu'elle me cacha, ce que j'interprétai, sa moue, comme une gêne, un embarras de cette médiatisation à laquelle elle était brutalement exposée. Je pouvais même attribuer son peu d'enthousiasme à sa discrétion coutumière. Ne pas exhiber ses sentiments, après tout, c'était notre éducation – par « notre » entendons la Loire-inférieure catholique et pudibonde.

Après l'obtention du prix, la municipalité tenant à marquer l'événement – un Goncourt dans la commune, ce n'était pas si fréquent malgré tout – organisa, après une interminable séance de signatures où tous les environs défilèrent, une petite cérémonie privée au cours de laquelle la maire dans son discours glissa un mot sur le magasin de vaisselle, cadeaux, listes de mariage, de madame Rouaud, dont elle fit l'éloge. Alors notre mère, qui depuis le début de la séance demeurait, lèvres pincées, en retrait de ses enfants, comme si elle tenait à montrer qu'elle ne cherchait pas à se parer d'une parcelle de la lumière qui s'était abattue sur son fils, sortit de sa poche un mouchoir, souleva ses lunettes et essuya les larmes qui coulait de ses yeux. Toute l'émotion accumulée au cours des dernières semaines cédait à l'évocation de la reconnaissance de sa place dans la commune. Mais des larmes de joie, non. Trop de chagrins dans sa vie, trop de drames, trop de renoncements, que ce lot de consolation obtenu par son fils ne parvenait certainement pas à compenser. En valait-il même la peine. Elle avait trouvé que non. C'est pourtant sur cette peine que le fils avait tramé son histoire. Ce qui ne l'obligeait pas pour autant à la divulguer. Et puis dans son livre il s'était moqué de ses parents, à elle, faisant de son père un voyeur s'éclipsant discrètement, à l'occasion d'un séjour chez leur plus jeune fille dans le Var, avec l'intention de lorgner les femmes nues de l'île du Levant qui était pointée du rivage comme l'île du diable, et de sa mère une cheftaine bourrue et peu aimante, manifestant sa mauvaise humeur en se transperçant de colère la main à cette pique où elle enfilait les factures. Et elle, dans le même livre ? Une petite silhouette ombreuse. C'est pourtant ainsi qu'elle nous était apparue, anéantie, comme retirée du monde, avançant dans son deuil tout de noir vêtue, avouant qu'elle ne se croyait pas capable de survivre un an au cher disparu.

Elle avait survécu en silence. Un long silence d'une dizaine d'années, après quoi, par son intelligence, sa gentillesse, son honnêteté viscérale, elle s'était lancée à corps perdu dans son magasin, obtenant qu'il devienne un incontournable pour tous les futurs mariés dans un rayon de quarante kilomètres. Et puis toute cette somme d'efforts de chaque jour, dimanche compris, dispensée année après année, tous ces milliers de cartons déballés, toute cette reconquête gagnée sur un territoire de haute peine, toute cette gloire acquise dans le canton et au-delà, balayés par un livre de cent cinquante-six pages où en quelques apparitions elle rejoignait le cortège des pleureuses antiques.

La maire replia son papier, et m'invita à m'avancer devant un chevalet recouvert d'une toile. On me demanda de la retirer. La municipalité m'offrait un tableau du village où sous un ciel d'Atlantique, lumineux et nuageux, dans des tonalités ardoise, figuraient la maison natale et son magasin. Je m'extasiai comme on s'y attendait, et posai, l'un et l'autre encadrant la toile, avec le peintre tout ému de profiter de cette reconnaissance locale. Il ressemblait à l'un des portraits réalisés par Walker Evans, d'un fermier moustachu, au visage ridé que l'on trouve dans le livre de James Agee, un des plus beaux livres jamais écrit : *Louons maintenant les grands hommes*. Depuis, le tableau me suit, que j'accroche en souvenir des larmes de ma mère. Le peintre aujourd'hui disparu, dont le renom n'a sans doute pas résisté à sa réputation locale, s'appelait Yvon Labarre.

Mais là, quelques semaines plus tôt, face au directeur du Crédit Mutuel ou Agricole entré dans son magasin avec une autre idée que de renouveler son service de table, sa loi du silence qui en imposait à ceux qui la fréquentaient dut capituler devant la carte maîtresse qu'il se préparait à abattre devant elle : *Le Nouvel Observateur* roulé dans sa main et que devant elle il ouvrit. N'est-ce pas Jeannot ? demanda le jeune directeur blond et souriant montrant l'article et la photo. Et elle dut avouer. Oui, c'est lui. Et de ce moment elle bascula dans les dernières années de sa vie où, de commerçante héroïque tenant seule face à une armada de supermarchés grâce à sa gentillesse, sa compétence et son choix incomparable de services de table, elle devint mère, à quoi étrangement elle ne semblait pas préparée.

Elle qui déconseillait aux jeunes femmes venues déposer une liste de mariage d'avoir jamais d'enfants – ça fait horriblement souffrir, ils peuvent naître avec des malformations, être atteints de trisomie ou victimes d'un de ces méchants virus qui traînent dans les maternités – était définitivement statufiée dans son rôle de mère. De madame Rouaud, formidable commerçante encensée dans tout le canton, elle devenait la mère de l'écrivain. Quelle dégringolade. Après avoir pensé sincèrement ne pas survivre à ses épreuves, elle avait triomphé de la mort, perchée au sommet de sa montagne de porcelaine, louée par tous, et voilà qu'on lui proposait d'en descendre pour prendre la pose à côté d'un berceau. Pour le moment elle traversait comme une ombre le roman de son fils, visiblement il avait anticipé ses remontrances et s'en était tenu à un profil discret, donnant toute sa place aux morts qui eux ne protesteraient pas, mais elle n'en doutait pas, elle le confia plus tard, son tour viendrait. Et ce jour-là elle ne serait plus en mesure de lutter ligne à ligne pour corriger les contre-vérités qu'il ne manquerait pas d'assener avec toute l'autorité que donne la phrase.

À quoi pourtant je n'avais jamais pensé jusqu'à sa disparition et cette douleur étrange que creuse dans le ventre la perte de la génitrice. Tout occupé à ma besogne, en bon myope, l'œil collé sur la page, j'étais bien incapable de regarder aussi loin. Qui plus est n'envisageant pas une seconde que sa vie pût s'arrêter avant longtemps. Elle portait dans son bagage génétique un brevet de quasi-immortalité, sa mère et sa grand-mère ayant manqué de quelques années de finir centenaires. Je m'imaginais encore écrire deux autres livres, l'un sur cet homme disparu dont on ne savait pas grand-chose sinon qu'il s'était écroulé brutalement un lendemain de Noël, et l'autre sur le deuil, comment l'on s'arrange, mal, avec la mort. Après quoi il serait bien temps de songer à vivre.

Une fois les premiers lecteurs assidus repartis, le quotidien tenu entre leurs bras ouverts, profitant de cette pause du début d'après-midi au kiosque, je feuilletai *Le Monde*, mais sans le déplier vraiment, en soulevant précautionneusement les angles des pages. C'est ainsi que je tombai sur l'article qui occupait la partie supérieure d'une page de gauche du cahier littéraire. Je lus le titre « Jean Rouaud a la grâce » – et refermai aussitôt le journal que, n'ayant pas à replier, je remis sur sa pile, sans même l'idée de l'emporter afin de le consulter plus tard, à tête reposée. Si je me fiais à l'accroche la critique devait être louangeuse, ce n'est donc pas par dépit ou par crainte que je refusai de la lire, mais je ne m'y reconnaissais pas. Comme si quelque chose se mettait en place qui ne me concernait plus. C'est l'auteur qu'évoquait le titre, de même qu'on mettait en avant le kiosquier, non son livre, ce qui déjà installait un malentendu, une confusion, un déplacement d'intérêt. Et ce n'est pas ce que j'avais recherché. Le livre était en avant de moi, dont j'avais même rêvé qu'il ne portât pas mon nom. Et voilà qu'en gros titre on m'accordait la grâce, on me sanctifiait.

La grâce pour un catholique, et j'étais au courant, ce n'est pas faire des joliesses, ce qui n'était pas non plus poétiquement mon intention. La grâce, c'est le don et le salut. Et pas n'importe quel don, pas n'importe quel salut. Le don reçu de Dieu qui est une promesse de salut. Or ce qui se jouait ici, c'était juste un art de tourner des phrases, de les agencer, de les charger de souvenirs, de métaphores, de les organiser en convoi, et d'attendre de ce petit train de mots une reconnaissance qui apaiserait un sentiment de perte, de lent glissement social vers le rien, une sorte de salut, oui, mais simplement pour orienter ma vie autrement, la placer sur un versant un peu plus ensoleillé. Et ce don que je m'étais prêté seul et qui m'avait valu d'avancer comme sur un tapis de braises, l'éditeur me l'avait confirmé. Ce qui m'agréait et m'exemptait de convoiter au-delà des exemplaires promis.

La date du décès paternel recomposée à partir d'éléments enfouis dans le texte par le critique de *Révolution* m'avait rassuré sur la composition de mon récit, nous étions bien dans un univers romanesque. Sans que je l'eusse prémédité, il proposait une énigme à résoudre, nous étions bien dans « une ténébreuse affaire », quand j'avais douté de ma capacité à écrire un roman. Un « roman à la Balzac », avait proposé Louis Bouilhet à son jeune ami Gustave après la lecture épuisante pour lui et ses auditeurs de *La Tentation de saint Antoine* dans le salon de Croisset. La leçon avait été entendue. On me trouverait dans la rubrique « scènes de la vie de province ». Mais la grâce qu'on me prêtait, qui extrapolait la seule lecture du livre, c'était autre chose, qui parlait sans doute des préoccupations du rédacteur de l'article, lequel se glissait comme un bernard-l'hermite dans la coquille du livre pour en faire une chapelle votive, se portraiturant dans la figure du donateur qui dans les tableaux religieux flamands s'attribue une place à parité avec le sujet. Un critique ne parle jamais que de lui. Cette grâce revenait à me faire porter quelque chose qui n'avait plus rien à voir avec la littérature. Ou plutôt c'était comme si la littérature, secouée par « l'ère du soupçon », la mort du roman et le formalisme des années de plomb, attendait une sorte de salut, quand on avait prédit inéluctablement sa fin, le critique du haut de sa courtine journalistique, croyant reconnaître, dans ce nuage de gaz toxique à l'horizon des tranchées de la Première Guerre, la poussière soulevée par une colonne de secours. C'est un reposoir que j'avais élevé pour les miens, une petite chapelle à la manière de François d'Assise prenant sa truelle pour redonner du lustre à l'oratoire délabré de la Portioncule, ou de Frère Angelico donnant à ses anges des ailes multicolores.

Albert, qui était mon premier soutien, prit peut-être pour de la pudeur voire de l'orgueil mal placé, que je n'aie pas lu l'article du *Monde*. Quand il vint prendre son édition de la Bourse et qu'à sa demande je lui signalai que le livre y était recensé, puisque nous en avions évoqué les jours précédents la possibilité, sans m'interroger sur les raisons de mon étrange attitude, il se proposa, si je l'acceptais, de me faire le résumé du compte rendu. Il se mit à l'écart pour ne pas gêner la clientèle et s'assit sur la margelle de la vitrine du marchand de meubles devant le kiosque, ses lunettes de grand myope retirées et la feuille de journal collée sous le nez. Une fois sa lecture terminée, il manifesta son étonnement en hochant la tête en silence. Ce que je traduisis par : eh bien dis donc. Et lui, après un temps, lunettes à nouveau sur le nez qui le rendaient à sa figure familière, revenu sous l'auvent du kiosque, laissant encore passer un client devant lui, comme s'il avait besoin de se remettre du choc de sa lecture : Le mieux serait que vous le lisiez.

Son intérêt pour le bon écho que recevait le livre n'était pas simplement la poursuite amicale de l'aventure commencée sept ans plus tôt par un simple échange de politesses autour d'un journal, même si je découvrais que le tour singulier que prenait cette aventure amenait chez les uns et les autres des réactions différentes, le curseur de la réception du livre couvrant toutes les nuances, de la joie sincère à la contrariété rentrée. Ces articles qui commençaient de tomber, il les lisait aussi pour lui-même. Ils lui apportaient la confirmation de la justesse de son jugement. Il était même en mesure d'y apporter la contradiction. Albert avait été mon premier lecteur.

Il était souvent question de littérature entre nous. Au fil du temps il m'avait confié sa passion pour Stendhal, même si là aussi, il ne m'avoua que tardivement posséder une édition originale de *La Chartreuse de Parme*. Ce qui ne doit pas concerner beaucoup de personnes dans le monde. Un révolutionnaire bibliophile ? Ce hobby de classe cohabitait mal avec sa sensibilité tiers-mondiste. Cette manifestation éminemment « droitiste » eût mérité en Chine l'envoi dans un camp de travail aux fins de rééducation. Pousser des brouettes de fumier fera passer l'odeur des reliures en maroquin. Ce symptôme de la bourgeoisie lettrée veillant à se démarquer ainsi de la diffusion de masse n'était qu'une manière de sanglot à l'heure où le livre de poche et l'idéal socialiste assuraient à tous l'accès aux plus hautes œuvres de l'esprit. Si la grande mue libérale commençait de pointer le nez, organisant sa revanche contre le siècle rouge, elle n'était qu'une affaire de parvenus arrogants et avides. On n'imaginait pas Ronald Reagan se ruer sur une édition originale de *La Chartreuse*, la culture était encore de gauche et on ne se flattait pas de ce genre de possession qui revenait à revendiquer Stendhal pour soi seul, de même que dans toutes les périodes révolutionnaires les nantis font profil bas, s'accoutrant comme le peuple en armes et tendant un poing révolutionnaire tout en s'assurant du portefeuille dans leur poche.

Mais avant cet aveu, Albert ne manquait jamais quand l'occasion se présentait de parler avec chaleur de son auteur de chevet. Je découvris par la suite qu'il était membre de l'association des amis de Stendhal qu'avait créée son spécialiste, Victor Del Litto, que la mère de notre fille rencontra pour un projet autour de son théâtre. Stendhal écrivant pour le théâtre ? Oui, et pas seulement dans son *Racine et Shakespeare*, pendant trente ans, s'acharnant à commencer cinquante pièces, en prose, en vers, comédies, drames et tragédies, et n'en achevant aucune, dont il attendait la gloire, les femmes et la fortune, avant de se résigner et de comprendre que le temps du théâtre était passé. « Impossibilité du drame », concluait-il dans son journal. « De là le règne du roman », en déduisait-il plus loin. Et il se lançait bientôt dans *Le Rouge et le Noir*, abandonnant définitivement l'idée d'une reconnaissance par les tréteaux.

J'ignorais alors ce Stendhal besogneux, « flaubertien », se lamentant de n'avoir composé qu'une poignée de vers en une semaine. Grâce à quoi on comprend que l'expression de sa liberté « à sauts et à gambades » n'est pas une donnée naturelle mais une quête et une conquête. Un arrachement volontaire aux conventions formelles. Un longue côte au sommet de laquelle tout l'horizon se libère. Formidable nouvelle : nous ne sommes pas condamnés à demeurer dans notre moule de naissance. On peut se dégager de ce qui nous entrave. Quitte à se ronger la patte.

J'avais alors de lui l'image d'un coureur des bois aux bottes légères, traçant à petites foulées son chemin dans la forêt des phrases sans paraître incommodé par une forme broussailleuse – sa *Vie de Henry Brulard* est d'une liberté souveraine – au lieu que son rival normand, chaussé de lourds sabots, empilait ses lignes de rondins dans la clairière dégagée des chapitres. Chacun défendait son champion. Moi, Flaubert, auquel je m'identifiais pour ce chemin contre nature que je devais emprunter pour parvenir à devenir « romancier », chemin que le fils de médecin avait parcouru en sacrant et peinant pendant les cinq années de l'écriture de *Madame Bovary*, choisissant pour parvenir à ses fins de s'opérer du « cancer du lyrisme ». Et je savais parfaitement de quoi il parlait, se priver volontairement de ce qui semble l'essence de la poésie : la beauté de la phrase qu'entrave et contrarie le souci de raconter, de restituer le réel. Opération « transgenre » douloureuse, compliquée, qui le poussait à remettre à plus tard ses rendez-vous avec Louise Colet, le temps de finir son chapitre, lui écrivait-il, grâce à quoi nous bénéficions via sa correspondance du journal de bord de son roman normand. Cette correspondance était devenue ma bible, mon manuel littéraire de survie, suivant lettre après lettre la grande bagarre que se livraient chez lui « les grands vols d'aigle » et le détail fouillé, reconnaissant en lui un parent tutélaire : cent fois sur le métier, la page testée au « gueuloir » (au « murmuroir » pour moi), la phrase tenue serrée mâchant son mors, les jours à se lamenter de n'avoir composé que quelques lignes bonnes à jeter le lendemain. Albert écoutait mon lamento flaubertien, et moins dogmatique, avec cette façon toujours courtoise de ne pas heurter, comme on cherche à ne pas décourager un enfant en évitant de le contredire frontalement, glissait quelques anecdotes sur son poulain, par exemple comment le petit-fils du docteur Gagnon lisait chaque matin deux ou trois pages du code civil « afin de prendre le ton », disait-il, tandis que rue Caumartin, il dictait en cinquante-deux jours (à comparer aux cinq ans de *Madame Bovary*) *La Chartreuse de Parme*.

Amoureux comme Stendhal de l'Italie, Albert avait marché sur les pas du consul à Civitavecchia, retrouvé les traces de son passage à Milan. Et je ne pouvais que m'incliner quand il disait son ravissement devant cette écriture désinvolte, légère, si peu policière qu'il était égal à son auteur de répéter dix fois le même mot dans la même page. Ce que je savais, mais j'en étais tellement loin que j'étais heureux de me raccrocher à la figure incontournable de l'ermite de Croisset, intransigeant, se gargarisant de ce genre de rodomontade : « Périssent les États-Unis plutôt qu'un principe. Que je crève comme un chien plutôt que hâter d'une seconde ma phrase qui n'est pas mûre. » Ce qui m'impressionnait, même si on ne voyait pas ce que les États-Unis et un chien venaient faire dans cette histoire. Ce qui collait malheureusement, cette emphase ridicule, avec le portrait que tracent de leur « ami » les frères Goncourt qui le décrivent proférant des énormités prudhommesques ou déguisé en femme exécutant son numéro de danse orientale en souvenir de son séjour dans les maisons de plaisir d'Égypte et de Kuchuk Hanem.

Stendhal détestait Chateaubriand, ce qui me chagrinait, mais outre qu'il voyait dans le vicomte un rival dans leur amour inconditionnel de l'Italie, je lui trouvais des circonstances atténuantes. Les *Mémoires d'outre-tombe* n'étaient pas parus, qui les eussent sans doute rapprochés. Sur beaucoup de points, et pas seulement l'Italie, ils ne sont pas si éloignés. Préférer un environnement féminin à l'amitié virile, la passion amoureuse, le goût des voyages. Et il est certain que ce n'est pas la publication des *Natchez*, roman ampoulé dans lequel Chateaubriand recycle pour la énième fois son aventure américaine, qui plus est paru la même année qu'*Armance*, qui eût fait changer d'avis le natif de Grenoble. Mais c'est sur cette opposition de nos auteurs de référence, acceptant de prendre le risque le plus grand, que je proposai à Albert de lire mon manuscrit.

J'en avais terminé, j'avais travaillé deux ou trois ans à devenir « romancier » comme me l'avait recommandé l'éditeur, m'en remettant complètement à son injonction étrange : un roman qui ressemblerait à un roman, au risque de n'être qu'un parmi une myriade d'autres. Si je m'y étais appliqué, c'est que j'avais compris que c'était ma seule chance, que si je ratais mon coup je pouvais tirer un trait sur mes prétentions littéraires. L'âge venant, il serait l'heure d'abandonner mes rêveries de jeunesse et de n'y plus revenir. Pendant ces trois ou quatre années qui me séparaient de notre première rencontre, en souvenir de nos entretiens, je n'avais eu que lui en tête, écrivant pour lui, redoutant son verdict, sa brutalité froide, sachant que s'il me refusait je n'aurais rien à espérer des autres maisons d'édition. Conséquemment je resterais marchand de journaux à vie. D'où mes hésitations au moment de lui envoyer le manuscrit. J'étais sur une ligne de crête, au bord de verser d'un côté ou de l'autre et la suite de mes jours allait en dépendre. Ma carte ultime était cet ensemble de feuillets qui égrenaient la litanie des morts de mon enfance.

Le texte était le résultat d'une telle somme de montages, de charcutages, qu'au moment de le présenter je redoutais qu'il ne donnât à voir que son corps couturé. J'avais notamment supprimé une partie importante du livre au moment de retaper le manuscrit au propre, ce qui représentait un bon quart du volume et le sacrifice de plusieurs mois de travail. Il m'apparaissait à la relecture que cette partie, la seconde, ne collait pas. Dans ses Mémoires Chateaubriand raconte comment Fontanes, qu'il connaissait depuis son exil londonien et à qui il avait soumis la lecture de son roman, avait trouvé « mauvais » le prêche du père Aubry au chevet d'Atala mourante, lui commandant d'une voix rude : « Refaites cela. » « Je voulais jeter le tout au feu, je passai depuis huit heures jusqu'à onze heures du soir dans mon entresol, assis devant ma table, le front appuyé sur le dos de mes mains étendues et ouvertes sur mon papier. J'en voulais à Fontanes, je m'en voulais, je n'essayais même pas d'écrire, tant je désespérais de moi. » C'est la voix des deux tourterelles achetées sur le marché et qui l'empêchaient de dormir par leurs incessantes roucoulades qui tira le jeune Chateaubriand de sa torpeur. Et vers minuit d'un jet, sans une rature, il redonne la parole au père Aubry telle qu'on peut la lire, recueillant cette fois l'assentiment de son ami.

Je n'avais pas de tourterelles mais un chat qui s'étalait sur mes genoux quand je tapais à la machine, sans se soucier de mon inspiration pourvu que je ne le dérange pas. Et ce fut plus long qu'un jour. Je passai une semaine dans les affres, retravaillant encore et encore la partie incriminée, m'acharnant, essayant de la sauver, de mettre le doigt sur ce qui coinçait, visitant des états d'abattement, de quasi-renoncement, demeurant des heures allongé à contempler le plafond dans l'espoir qu'y apparaisse en lettres de feu la solution. Et enfin, après une semaine de rumination, l'éclair. Je me suis subitement levé. Il venait de m'apparaître que c'était le texte lui-même qui ne voulait pas de cette partie, comme un greffon que l'organisme rejette, et j'ai retiré purement et simplement la trentaine de pages dactylographiées – je me revois faire le geste – de sorte que la première et la troisième partie se retrouvaient accolées, comme on resserre les rangs pour combler la place d'un disparu. Ce n'était ni le propos (on m'apprenait au collège où j'étais pensionnaire la mort de notre tante Marie, la seconde disparition de ma martingale triste) ni l'écriture qui étaient en cause mais le fait d'avoir utilisé dans cette partie la première personne et un témoignage personnel, quand partout ailleurs le « je » était dilué dans un « nous » collectif. Exit le narrateur. Ce qui intrigua plus tard l'éditeur, cette absence d'un « je » qui prend sur lui de raconter, au point qu'il se chargea de rédiger lui-même la quatrième de couverture où il pointe cette anomalie. « Au cours de l'hiver, ils sont morts à quelques semaines d'intervalle : d'abord le père, quarante ans, puis la vieille tante de celui-ci, enfin le grand-père maternel. Mais cette série funèbre semble n'avoir fait en apparence qu'un seul disparu : le narrateur, dont le vide occupe le centre du récit. » Par quoi, par cette remarque qui resituait le livre dans une recherche formaliste au détriment de « mes » morts, lesquels semblaient compter pour rien en comparaison, il renouait avec les préoccupations théoriques du Nouveau Roman. Cette absence du narrateur illustrait-elle à ses yeux la mort de l'auteur ?

Je pris très au sérieux sa remarque, qui eut une grande incidence sur la suite. Mais je n'en étais pas encore là. Si cette amputation du texte suite à une exhortation quasi tombée du ciel – En vérité je te le dis, retire cette seconde partie – m'avait permis d'inscrire le mot Fin, je pouvais craindre que ce soit au détriment d'une bonne compréhension du récit. Après tout, cette partie avait été une pièce essentielle de mon édifice. C'est un étage entier qu'un ouragan divin (en japonais *kamikaze*) venait de souffler. Peut-être que la maison de mon enfance, suite à cette amputation, ne tenait plus debout désormais. Avant d'envoyer le manuscrit, je crus bon de le donner à lire afin de tester si ce véritable atelier de couture qu'était devenu mon récit ressemblait encore à quelque chose. C'est la raison pour laquelle, après un rapide tour de mes connaissances (je devinais déjà la réaction de M. le peintre maudit qui, après avoir lu mon texte, aurait fait comme ci comme ça d'un balancement de sa main tachée d'encre et de nicotine et P. le gérant du kiosque se serait lancé dans de grands apartés sociologiques), je sollicitai Albert que je ne croisais qu'au kiosque, un client parmi des centaines d'autres, même si les échanges avec l'exilé de la rue de Grenelle étaient plus approfondis, plus féconds pour moi. Nos élections littéraires, lui Stendhal, moi Flaubert, nous opposaient, j'avais donc tout à redouter de sa lecture. Mais il serait un juge fiable et impartial. Je lui avais parlé un peu de mon projet lors de nos discussions mais sans m'étaler et il accepta ma proposition. Il se montrait flatté et honoré de la confiance que je lui accordais (son éducation), mais il me prévint qu'en aucun cas notre relation amicale n'influerait sur son jugement. C'était évidemment ce que j'attendais de lui. Autant dire que je n'en menais pas large.

Le lendemain j'avais glissé le manuscrit dans mon sac afin de le lui donner, mais alors que le dispositif ménagé dans les étals et faisant office de porte était ouvert, et moi sorti pour ranger quelques revues, quelqu'un profita de ce moment d'inattention pour le dérober. Le dommage n'était pas très grand. Il contenait outre le manuscrit un peu d'argent et des tickets de métro mais ma première pensée fut qu'un Romain eût interprété ce vol comme un mauvais présage. Les dieux me signifiant qu'il valait mieux que je m'en tienne là, m'évitant les commentaires désobligeants que ne manquerait pas de provoquer la lecture de mes tablettes de cire. Que je laisse la cire aux abeilles et mes feuilles aux arbres. Le soir, après la fermeture du kiosque, j'inspectai les poubelles du quartier. On m'avait persuadé qu'un voleur à la tire se contentait de prendre l'argent liquide et se dépêchait de se débarrasser d'une preuve à charge. J'inspectai en vain les dépôts d'ordures des Orgues de Flandre jusqu'à la place Stalingrad, ce qui ne va pas de soi et oblige à prendre un air détaché pour ne pas passer pour un SDF, et poursuivis à pied jusque dans le 18e. Outre la version originale tapée à la machine je possédais encore un double carboné que j'apportai le lendemain à Albert sans tenir compte de l'avertissement des augures.

Nous en étions convenus. Il évita le kiosque pendant trois jours, allant pendant ce temps se fournir ailleurs (car je n'imaginais pas qu'il pût se priver de son addiction quotidienne) afin d'éviter les questions à mi-parcours, vous en êtes où ? ça vous plaît ? questions que de toute façon je me serais interdit de poser, ce qui eût impliqué un silence bruyant entre nous, et des conversations hantées par le non-dit de la lecture en cours. Le quatrième jour, je le vis arriver dans l'encadrement du kiosque un sourire aux lèvres. Et je compris qu'il s'y était préparé, qu'avant même qu'il ne commence à parler, il voulait me signifier que je n'aurais pas de commentaires désagréables à attendre d'un stendhalien fervent. Il livra ses premières impressions, précisa bien entendu qu'il n'était pas un spécialiste, que son ressenti n'engageait que lui et n'avait pas de valeur d'exemple, mais il avait pris beaucoup de plaisir et puis ah oui, il avait beaucoup ri. Comment ça ? Il avait ri ? Oui, enfin souri, souvent. Et je tombai des nues. J'étais persuadé d'avoir écrit un livre endeuillé, inondé de chagrin, et quelqu'un en qui j'avais pleine confiance m'expliquait que mes sombres nuages étaient troués de rais de lumière. Loin de m'en indigner, la nouvelle me ravit. J'avais toujours éprouvé à quel point j'étais incapable de raconter une histoire drôle, ne m'y risquant plus pour éviter les chutes calamiteuses qui provoquent l'embarras de l'interlocuteur, laissant à d'autres ce soin, par exemple à M. le peintre maudit, un temps le troisième larron du kiosque, qui commençait de rire de son récit avant d'en avoir terminé, et on riait avec lui, de sorte qu'on n'avait même plus besoin de la touche finale pour s'esclaffer.

Du coup la question de glisser un peu de fantaisie dans mon texte ne s'était même pas posée tant je me sentais dépourvu de cet « art de comiquer » comme dit Stendhal. Et voilà qu'après la remarque d'Albert, à ma panoplie de jongleur il me fallait ajouter un nez rouge. Moi, comique ? Ou n'étais-je pas plutôt celui qui fait rire à ses dépens ? Sur ce point Don Quichotte était aussi un bon exemple. Comme il me remettait mon manuscrit en même temps qu'il en terminait avec ses commentaires, je repoussai l'enveloppe neuve de papier kraft dans laquelle il l'avait glissé et lui demandai une faveur : est-ce qu'il accepterait de me signaler les endroits du texte où il avait souri ?

L'article du *Monde*, paru la veille de l'émission, avait confirmé Bernard Rapp dans son choix, lui donnant une vraie légitimité. Le « successeur » de Bernard Pivot savait lire, d'autant qu'il pouvait se prévaloir d'avoir remarqué le livre dès le mois de juillet sans attendre les articles louangeurs de septembre. Son invitation pour l'ouverture de ses « Caractères » explique en grande partie l'intérêt manifesté par les critiques, puisqu'on trouvait la composition de son plateau dans tous les programmes de télévision bien avant la semaine de diffusion, les journalistes spécialisés ayant ainsi tout le temps de s'informer et de préparer ce qui se présentait comme un événement : la suite d'« Apostrophes ». Cette double curiosité concernant le livre d'un marchand de journaux et le lancement de son émission fonctionnait comme la plus efficace des publicités. Encore fallait-il, pour tous les deux, ne pas rater l'examen de passage. Ma garde-robe de marchand de journaux ne fournissant pas d'habit de gala, j'avais pour l'occasion acheté un costume bon marché anthracite et en acrylique qui devait luire sous les projecteurs et que je ne portai qu'à cette seule occasion. Il ne fut pas du voyage dans le sac qui quitta Paris.

C'est un moment étrange où d'un seul coup d'un seul on bascule du salon à la multitude, de la conversation privée au débat public. Soudain, alors que jusque-là le plateau est animé de mouvements divers, assistantes, assistants, machinistes, éclairagistes, cadreurs, réalisateur s'affairant à régler les derniers détails, une voix sortie d'un haut-parleur réclame le silence et spontanément toute agitation cesse comme dans le château endormi de la Belle. Quelques secondes plus tard, Bernard Rapp, qui m'avait placé à côté de lui, tendait le cou, levait la tête et commençait de parler dans ce qui semblait être le vide. Après une seconde d'étonnement je compris que nous n'étions plus seuls, que ce vide se composait de centaines de milliers de regards. L'émission « Caractères » transmise en direct, en remplacement de son homologue centenaire dont elle avait repris le jour et l'heure de diffusion, venait de débuter. Comme un avion qui amorce son décollage ou un train qui part et qu'on n'arrêtera qu'à la prochaine gare desservie, il apparaît qu'on ne descendra pas en marche et que tout va se jouer au cours de ce déplacement confiné. Dans l'instant le corps change d'élément. Il se met en mode contrôle, aux aguets, comme un homme traqué. Il sait qu'il n'a plus le droit à l'erreur, on ne reviendra pas en arrière pour gommer une séquence confuse ou malheureuse. Non seulement les propos tenus, mais l'attitude, l'intérêt ou le désintérêt, tout sera reçu et interprété sans possibilité de correction, d'explication, de repentir. Aucune possibilité de chuchoter individuellement à des centaines de milliers d'oreilles, du genre en fait ce n'est pas tout à fait ça que je voulais dire. Vous n'êtes rien d'autre que ce que vous donnez à voir et à entendre dans ce laps de temps imparti. Tout sera retenu pour ou contre vous.

Cette tension, Bernard Rapp, venu rendre visite à ses invités avant l'émission dans la salle de maquillage, l'avait exprimée en quelques mots, lui qui pourtant m'avait assuré qu'il maîtriserait la situation et serait là pour nous mettre à l'aise. Il avait beau être un habitué des plateaux, il n'avait « plus un poil de sec », confia-t-il. Ce n'était pas d'un grand réconfort pour ses invités mais son expression imagée contribua à détendre l'atmosphère. Ce qui était sans doute le but. Toujours souriant et prévenant, il était cependant arrivé le dernier, à quoi on pouvait deviner qu'il avait peut-être passé les minutes précédentes à tenter de maîtriser son trac. Comment remplace-t-on l'irremplaçable ? Cette fois il était au pied du mur. Au lieu de provoquer en moi un effet de panique, comme si la bouée de secours partait sous mes yeux à la dérive, cet aveu bon enfant me renvoya à quelque chose que je connaissais bien et qui m'allait plutôt : je n'aurais à compter que sur moi. Ce qui n'ôtait rien au comique de la situation. Les cinq auteurs qui comme moi avaient trimé des mois et des années dans l'espérance que leur travail trouverait un écho, au moment d'embarquer sur le grand navire de la propagande, apprenaient de la bouche même du capitaine que la traversée risquait d'être houleuse.

Autour des invités disposés selon le modèle habituel des plateaux, sur deux rangs, le présentateur occupant la place du maître de cérémonie, distribuant les autorisations de parole, était installé tout le gratin de l'édition. Le milieu, inquiet de la disparition de l'émission centenaire, tenait à manifester par sa présence son plein soutien au nouveau venu dont on attendait qu'il lui assure les mêmes rentes que les soirées animées par Bernard Pivot. Après la présentation initiale, on entendit la musique du générique, ce qui permit un bref moment de détente. Puis Bernard Rapp se tourna vers moi : C'est vrai cette légende du marchand de journaux ?

Chateaubriand le dissimule dans ses Mémoires parce que ce n'était pas conforme à l'idée qu'il se faisait de son rang où il n'était pas question de s'abaisser à ces métiers de manants, mais désargenté il fut un moment de sa vie à vendre des bas en Bretagne. Ne pas l'imaginer cependant en représentant de La Perla, ou de Victoria's Secret. Nous sommes avant la Révolution et les hommes en portent. Les pantalons descendants des braies gauloises qui valent à ceux qui les portent le qualificatif infamant de sans-culottes, c'est bon pour le peuple. Ainsi Chateaubriand avait été voyageur de commerce, comme notre père, et en Angleterre il donna des cours de français, instituteur comme notre vieille tante Marie, ce qu'il nia, préférant raconter qu'on l'avait engagé pour traduire le manuscrit de Camden, un auteur anglais du XVIe siècle écrivant en latin. Précepteur, jamais, prétend-il dans ses Mémoires. Pas de sa classe. Quand on lit le passage de sa rencontre avec la jeune Charlotte Yves, on comprend bien que les conseils littéraires qu'il prodigue à la jeune fille, soi-disant à sa demande, sont ceux d'un maître d'école. D'ailleurs à ce moment il n'est plus question de Camden et de son précieux manuscrit. Sa présence assidue dans la famille ne se conçoit pas autrement. On lui sent un petit faible également pour la mère. Il passa trente mois dans le Suffolk, ce qui est long pour une traduction, avant d'en partir précipitamment. Déjà marié à Céleste, en France (et en prison), il ne pouvait décemment épouser Charlotte comme le lui suggéraient ses bons parents, et il s'enfuit honteux comme un voleur, ne revoyant Charlotte qu'au faîte de sa gloire, ambassadeur à Londres, laquelle vint lui demander d'intervenir pour l'un de ses fils. On peut même penser que ce n'était pour elle, devenue veuve entre-temps, qu'un prétexte.

Il m'était difficile de réfuter que je vendais des journaux, des photos du kiosque et de son vendeur avaient commencé déjà de circuler. Les sept années passées sur le trottoir de la rue de Flandre avaient été suffisamment formatrices, nourricières, pour que je leur rende en hommage ce qu'elles m'avaient donné. Pas question de les traiter comme une parenthèse contingente, mais je voyais bien aussi qu'on cherchait à m'enfermer avec condescendance dans cette image subalterne et que c'était au fond un argument commode pour dévaluer de manière subliminale un livre pour lequel visiblement on en faisait trop. Trop de louanges, trop d'exclamations, trop de saisissement. Et cet éloge des « petites gens », ça suffisait maintenant. Il fallait refroidir les ardeurs. C'était pour mon bien, en somme.

Le temps passant, j'ai mesuré à quel point la sortie des *Champs d'honneur* avait été un événement dans le monde littéraire. Une porte avait cédé et il faut croire qu'il y avait du monde patientant derrière. Chacun ensuite de parler de la disparition d'un père ou d'une mère, de se livrer à une généalogie de la famille en épluchant les archives, d'évoquer son enfance campagnarde, de revenir à la Première Guerre comme s'il découvrait la Lune. À dire vrai, le terrain avait été préparé par les historiens de l'école des Annales qui s'étaient penchés sur la vie des « gens de peu », ceux qui trimaient, souffraient, mouraient de faim, tandis que les « grands » festoyaient à la cour où s'étripaient à Rocroi ou Azincourt. J'avais lu avec passion *Montaillou, village occitan*, livre dans lequel Emmanuel Le Roy Ladurie nous faisait revivre, à travers les archives d'un inquisiteur au début du XIVe siècle, le quotidien d'une communauté rurale. Plus ou moins consciemment, j'ai fini de me convaincre que ma commune natale pouvait occuper dans mon imaginaire la même place que ce village d'Ariège dans l'étude de l'historien. Nous avions aussi nos aristocrates (les Le Cour Grandmaison), nos prêtres (une ribambelle au presbytère), nos artisans, nos petits commerçants multipliant les activités dans leur boutique : coiffeur-sabotier, cafetier-modéliste, etc.), nos soupçons sur la vraie nature de la relation entre le curé et sa « bonne », même si ça amusait plutôt qu'on ne s'en indignait. Et avant l'arrivée brutale de la modernité incarnée par le tracteur, le transistor, la voiture, la télévision, au début des années soixante du siècle précédent, il y avait moins d'écart entre ce monde de mon enfance et celui de Montaillou, qu'entre ce même monde et aujourd'hui. Les carrioles à cheval remontaient la rue principale, guidées par un paysan aurige, casquette rabattue sur les yeux pour éviter le soleil couchant, le maréchal-ferrant cognait sur le fer rougi posé sur l'enclume tandis qu'un cheval patientait à l'anneau scellé dans le mur, le bourrelier vendait encore des colliers pour les attelages et nous allions dans les fermes voisines, installées dans le bourg même, chercher le lait à l'étable avec notre bidon en aluminium.

Et puis, comme un jalon à mi-chemin entre le village occitan et ma commune de Loire-Inférieure, était paru un autre phénomène d'édition, également inattendu, dans la collection dirigée par Jean Malaurie. *Terre humaine* donnait toute sa place à une ethnologie sans œillères, ne nécessitant pas de s'enfoncer dans les terres glacées du Grand Nord ou les forêts amazoniennes, ni d'être estampillé par l'université ou le CNRS. Grâce à quoi Campbon valait pour un village bororo. *Le Cheval d'orgueil* de Pierre-Jakez Hélias avait cet autre avantage qu'il se rapprochait de chez moi. Le Montaillou de l'écrivain breton s'appelle Pouldreuzic et se situe à la pointe sud du trident armoricain, non loin de la pointe du Raz. On y parlait encore breton avant la Première Guerre mondiale, et bien que situé à quatre kilomètres de l'Atlantique on ignorait les huîtres. Aujourd'hui je me rends compte qu'il n'y a qu'un demi-siècle d'écart entre mon enfance et celle d'Hélias, mais lisant son ouvrage il me semblait appartenir à un passé lointain, exotique, qui justifiait pleinement sa place à côté des Mémoires d'un chef indien. Sa lecture agit aussi comme révélateur. Pouldreuzic-Campbon, le voisinage était évident. Il me restait à tenter une bascule littéraire consistant à quitter le domaine de l'ethnologie pour celui du roman. Pour cette raison j'ai glissé dans les premières pages des *Champs d'honneur* un hommage masqué à l'écrivain breton. Je saurais peut-être le retrouver.

Mais si les deux ouvrages de Le Roy Ladurie et d'Hélias avaient été de grands succès de librairie, c'était sous une étiquette historique, ethnographique, acceptable par l'idéologie du temps, qui avait déclaré la mort du roman, ce dont avaient profité les « sciences humaines » pour occuper la place vacante. De plus le terrain était miné. Qu'un texte mentionne avec un soupçon de nostalgie une motte de terre ou un clocher de village, on convoquait immédiatement les mannes du maréchal Pétain et sa Révolution nationale. La poésie n'était pas conviée à la restitution de ce réel honteux. Pour cette raison politique, et pour une autre, ancienne, quasi endémique, liée au discrédit du monde rural, comme si l'exode de bras, qui avait vidé les campagnes pour s'enrôler dans les usines, avait grossi les banlieues d'un monde d'intouchables, d'écorcheurs de la langue. Un paysan, ça baragouine. L'étymologie du mot dérivant du breton est fantaisiste, qui serait un collage entre *bara*, le pain, et *gwin*, le vin, quand le baragouin se trouve déjà chez Rabelais, mais ce n'est pas innocemment qu'on l'attribue aux cousins de Bécassine. Des ploucs, quoi. Ce mépris de comique troupier induisait un ressentiment tenace, dissimulé, une sorte de double peine.

Et la littérature, qui ne fait pas toujours montre d'un grand courage, ne se privait pas de dénigrer ce monde rural, sûre de s'attirer les faveurs des bien-pensants, intellectuellement et socialement. Il m'eût été facile de tourner en dérision notre petite tante Marie avec ses marathons de rosaires et ses bondieuseries, caricature parfaite de la bigote dans un théâtre de Guignol. Mais au nom de quoi la moquer, sinon d'une allégeance aux puissants, quand sa vie de deuils avait été d'une rectitude et d'un dévouement absolus ? Il m'a semblé parfois tenir le rôle de l'évêque de Pamiers qui à Montaillou sondait les âmes et les corps pour déceler une déviance hérétique. Non pour condamner au bûcher, mais pour sauver. Et le moyen ? En accordant à ce petit monde de Loire-Inférieure le droit à la poésie.

Ce retour en arrière, que permettait ce livre de ma parentèle, fut aussi le signe que la mémoire rentrait à nouveau en grâce, cette même mémoire qu'à propos de Proust cet idiot de Sartre jugeait, quelques années plus tôt, complice de la Réaction. Autrement dit quasiment fasciste. La mémoire était même en train de se transformer en « devoir » à présent que c'en était fini d'espérer, en avant de soi, des lendemains meilleurs. Le mur de Berlin était tombé, et derrière cendres et martyrs. Il était loisible de se retourner. Autant dire que pour la réception du livre, les temps étaient propices.

J'avais été bien placé pendant toutes ces années pour éprouver combien la mention de ma profession, si elle s'accompagnait de remarques du genre : Comme c'est intéressant, et vous lisez tous les journaux ? ne me valait pas une considération folle. Qu'il eût été plus satisfaisant pour les deux parties que je réponde avocat, journaliste ou médecin. J'avais longtemps bataillé pour ne pas chercher à me disculper, vous me voyez là mais je pourrais faire autre chose de plus valorisant, enseignant par exemple, ce n'est qu'un moyen de mal gagner ma vie. Comme si je m'excusais d'exercer un métier vil. Ayant horreur du simulacre, de la posture et des justifications qui évitent de regarder la vérité en face, ravalant ma vanité et me donnant pour ce que je paraissais, j'étais parvenu à me présenter sans ciller : aussi longtemps que je n'avais rien d'autre à proposer j'étais celui-là qui vendait des journaux. M'en défendre, c'était en outre désobligeant pour les habitués de la rue de Flandre à qui je devais de m'avoir ouvert au monde. De me l'avoir apporté sur un plateau par leurs récits lointains, par leurs chagrins, par leur espérance, par leur intelligence concrète. Et un monde venu de partout, le vrai grand monde. Et puis en dehors du froid et de certains levers matinaux, le kiosque, c'était plutôt réjouissant. N'eût été la perspective sombre d'un horizon bouché en cas de refus de mon manuscrit, je préférais mille fois balayer mon coin de trottoir en posant le balai le temps d'encaisser la monnaie que d'assurer un cours, écrire des articles ou n'importe quoi d'autre. Mais immanquablement on me renvoyait à la place hiérarchique de mon gagne-pain au plus bas de l'échelle sociale. Ce que je revivais depuis la parution du livre, cette fois pour me pousser de mon piédestal.

Le malaise était palpable quand pour me « réévaluer » on inventait que j'étais libraire, ce qui cadrait mieux avec le livre et le milieu de l'édition. Je devais rectifier, non, pas libraire, marchand de journaux. Libraire, je l'avais été un peu et j'avais trouvé ça ennuyeux. Cette réévaluation se voulait bienveillante mais elle disait en creux le peu d'estime qu'on portait à mon activité. Ce qui m'obligeait à ce décodage permanent, à me tenir sur mes gardes, à soupeser quelle était la part de sincérité ou de désobligeance dans le propos de mon interlocuteur. Mais je veillais à n'en rien laisser paraître. À la place qu'on m'avait assignée je devais montrer une éternelle reconnaissance et surtout ne pas considérer ce cadeau comme la juste récompense de mes mérites. J'étais le bénéficiaire chanceux d'une roue de la fortune, d'une machine à sous déversant à flots ses jetons pour une pauvre mise folle, un tiré au sort de la

Providence, un « décimé ». Surtout ne rien déplacer des éléments qui avalisaient aux yeux de tous ce scénario miraculeux. Comme sur un plateau de cinéma, on me traçait des marques au sol où poser les pieds.

J'aurais pu ne pas en tenir compte, mais l'exercice était inédit pour moi et je me sentais sur une corde. Entre l'enthousiasme des critiques et l'envie de certains de me voir chuter je devais avancer bras écartés en veillant à ne pas perdre l'équilibre quand je recevais de grandes bourrades qui se prétendaient bienveillantes. Je n'oubliais pas non plus ce que je devais aux uns et aux autres. Ignorant alors que je n'avais été qu'un auteur de « second choix », j'étais prêt à monter au feu pour l'éditeur. Ce que je fis pour ce qui devait être son dernier combat, à demi perdu : le prêt payant dans les bibliothèques. J'épousai et défendis sa cause sans en avoir une idée bien précise. Pour lui.

Les lettres sincères des lecteurs à qui j'ouvrais l'album de leur enfance, qu'ils n'osaient pas jusque-là montrer, m'obligeaient à une juste retenue. Enfin il y avait cette plaie redoutable de la dette, ce sentiment de devoir à des taux usuraires quand vous recevez à pleine main et que cette pluie d'hommages vous semble à la fois justifiée – vous avez travaillé pour ça – et disproportionnée – passé les premières semaines, il s'agit d'autre chose qui ne concerne plus le livre. Grâce à quoi on a le sentiment de n'en faire jamais assez, d'être un éternel débiteur. Ce qu'on ne manquait pas de me rappeler. Vous vendez des journaux, je crois ?

La question en préambule de Bernard Rapp résumait d'emblée la situation. Tout de suite crever l'abcès de la rumeur. Elle me ramenait au film de John Ford, où James Stewart, vieux sénateur du Colorado élu sur un malentendu, se rend aux obsèques d'un cow-boy anonyme. Comme on l'interroge sur les raisons de sa présence il confie à la fin de son récit que ce n'est pas lui qui a tué Liberty Valance, mais cet homme dans son cercueil, joué par John Wayne. D'où le dilemme posé aux journalistes. Dire ou ne pas dire la vérité. Et la réplique fameuse de l'un d'eux : Quand la légende dépasse la réalité alors on publie la légende. Avec la question qui en découle : Qui dit le vrai, de la vérité ou de la légende ? Alors, c'est vrai cette légende du marchand de journaux ?

Nous sommes dans une émission en direct, la question est abrupte à laquelle je ne m'attends pas, le livre vient à peine de paraître, l'après-midi encore j'étais au kiosque, je dispose d'une poignée de secondes et instantanément défilent sous mes yeux les images de John Wayne, James Stewart et Lee Marvin. Mais c'est une autre « vedette » qui vient soudain à ma rescousse, et j'ai bien le sentiment par la réponse que je donne de contrarier cette image « féerique » qu'on me renvoie, au risque qu'on me taxe d'arrogance, mais arrogant je peux l'être aussi quand on m'assigne à trop de modestie, et il s'agit tout de suite de couper court à la rumeur d'un marchand de journaux à demi innocent. Et la réponse à brûle-pourpoint – et à ce moment on s'entend en se demandant qui parle, d'où ça sort, cette réplique. Je me suis donc entendu répondre devant des centaines de milliers de spectateurs qui attendaient que je donne des nouvelles d'un *people* peut-être, trouvées le jour même dans un magazine : « Qu'on me comprenne bien, je vends des journaux comme Rousseau recopiait des partitions à dix sous la page. »

J'aurais pu aussi citer Spinoza polissant ses verres de lunettes pour gagner sa vie de banni. Mais je n'entends rien à la philosophie, au lieu qu'à la littérature oui, et à la musique un peu. En parfait gentleman, Rapp m'épargna une réplique du genre : pour qui il se prend celui-là. Il n'en laissa rien paraître. Ou peut-être secrètement se réjouit-il, estimant que son émission, avec cette morgue calmement affichée, partait sur de bons rails. Commencer sous les mannes du grincheux de Genève, c'était plutôt de bon augure. Mais la parole passée à tour de rôle aux invités, tous inexpérimentés, l'ennui gagnait. Bien vite l'émission tombait dans les travers du genre, un blabla où chacun tente d'exister, soit en s'étalant et en paraphrasant son ouvrage, soit en jouant la carte du mystère pour n'en rien dévoiler, ce qui donnait moins envie de lire les livres que de sauter sur une autre chaîne. Je sentais le navire s'enfoncer sous sa ligne de flottaison. Le naufrage collectif était en vue. Rapp aurait sans doute la possibilité de se remettre à flot la semaine suivante en invitant des valeurs sûres, des bons clients habitués à parader et pérorer, tandis que la presse le dédouanerait de ce faux pas, dont elle rendrait responsable un panel de débutants, mais pour les soutiers du jour il n'y aurait pas de session de rattrapage. Une telle chance ne se représenterait pas, surtout entachée d'une prestation catastrophique.

Rapp semblait un peu dépassé, peinant à relancer l'intérêt quand il y en avait peu. Le bateau prenant l'eau de plus en plus, ayant bien conscience que je disparaîtrais avec lui si je restais bras croisés, je pris sur moi d'écoper. Ce qui m'étonne toujours, cette apparition de cet autre en moi, auquel je ne pense jamais à m'identifier. J'ai une tendance lourde au renoncement qui régulièrement me prêche le retrait du monde, ce qui n'est d'ailleurs pas si loin de la vérité. Lorsque parfois je sens planer l'ombre d'une amertume, suite à un sentiment d'injustice, fondé ou non mais ressenti, il me suffit de penser à cette foire aux vanités qui se bouscule pour une invitation à l'Élysée, collecte le moindre article, assaille les attaché(e)s de presse pour se plaindre de ne pas avoir un entrefilet dans *La Gazette du Haut-Vivarais*, les directeurs des ventes qu'elle accuse du faible score d'un ouvrage, les libraires de le cacher, pour qu'aussitôt je ravale mon dépit, surtout ne pas ressembler à ça, mieux vaut la solitude que cette frénésie de courtisan, ce qui, en réaction, me conduit à en rajouter dans le détachement bien au-delà de ce que peut-être je souhaiterais vraiment. Mais dans certaines circonstances particulières, dos au mur, je me surprends à ferrailler avec l'énergie du désespoir, défendant pied à pied mes positions et ne cédant sur rien. Je ne sais toujours pas dans quel recoin de mon être je puise cette énergie, le souvenir paléolithique d'une charge de bisons peut-être, mais elle surgit comme la cavalerie américaine quand la situation devient critique pour la caravane encerclée.

Emboucher le clairon sans y être invité peut passer pour un procédé justement cavalier, mais alors que l'ennui s'abattait mortellement sur le plateau, au point que chacun se demandait ce qu'il faisait dans cette mauvaise pièce, sans qu'on me la donnât, je pris d'autorité la parole. Sur la question de la grâce, semble-t-il. Je me souviens non de mes propos de plateau mais d'une remarque que me fit à ce sujet mon fou d'Abbeville dans les jours suivants alors que les yeux plus brillants que d'habitude il me confiait avoir regardé l'émission. Peut-être avait-il eu le sentiment que je parlais pour lui, pour l'enfant né de mauvaise grâce.

Hors ma formule liminaire sur Rousseau et les partitions à dix sous la page, j'ai tout oublié de ce que j'ai pu dire alors. Et comment j'ai parlé de mon livre, retenu certainement par le fait que la survivante de cette histoire, l'endeuillée, regardait au même moment la télévision. Et comme elle n'était pas satisfaite du cours des événements, sans doute maugréait-elle intérieurement, visage fermé, redoutant certains aveux publics, tout en repassant ou se livrant à ses comptes en bout de table. Mais sûrement pas fondant d'émotion devant sa progéniture, quand elle avait eu à attendre si longtemps avant d'être en mesure de répondre à la question : qu'est-ce que fait votre fils. Ce qu'elle aurait pu vivre comme une revanche, une apothéose. En fait, pas du tout. Plutôt un pavé dans la mare d'eau morte de sa vie.

L'écrivant, c'est la première fois, trente ans plus tard, que je me figure notre mère ce soir-là devant son poste de télévision. Nous n'en avons jamais parlé. D'ailleurs nous n'avons jamais parlé de ce qui nous concernait intimement. Il eût fallu commencer beaucoup plus tôt. Dès l'enfance. Le seul échange dont je me souvienne, ce sont les leçons que nous lui débitions au retour de l'école en prévision des récitations du lendemain, qui consistait pour elle à vérifier distraitement, d'un coup d'œil dans le livre ouvert posé sur la table de travail de la cuisine où elle préparait le dîner, si nous racontions juste. Pas de mots tendres, pas d'étreintes, pas d'encouragement. Même pas d'attente fébrile du baiser du soir comme chez Proust. La prière – à quoi elle ne croyait pas – et au lit. Une enfance de bon élève sans joie, au point que la mort du père ne marqua pas un changement radical dans nos vies. À l'absence d'échanges, d'affection, de confidences, il fallut seulement ajouter le chagrin.

Il est certain qu'elle était seule ce vendredi soir devant son écran. Pas du genre à convoquer des amis pour se réjouir à plusieurs de l'événement. Mon fils passe à la télévision, hourra, alléluia, *mazel tov*. Des amis, elle n'en avait pas. Elle aurait pu convier sa sœur aînée, Claire, qui autrefois l'avait précédée dans la commune pour épouser l'oncle Jean et qui fidèlement, chaque dimanche remontant le bourg, passait la chercher pour leur promenade rituelle au cimetière, moins par dévotion aux disparus que pour lui proposer un but de sortie. Claire aussi était dans le livre, apparaissant dans les dernières pages, lors d'une visite au cimetière déjà, et prénommée Marthe. Si notre mère confia à quelqu'un son désappointement au moment de la parution de l'ouvrage, c'est sans doute à cette sœur qu'elle ne manquait jamais de rabrouer, se moquant d'elle. La pieuse Claire lui ayant avoué qu'elle avait percé le mystère de la Trinité, nous en faisant part, notre mère avait ponctué la confidence de sa sœur de son grand rire moqueur. Aucune raison donc de souffrir en sa présence cette séance d'aveux humiliante dispensée à des centaines de milliers de spectateurs. Elle était forcément seule à ruminer le flot de ses pensées secrètes tandis que le visage de son fils s'affichait en gros plan. Absolue solitude à laquelle je tends, entraîné par son exemple mortifère. À quoi je résiste pour ne pas devenir elle.

J'imagine qu'on doit trouver la trace de l'émission dans les archives audiovisuelles. Je n'irai certainement pas y regarder. Ni le goût ni l'envie. Je ne tiendrais pas cinq secondes. Pour ce genre d'exercice il faut sans doute beaucoup s'aimer, ou douter de soi, ou avoir du temps à perdre, ou être animé d'un formidable sentiment de nostalgie : mon Dieu, comme j'étais jeune alors. Mais j'ai vite compris qu'il ne sert à rien de ressasser, de chercher à se corriger d'un propos tenu et de passer la nuit suivante à s'en lamenter. Ni rattrapable ni modifiable. Quelque chose a été. S'acharner à donner une image valorisante de soi est la chose la plus ennuyeuse, la plus vaine. Le mieux est de passer son chemin (Évangile de Luc, chapitre 4, verset 30). Si quelqu'un s'avisait de se sacrifier pour le visionnage de cette première télévisée je lui demanderais : Alors, c'était comment ? Et quelle que soit sa réponse, je penserais à ce que j'étais, au souvenir triste que j'ai gardé de cette époque, et j'éprouverais une sympathie pleine de commisération pour l'encore jeune homme projeté brutalement sous les projecteurs après des années de ténèbres.

Cette prise de parole volontariste s'apparentait à de la prétention pure puisqu'elle était censée ramener un intérêt qui manquait ailleurs, au risque d'être aussi assommant. Mais ce n'était pas l'enjeu. L'enjeu était de réveiller le public présent sur le plateau, dont je pensais qu'il devait partager mon ennui et qui n'avait pas la possibilité, lui, contrairement aux téléspectateurs, de changer de chaîne. Pas plus que moi de me lever. Il fallait faire avec les moyens du bord. Du coin de l'œil j'eus quand même l'impression que Rapp à mes côtés approuvait mon initiative, voire m'y encourageait. Preuve en est, il me redonna ensuite à plusieurs reprises la parole quand ce n'était pas mon tour. Il avait vu avec soulagement arriver la cavalerie américaine. Une maigre cavalerie réduite à l'unité dans son uniforme anthracite, mais de quoi traverser la dernière demi-heure heure avant le générique de fin et une invitation à se retrouver la semaine prochaine avec des valeurs sûres, Émile Zola, monseigneur Bossuet, le duc de Saint-Simon et un espoir, Ernest Pérochon.

Aussitôt l'émission achevée, l'agitation reprit. Un technicien me retira mon micro-cravate et sortant du plateau je me dirigeai vers l'attachée de presse de la maison d'édition. D'ordinaire je me débrouillais seul, et je préférais, mais le caractère exceptionnel de cette première l'avait persuadée de m'accompagner. Raide comme une mère supérieure dans sa jupe longue et sous son casque de cheveux noirs, avant même que je dise le moindre mot, elle laissa tomber de ses lèvres minces : Vous avez été comme une flaque.

Sans doute avait-elle eu confirmation qu'il était vain d'espérer autre chose d'un « second choix ». Décidément, une erreur de casting, ce marchand de journaux. Je ne peux même pas dire que sa remarque me blessa tellement je m'étais habitué à ce peu de considération. Même si « flaque » avait sans doute été longuement préparé pour assener un coup fatal. Je considérai simplement que j'avais raté mon examen de passage. Pas grave. « Échouer, échouer encore, échouer mieux », dit Beckett. À peine le temps de m'en alarmer qu'une nuée de tapes amicales s'abattait sur moi pour me féliciter de ma prestation. La « flaque » fut instantanément asséchée.

Le lendemain je prenais tôt le métro pour la gare Montparnasse d'où je devais embarquer dans un TGV pour Nantes. Nantes était pour moi la ville sensible. Elle eût été ma ville natale si un frère aîné n'y était mort, quelques semaines après sa naissance, dans une maternité infestée par le choléra. À cause de quoi, chat échaudé, les trois enfants suivants virent le jour à la maison. Mais Nantes avait été la ville phare de mon enfance et j'y avais vécu plus de dix ans avant de « monter » à Paris et d'y laisser en plan mes années de jeunesse. Y retourner, avec à la clé une séance de signatures dans une librairie et la perspective d'y croiser des visages familiers, était bien plus intimidant pour moi que de passer à la télévision. Mon départ en catimini, à la cloche de bois, en abandonnant toutes mes affaires dont un très bel harmonium d'église ouvragé, n'emportant que ma guitare et les mêmes quatre livres qui me suivraient plus tard, me faisait redouter certaines retrouvailles.

J'avais déjà expérimenté que le changement de regard que la notoriété provoque était source de malaise pour les deux parties. Ce que raconte le sketch de *Coffee and Cigarettes* de Jim Jarmusch, où Cate Blanchett, jouant son propre rôle de star, reçoit dans le salon d'un hôtel de luxe sa cousine de Sydney qui n'a évidemment pas suivi la même évolution. Toutes deux tentent de faire comme avant, comme si de rien n'était, rien étant la célébrité, quand toute la séquence ne dit qu'une chose, que les deux vies ont irrémédiablement bifurqué, et qu'un passé commun ne peut que constater le gouffre qui désormais les sépare. La rancœur d'un côté, et vite qu'on en finisse de l'autre. Et comme la sublime Cate interprète les deux rôles, on peut penser qu'il s'agit aussi d'un débat intérieur. Comment dans l'après importer cet avant qui a tout tramé, tout enduré dans l'ombre, et qui se montre amer de n'avoir pas reçu en son temps cette pluie d'éloges.

Il était entendu avec P., le gérant du kiosque, que je serais absent le samedi. Sans doute assura-t-il seul la journée. M. le peintre maudit, qui se faisait prier pour les remplacements tout en les souhaitant pour des raisons financières, était à ce moment absent de Paris. Peut-être préparait-il déjà son retour en Bretagne. Mais la question de me trouver un remplaçant définitif ne se posait pas encore. Même si vraisemblablement les trois cent cinquante exemplaires avaient été atteints, je n'avais pas l'intention de lâcher le kiosque. Pas uniquement pour des questions d'argent – le salaire d'un marchand de journaux atteignait le minimum légal. Je me méfiais de ce saut dans le vide où porté par de belles paroles je me serais cru en état de voler et où, privé de ce contact avec le sol, de cette immersion dans la vie laborieuse, je ne manquerais pas de perdre pied, sinon la tête. Le lundi suivant l'émission et mon voyage à Nantes, j'étais à mon poste, rue de Flandre. Mais ce n'était déjà plus tout à fait pareil.

J'avais été à même d'en juger au moment de monter dans un wagon de la ligne 13 entre la place de Clichy et Montparnasse. Alors que l'heure était matinale et le métro aux trois quarts vide, plusieurs personnes s'approchèrent pour me féliciter de ma prestation télévisée de la veille au soir. Ce qui aurait pu me surprendre si j'étais resté avec la « flaque » en travers de la gorge. Mais le jugement sévère de la mère supérieure était tellement conforme à ce que j'entendais depuis plusieurs semaines qu'il ne m'avait même pas déstabilisé. Complimenter n'était tout simplement pas dans l'organigramme de la maison. Ou peut-être est-ce moi qui provoquais ce type de réaction, ce mélange d'humilité et d'arrogance qui dans mon esprit me donnait l'air sournois, c'est du moins ce que je m'imaginais, mais je me l'imaginais depuis la petite enfance. Un de mes premiers souvenirs, je dois avoir trois ans, on m'offre un jouet et je pense quel âge croient-ils que j'ai, mais je prends sur moi de n'en rien dire, bien sûr. Ce qui installe un curieux sentiment de décalage entre soi et le monde. Une faille que vous remplissez de tous les affects négatifs qu'on pourrait vous reprocher. Ce qui ne contribue pas à donner une image valeureuse de soi, en opposition frontale avec les talents qu'on se prête. Avec le temps, ça ne s'est pas arrangé. L'éditeur avait de suite trouvé la cicatrice : Le moins qu'on puisse dire c'est que vous n'êtes pas modeste, m'avait-il assené, alors qu'il se demandait quoi penser de mon manuscrit et que je n'étais qu'un anonyme marchand de journaux. J'avais trouvé la charge disproportionnée, comme de chercher à écraser un moustique avec un marteau-pilon, mais du tac au tac je lui avais répliqué : Non, je ne suis pas modeste, je suis humble. Ce qui l'avait désarçonné. Quand on lui résistait il n'insistait pas et changeait aussitôt de sujet.

La « flaque » appartenait à cette même palette de compliments à laquelle je commençais de m'habituer, mais cette fois je n'avais pas eu à répondre, c'est tout le public du studio qui s'était précipité à mon secours pour me féliciter, me taper sur l'épaule, me serrer la main, une cavalerie fournie et laudative, laissant la mère supérieure désavouée à ses macérations dans la flaque. Les réactions des passagers du métro confirmaient l'impression de la veille. L'émission avait touché au-delà du petit cercle du milieu littéraire. Quelque chose s'était passé, que je mesurais à cette bizarrerie qui n'est quand même pas la norme : de bon matin, dans le métro, être salué comme une connaissance quand la veille on ne dit rien à personne. Ce qui se reproduisit dans le TGV où je fus arrêté à plusieurs reprises quand je me dirigeai vers le wagon-bar pour avaler un café. Et toujours avec un large sourire et des mots doux à entendre. Ce passage brutal de l'ombre à la lumière, de l'incognito à la gloire, c'est ce qu'avait connu Chateaubriand avec *Atala* et Kerouac avec *Sur la route*. Me restait à ne devenir ni ambassadeur ni alcoolique.

À Nantes où je retournais sur mes terres ce fut la cohue. La queue s'allongeait sur le trottoir devant la librairie parmi laquelle je reconnus le maire de la ville qui attendait sagement son tour, et des professeurs d'université qui firent semblant de m'avoir repéré jadis quand j'étais un étudiant mutique qui ne brillait pas par ses dissertations. Ou très épisodiquement. Selon l'inspiration. Près de la table où je signais étaient regroupées d'anciennes relations nantaises que j'avais laissées sans nouvelles depuis tout ce temps, parfois intimes comme la compagne des jours tristes, ou amicales comme ce camarade, Bernard B. aujourd'hui écrivain et poète, qui m'avait pistonné pour que j'obtienne ce poste à *Presse-Océan*, qui consistait à découper et trier les dépêches d'agence tombant sur les téléscripteurs, et qui me sauva une première fois, quand on s'inquiétait pour ma santé mentale au point qu'à mon insu on avait consulté un psychiatre pour moi. Les uns et les autres ne paraissaient pourtant pas surpris de ce qui m'arrivait. Comme s'ils l'avaient toujours pressenti, l'affirmant, le confiant à des inconnus, on le savait bien, on en était sûr, comme si le basculement vers la folie qu'ils avaient redouté pour moi avait été le signe d'une exception, quand le sentiment que je gardais de mon séjour nantais, dix ans plus tôt, était celui d'une débandade, d'un bon à rien fuyant la ville pour ne pas avoir à subir les regards d'autrui devant le spectacle lamentable qu'il donnait.

Nous étions un samedi, notre mère ne pouvait décemment pas être présente. Fermer son magasin de vaisselle quand elle avait certainement rendez-vous avec un jeune couple qui profitait de son jour de repos pour choisir les mille cadeaux à déposer sur sa liste de mariage, eût été un manquement impardonnable à sa réputation de disponibilité et d'écoute parfaites. Elle saurait le conseiller avec sa gentillesse et sa compétence coutumières. Elle ne manquerait pas de nous le rappeler à notre prochaine visite, combien on n'en revenait pas de trouver autant de choix dans son magasin de campagne, bien plus qu'au rayon vaisselle de Carrefour ou Leclerc, et comme elle savait bien interpréter les désirs et les goûts de ses petits fiancés, babas devant toutes ces merveilles, comme ils ne manquaient jamais de la remercier de tant d'attention, comme ils l'auraient voulue pour mère, en somme. C'était trop nous demander de prêter une oreille compatissante à ses exploits de commerçante. Pour le magasin, nous avions beaucoup donné, enfants.

Par la force des choses, elle s'y était accrochée et avait fini par y donner sa pleine mesure. Ce n'est pas tant ce qu'elle y vendait qui l'intéressait, elle préférait nettement les tissus de son enfance, mais la reconnaissance qu'elle en tirait : son magasin de vaisselle était le plus illustre et le plus fréquenté du canton. On venait même tout exprès de Nantes, disait-elle. Ce qui était son bâton de maréchal. Elle n'allait pas parcourir le chemin inverse sous prétexte que son fils y signait un livre dans une librairie. Tout le monde était au courant maintenant, le magazine roulé dans la main du directeur de la banque avait parlé. On n'avait plus de secrets pour personne. C'était porte ouverte. Ce qu'elle déplora amèrement plus tard, quand elle comprit que certains entrants dans son magasin s'attachaient davantage à visiter la maison natale de l'auteur qu'à sa belle vaisselle.

Les quarante kilomètres entre Campbon et la librairie n'étaient pas en soi un obstacle. On avait dû lui proposer de la véhiculer. Ils étaient quelques-uns de la commune dans la longue file que j'avais salués brièvement, pressé par le libraire de prendre ma place derrière la petite table. Mais non, on n'abandonne pas ses clients, ses listes de mariage, ses jeunes fiancés. À défaut de fermer son magasin elle aurait pu solliciter sa nièce. Celle-ci venait lui prêter main-forte les jours d'affluence qui précédaient Noël et la Fête des Mères. Elle n'aurait pas demandé mieux. Un fils qui publie son premier roman, ce pourrait être l'occasion, non ? Il ne faut pas croire Romain Gary qui toute sa vie a menti pour colmater sa blessure d'enfance. Sa mère telle qu'il nous la présente est sans doute aussi fictive que ce monsieur Piekielny que l'homme célébré évoquait devant les puissants en écho à une promesse de jadis faite à un voisin anonyme de Wilno, et dont François-Henri Désérable a cherché en vain la trace avant de conclure à son invention. La promesse de l'aube est celle qu'on se fait à soi-même.

La rumeur du marchand de journaux écrivain gagnant les salles de rédaction, les journalistes découvrirent le kiosque de la rue de Flandre qui devint un des lieux exotiques de la capitale. Tout juste s'ils ne se coiffaient pas du casque colonial tant la destination, le fin fond du 19e arrondissement avec ses squatters et ses dealers, laissait présager un pays ensauvagé. Passant une tête dans l'encadrement des panneaux chargés de revues, ils s'assuraient d'abord de tomber sur le bon vendeur derrière l'étal. Barbe noire et tirant sur une pipe courbe, ça n'avait pas l'air d'être ça, certains s'en retournaient immédiatement, d'autres se renseignaient, est-ce bien ici que ? Ce qui, passé la nouveauté, finissait par agacer le gérant du lieu qui, selon son humeur, se renfrognait ou invectivait l'importun. En revanche, encore jeune et fumant de fines cigarettes, oui, ça semblait bien être lui. Ces fines cigarettes me valaient d'ordinaire des remarques insidieuses. Pour faire court, des cigarettes de fille avec les sous-entendus qui allaient avec. Jusqu'au jour où une journaliste qui devait être versée plutôt dans les mondanités, et à qui je tendais mon petit paquet blanc ouvert, me fit remarquer : Tiens, vous fumez les mêmes cigarettes que Marcello Mastroianni. Au prochain commentaire perfide, ce me fut un délice de renvoyer la fumée au ciel et de laisser négligemment tomber, la fine cigarette coincée entre deux doigts : Mastroianni, ça vous dit quelque chose ?

Parfois accompagnés d'un photographe, mes reporters sans frontières me demandaient de feindre d'ignorer leur présence, de continuer de vendre les journaux comme si de rien n'était. Soyez naturel, recommandaient-ils. Ce dont ils avaient plus de mal à convaincre les habitués qui, à leur vue, s'écartaient spontanément pour ne pas être pris dans le champ de l'objectif. Il me revenait de leur expliquer la situation, j'avais écrit un livre, et de les rassurer, non, ils n'apparaîtraient pas dans le journal. Les uns et les autres s'habituant bientôt à ce remue-ménage, se félicitant même de cette animation dans un quartier peu vanté par les dépliants touristiques de la capitale.

Quand la discussion se prolongeait, je mettais mes intervieweurs à contribution. Je leur proposais de tenir le kiosque le temps d'aller chercher deux cafés chez Marcel et Jeannine, notre QG de la rue Mathis. Ils m'objectaient qu'ils ne sauraient pas. Mais si, ils avaient juste à encaisser et rendre la monnaie. Pour le prix des journaux et des magazines, qu'ils ne s'inquiètent pas, il était toujours indiqué. Sur la couverture, ou au verso, ou sur la tranche. Quant à leur emplacement dans le petit habitacle, les habitués le leur pointeraient du doigt. P. le gérant ne variant pas d'un pouce son rangement, on s'y retrouvait les yeux fermés. Il est possible que j'aie permis ainsi à certains d'accomplir un vieux rêve d'enfant du temps qu'ils jouaient à la marchande.

Le Monde, pour gage de sa vertu, s'était d'abord intéressé au livre mais comme toutes les salles de rédaction, ça le démangeait de se rendre sur place et de vérifier si l'auteur était bien derrière son rempart de magazines. Il s'agissait de répondre aux trois questions de la chanson de Pierre Vassiliu : Qu'est-ce qui fait ? Il vend des journaux et a écrit un livre. Qu'est-ce qu'il a ? Il a que son livre on en parle et qu'il rentre dans la liste des meilleures ventes. Qui c'est celui-là ? C'est là que les Nimbus de la presse se grattaient la tête. Marchand de journaux et écrivain à succès, ça faisait beaucoup pour un seul homme. Allons voir à quoi ça ressemble un oxymore vivant dans sa maison de papier. Le journaliste du *Monde* arriva, sa casquette sur la tête, se présenta – ce qui impressionne, tout de suite on se glisse dans ses petits souliers –, ouvrit son carnet comme Tintin au début de *L'Oreille cassée*, prit des notes, et revint avec le titre de son papier : « Un kiosquier sans convoitise ».

À quoi je n'avais rien à redire. À défaut du bonheur j'avais trouvé le lieu (le 101, rue de Flandre) et la formule (vendre des journaux en fumant de fines cigarettes après avoir écrit le matin). Pas plus qu'avant je n'avais d'ambition sociale, me fichant de tous les bâtons de commandement et autres colifichets, n'ayant de comptes à rendre qu'à la littérature, c'est-à-dire aux grands défunts, et tout spécialement à ma figure tutélaire, François-René de Chateaubriand que je crois connaître presque aussi bien que lui. En outre je n'attendais rien de ce que proposent l'automne littéraire et sa brassée de prix, à commencer par le plus important d'entre eux, pour une bonne raison, c'est que je n'y étais pas candidat. Ce qui me permettait d'observer tout ce manège depuis le kiosque, soit à des années-lumière de Saint-Germain-des-Prés, indifférent et même plutôt fier de ne pas en être, ce qui confirmait que mon livre n'avait rien à voir avec cette kermesse automnale pour laquelle la littérature comptait peu. Ce qui m'évitait aussi, mais je ne le savais pas alors, les montées de stress des postulants. Désormais privé de prix pour avoir décroché le plus important, non que ce soit inscrit dans quelque statut mais il semble entendu que, une fois touché le gros lot, « on a déjà donné », c'est donc quelque chose que je ne connaîtrai jamais.

Dans le même article, j'annonçais que j'écrirais encore deux livres et qu'ensuite je m'arrêterais. J'ai un peu dévié, la page « du même auteur » dépasse aujourd'hui la trentaine. Mais ma prévision reposait sur deux constats, le premier : écrire était un exercice laborieux (période « Croisset »), et à ce train je pensais que deux livres m'occuperaient encore longtemps, sans compter que je trouvais l'exercice épuisant, qu'il me tarderait une fois mon triptyque achevé de passer à autre chose, et le second : mon programme n'avait pas intégré la mort de notre mère qui n'était pas souhaitée, prévue pour la fermeture de son magasin dans sa centième année au moment où elle clôturerait la millième liste de mariage de ses petits fiancés. Ce qui laissait le temps de voir venir. Les deux ouvrages suivants seraient consacrés le deuxième au père, qui n'avait pas fait que mourir, lui rendre ses quarante et un ans sur terre et ce qu'il en avait fait, et le troisième au deuil ressenti par l'enfant bientôt adolescent (la mort, ça marque ou pas, quand on se surprend à vivre comme si de rien n'était ? Est-elle un empêchement à avancer comme on voudrait ou faut-il considérer que d'autres événements agissent plus sûrement sur le cours d'une existence, et qu'en gros, ce serait moins important que ça n'en a l'air ?). J'avais un autre projet secret mais qui ne regardait pas *Le Monde*. Après toutes ces années de questionnement, de travail, de réflexion, d'expérimentation autour de cette seule idée de la littérature (en être ou pas, qui me semblait la seule perspective qui valût la peine), je pensais qu'il serait temps de penser enfin à me réjouir d'être au monde. Je m'étais convaincu que je n'étais pas le plus doué pour la vie, d'où ce retrait, cette façon de regarder passer avec nostalgie le train de mes jours, mais ce serait peut-être le moment de m'y essayer. De ces longues années laborieuses et obscures, je m'étais convaincu d'une chose : écrire n'est pas vivre.

Si elle était suggérée dans nombre d'articles qui incitaient les membres des jurys à s'intéresser à ce premier roman d'un inconnu, la question de la participation aux prix d'automne ne s'était même pas posée. L'éditeur l'avait évacuée d'un catégorique : ça ne sert à rien, de toute façon on ne l'a jamais. Sous entendu le Goncourt.

Ce qui n'était pas tout à fait vrai puisque sa maison l'avait obtenu six ans plus tôt avec *L'Amant* de Duras, mais plus une anomalie qu'un changement dans la politique d'attribution. On connaissait l'histoire. Les membres du jury eux-mêmes avaient sollicité l'auteur, navrés qu'elle ne figure pas au palmarès après l'avoir frôlé avec *Un barrage contre le Pacifique*, trente-quatre ans plus tôt. Le testament des frères donateurs préconisait de réserver leur prix à un jeune auteur, critère que ne remplissait plus depuis longtemps la réalisatrice du *Camion* mais les jurés avaient décidé de passer outre, histoire d'accrocher un écrivain véritable à leur tableau d'honneur. Des circonstances tout à fait exceptionnelles qui n'avaient pas valeur d'exemple. Aucune chance qu'elles se reproduisent avec le premier roman de second choix d'un inconnu.

Pour postuler, il fallait faire acte de candidature par un envoi aux dix membres de l'académie. N'ayant pas rempli la condition première, envoyer le livre aux jurés, je n'étais donc pas dans la course. Pour espérer gagner au Loto il faut commencer par acheter un billet et j'étais sans billet. Ce qui ne me chagrinait pas le moins du monde. Et même me réjouissait dans la mesure où j'y voyais le signe d'une distinction, la preuve que mon livre ne relevait pas de l'insipide bouillon qu'on nous sert à chaque rentrée littéraire. Il était entendu, et surtout à cette époque où nous sortions des années de plomb de la contestation du roman, que les prix étaient le résultat d'une cuisine éditoriale dont on nous livrait la formule : un coup l'un, un coup l'autre, pourvu que ça ne sorte pas des comptes des trois maisons d'édition qui trustaient les récompenses. Un bon livre ne pouvait émerger de cette tambouille mercantile. En être n'était pas bon signe pour peu qu'on fût porté par cette haute idée de la littérature. Littérature et prix littéraires étaient antinomiques. Je me souviens de Pierre Michon au salon du livre de Montpellier, auquel j'avais dit toute mon admiration pour sa *Vie de Joseph Roulin*, me renvoyant que mon livre ne pouvait pas être bon du seul fait d'avoir été « sanctionné » par le prix Goncourt. Une incompatibilité que j'aurais pu moi-même avancer si elle ne m'avait pas concerné, mais dans le même temps il maintenait que c'était lui qui aurait dû le recevoir pour ses *Vies minuscules*. Un an plus tard il m'écrivait une lettre dans laquelle il s'excusait doublement, de sa conduite et d'avoir méprisé mes *Champs d'honneur*. Il les avait lus et se livrait à une magnifique recension.

Ayant entériné la mort du roman au cours de toutes ces années obscures, quand bien même l'éditeur m'avait poussé à me lancer dans un récit familial, ce qui m'avait valu en bout de ligne de m'installer dans le petit bureau attenant au sien, derrière une pile de livres à signer pour le service de presse, je n'envisageais pas qu'on pût agrafer la médaille du roman sur son cadavre. De toute manière, comme m'avait dit l'éditeur, ça ne sert à rien, on ne l'a jamais. Derrière son refus d'envoyer un livre à tous les membres des prix d'automne, se cachait aussi une raison plus prosaïque : autant d'exemplaires économisés. C'était quarante ou cinquante livres qui, là aussi, « ne servaient à rien ». Autant les jeter directement au pilon. Mais pas tout à fait cependant puisque la plupart des jurés et des journalistes se dépêchent de les revendre aux soldeurs et aujourd'hui sur les sites en ligne. L'éditeur concédait toutefois une exception, le prix Médicis qui avait été bienveillant à deux ou trois reprises avec la maison pour la seule raison qu'y siégeait Robbe-Grillet. De sorte que je fis un envoi à ses jurés. Pour le reste, en dépit de la manne providentielle de *L'Amant*, l'austérité était toujours la règle. Par exemple, il n'était pas question de gaspiller deux pages blanches pour une phrase en exergue et un dédicataire. Ça ne servait à rien là non plus. Qu'est-ce qu'on se fiche de la caution d'une citation de Montaigne, qui n'apprécierait peut-être pas, et de l'hommage à la mémoire de Mère-Grand que personne ne connaît ? Hop, on enlève. Toujours dans un même souci d'économie, lors de la remise des épreuves, l'éditeur m'avait demandé de rentrer dans le corps du texte deux ou trois lignes orphelines qui dépassaient dans le haut d'une page. Tout ce blanc inutilisé en dessous, on n'était pas chez Mallarmé. Si de la sorte on pouvait s'épargner un cahier relié (à quoi, cette reliure à l'ancienne, tenait l'éditeur, avant qu'il ne se convertisse au dos collé pour répondre à la demande massive). Ce qui m'obligeait, pour leur faire de la place, à couper ailleurs un volume de signes équivalant au volume de texte à supprimer. D'où, dans la première édition, un nombre élevé de chapitres se terminant en bas de page par une ligne pleine. La littérature a un prix.

Les invitations à me rendre dans les librairies affluaient à la maison d'édition. On se bousculait pour voir à quoi ressemblait un marchand de journaux écrivain comme il y a des boulangers-poètes (Jean Reboul à Nîmes, que visita dans son fournil Chateaubriand : « Je me défiais de ces ouvriers-poètes, qui ne sont ordinairement ni poètes ni ouvriers. » Avant de battre sa coulpe. « Réparation à M. Reboul », que rencontra aussi Lamartine qui aimait bien mettre ses pas dans ceux du vicomte) et des artistes-pâtissiers (Francis Palanc, à Vence, qui composait de magnifiques tableaux graphiques avec des coquilles d'œuf et à force de désespoir et de solitude détruisit son œuvre et s'en tint à la confection de ses gâteaux). Chaque fin de semaine je prenais mon sac et je partais d'une des gares de la capitale en direction d'une ville de province. Parfois j'en visitais deux le même jour quand elles n'étaient pas trop éloignées, les libraires s'arrangeant entre eux pour disposer du phénomène et lui éviter le jugement de Salomon. La carte de mes voyages commençait à ressembler à celle dressée par notre père dans le bureau de la maison familiale. Il avait collé trois ou quatre cartes Michelin sur une grande planche de contreplaqué de manière à reconstituer une Bretagne en son entier qui occupait tout un mur. Chaque ville-étape de son parcours de représentant de commerce était marquée d'une petite pointe à tête de couleur. Les différentes couleurs, rouge, bleu pâle, vert forêt, noir, renvoyant à un code connu de lui seul. Mais j'avais bien conscience de remettre mes pas dans les siens au cours de ce tour de France qui s'amorçait pour moi, de revivre ses soirées solitaires dans les chambres d'hôtel dont le confort variait selon les moyens de la librairie.

C'était parfois d'une tristesse lugubre. Je l'imaginais se retirant le soir dans sa chambre, allongeant son grand corps sur le lit et ouvrant un livre tandis que la nuit tombe sur la petite ville endormie, la chambre bientôt envahie par la fumée de ses Gitanes. Il avait certainement aimé cette déambulation au petit bonheur la chance à la recherche de clients, qui l'avait d'abord conduit dans toute la France et jusqu'en Belgique avant de réduire son territoire à la seule Bretagne à la faveur d'un changement d'employeur, celui-ci domicilié à Quimper, rue du Moulin-Vert. L'adresse mythique de mon enfance. Il y a aussi une rue du Moulin-Vert, près de là où j'habite, à Paris. On ne parlait pas encore de VRP mais de voyageurs de commerce, et même de voyageurs tout court. Vous faites quoi dans la vie ? Je suis voyageur. Et pour ne pas confondre avec un dilettante fortuné partant pour un

« grand tour » comme au XIXe siècle, *traveller*, l'équivalent anglais, vient du mot français « travail ». On saisit mieux.

Pointant sur une carte virtuelle les librairies de France, j'avais le sentiment de le rejoindre un peu dans son errance. Une errance de métronome pour lui, repassant à quelques mois d'écart dans les mêmes petites villes, descendant dans les mêmes hôtels, s'asseyant aux mêmes tables de restaurant, tellement habitué des lieux qu'on lui confectionnait tout exprès les plats qu'il aimait quand il s'annonçait. Une errance à laquelle il avait prévu de renoncer pour prendre la direction de l'hôpital de Campbon. Ce qui ne devait pas l'enchanter plus que ça, mais il souffrait atrocement du dos, les disques entre ses vertèbres rabotés par les longs trajets dans des voitures à la suspension rudimentaire, sur des routes de campagne tortueuses qui invitaient à patienter derrière les troupeaux ramenés à l'étable, par le transport des pesantes valises de vaisselle hissées du coffre de sa voiture jusqu'au magasin visité, se gavant de véganine pour atténuer la douleur qui ne le quittait pas et qu'on lisait sur son visage. Le médicament est maintenant suspecté de provoquer « une intoxication sérieuse par les troubles de la coagulation qu'elle peut entraîner ». Il faut donc peut-être ajouter aux cigarettes et aux particules d'amiante, une possible coagulation du sang due à sa consommation excessive de comprimés, de quoi, ce cocktail létal, s'interposer malencontreusement entre le cœur et le cerveau. Mais il prenait son mal en patience. Encore un an, et c'en serait fini de cette vie harassante sur les routes de Bretagne. Dorénavant il se rendrait à pied à son travail, ce qui rallongerait d'une centaine de mètres la route qui le menait à l'école de son enfance, l'hôpital étant situé juste après. La mort lui offrit une porte de sortie opportune avant l'enlisement de ses rêves de jeunesse.

L'accueil dans les librairies était partout le même, la foule et les longues files en attente d'une signature. Les regards souriants à mon arrivée, une vague, c'est lui. Et moi derrière la table, poursuivant ce à quoi le kiosque m'avait habitué, questionnant chacun, écoutant, et personnalisant chaque dédicace, y introduisant en quelques mots une trace de notre entretien. Pas deux dédicaces identiques sur des milliers. Il y a bien longtemps que j'ai capitulé, usant de quelques formules selon les titres, mais alors je tenais à ce que le lecteur garde de ce tête-à-tête un souvenir à nul autre pareil. Qu'on me ressorte un livre de ces temps lointains et aux quelques mots inscrits sur la page de garde, il m'arrive de reconstituer notre conversation du moment. C'était sans doute une manière de m'acquitter de cette dette phénoménale qui s'accumulait à mesure que le succès grandissait. Mais au-delà, ce que je connaissais bien, et contre quoi je ne me donnais même pas la peine de lutter, je revoyais notre mère, sa gentillesse et son intérêt sincère pour celles et ceux qui poussaient la porte de son magasin. Et qu'on n'avance pas que ce fût avec l'idée d'en tirer profit. Avoir commerce avec quelqu'un ne signifie pas lui refourguer une marchandise inutile ou impropre comme le veulent les lois du marché. Entre deux personnes, quelque chose transite, qui peut être un objet, une parole, et qui est comme une passerelle entre eux, un petit pont d'humanité. Pour notre mère, l'argent n'était pas la sanction de sa réussite. Et à sa mort, après une vie de travail, ayant largement outrepassé l'âge de la retraite, elle avait mis de côté de quoi ne rien demander à personne, ce qui n'allait pas bien loin. Sa gloire n'était pas son compte en banque, sa gloire, c'était qu'on dise d'elle qu'il n'y avait pas d'équivalent dans le canton. Disons que mon canton avait grossi. De sorte que dans ce tour de France des librairies, à travers ma vie de voyageur et le « commerce » que j'en tirais, je les rejoignais tous les deux, mes parents. Je me situais au point exact de leur confluence.

Enfant, j'avais eu l'occasion de monter sur les planches à l'occasion d'un spectacle de fin d'année. Un rôle muet qui consistait à se glisser sous une table entièrement recouverte d'une nappe dont les quatre pans tombaient jusqu'à terre. J'étais censé fumer en cachette une cigarette. Il s'agissait pour moi, à un signal convenu, d'enflammer de l'encens disposé dans une coupelle, provenant de l'église sans doute, de manière à ce que la fumée envahissant mon réduit se glisse bientôt sous la nappe et me dénonce aux yeux de la famille qui s'inquiétait de la disparition de l'enfant ou du paquet de cigarettes, mais tout se terminait bien puisqu'on retrouvait les deux. Bien mais mal pour le chapardeur, qu'on tirait par l'oreille et à qui on faisait la leçon. Notre père, en amoureux et pratiquant du théâtre, estima que j'avais été mauvais. Qu'une fois mon forfait découvert, j'aurais dû prendre un air contrit tandis qu'on me sermonnait, au lieu que je m'étais contenté d'attendre la fin de la saynète, indifférent à mon sort, comme sur les bancs de l'école on guette la cloche annonçant la sortie.

De fait j'aurais pu tousser, me prendre pour Marguerite Gautier dans *La Dame aux camélias*. Ce qui aurait eu un petit côté prémonitoire puisque deux ou trois ans plus tard se manifestaient les premiers signes de la tuberculose, après que ce même père eut refusé que l'on me vaccine contre le bacille de Koch.

Ma seconde tentative sur les planches ne fut pas non plus très concluante. J'avais vingt ans, j'écrivais des chansons dont j'attendais qu'elles m'assurent un revenu qui me dispenserait de travailler, et j'avais l'opportunité pour la première fois de les confronter à un public à l'occasion d'une sorte de radio-crochet organisé par le casino des Sables-d'Olonne. Nous étions en été, l'après-midi j'arpentais la grand-plage en hurlant comme je pouvais, c'est-à-dire à mots couverts, que j'avais des glaces dans ma glacière et des beignets aux abricots dans mon panier, et je m'étais laissé convaincre par mes amis du terrain de camping de me présenter à ce concours. Après un essai concluant devant un bonimenteur de tréteaux, trois serveurs et un croupier, le grand soir venu je montai sur l'estrade, plaquai quelques accords, chantai deux vers et brusquement m'arrêtai. Sans le moindre commentaire je descendis de mon tabouret, puis les quelques marches qui menaient à la scène et passai sans un mot, ma guitare à la main, devant le public éberlué. Je n'attendis pas les résultats du concours. Ce n'était pas le trac, je considérais la salle avec distance, ni mes mains ni ma voix ne tremblaient, pas plus que je n'avais été submergé par l'émotion sous ma table enfumée. Mais l'écoutant, par cet écho que renvoie un public, la chanson m'apparaissait bien trop alambiquée pour être honnête. Par cet arrêt brutal et cette descente de scène, je me remettais simplement à ma place.

Le libraire avant la rencontre m'avait demandé si j'accepterais de lire des extraits de mon livre. Est-ce que j'avais déjà essayé ? Non. En revanche, j'avais souffert de la lecture qu'en avait donnée un comédien professionnel la semaine précédente en Bretagne. On m'avait annoncé une surprise, les libraires se frottaient les mains à cette bonne idée, j'imaginais un kouign-amann géant, ou mon poids en bouteilles de cidre, et après la séance de signature un homme s'était avancé entre les rayons, mon livre à la main, et déclamant : La 2CV est une boîte crânienne de type primate. Et dans cette seule phrase il avait déjà épuisé toutes les notes de la gamme et la variété de timbres mis à sa disposition par ses cordes vocales. J'aurais aimé me glisser sous ma table enfumée et me défendre d'avoir jamais rien écrit de semblable. Le supplice dura une heure pendant laquelle j'affectai un sourire béat tout en disant adieu à ma part de kouign-amann et sa bolée de cidre. Après avoir énergiquement applaudi, je ne savais plus comment me remettre d'une telle émotion. Ce qui attira une petite larme dans l'œil des employés de la librairie. J'étais bien cet homme sensible que laissait deviner son livre.

Entre deux maux, j'estimai que j'étais le moindre et acceptai la proposition du libraire de Metz de lire mes textes, sachant qu'il avait un ami qui, en cas de défection de ma part, était disposé à, non, non, c'est moi qui lis. Si j'avais tant souffert la semaine précédente, cela tenait au fait que le comédien jouait le texte, voire le mimait en lançant haut la main ou balayant du regard l'assemblée, et qu'il ne rendait rien de cette voix intérieure qui accompagne l'acte même d'écrire. Car on écrit sous la dictée. Et j'étais le seul à pouvoir restituer cette voix intérieure qui n'est ni la voix d'un comédien ni celle d'un instituteur marchant lentement entre les tables et jetant un regard coupable à l'enfant qui non content de doubler une consonne – le maître a bien eu l'air de rouler abondamment les « r » – en rajoute une troisième de peur de manquer. Cette voix intérieure, c'est la voix de ma vie. Celle qui me parle, pense, me conseille, s'étonne, se lamente, se moque – de moi. De temps en temps, elle décroche de son chapitre pour accompagner les mots et les phrases qui s'inscrivent sur le papier ou l'écran. Le temps de quelques lignes de portée elle ne se préoccupe alors que de cette musique émergente, lancinante, monocorde, car elle ne se joue que sur deux ou trois notes, pas plus. Puis fatiguée, elle reprend le cours normal de son quotidien, ne cédant que la nuit où elle s'efface devant la puissance chaotique des rêves. Mais je connais ses intonations, son rythme, son timbre, de sorte que je pense être le plus apte à lire mes textes si tant est qu'il s'agisse de rendre au plus près un son de vérité, le son de la création même.

Les gens venus en nombre s'entassaient entre les tables chargées de livres, dont certaines avaient été repoussées pour dégager un petit espace entre les bibliothèques. Toutes les chaises prises, beaucoup étaient debout, certaines têtes dépassant des consoles, ce qui rendait un petit côté bataille d'*Hernani* ou première lecture publique de *Howl* par Ginsberg à la Six Gallery à San Francisco. Le libraire tenait à ce que la manifestation se déroule dans sa librairie plutôt que dans une salle mieux adaptée comme on le lui avait proposé. Il était important pour lui de ne pas découpler l'événement de sa fonction qui était malgré tout de vendre des livres, et que les habitués se retrouvent dans leur univers familier. J'étais installé derrière une petite table, le dos à un rayonnage. Un chat angora sauta sur la table et s'y coucha, pattes avant repliées sous le poitrail. Comme le libraire voulait le chasser, j'insistai pour qu'il reste. Le mien s'allongeait sur mes genoux pendant que je tapais à la machine, ce qui m'obligeait à adopter une position aussi peu ergonomique que possible, comme si j'écrivais avec mon panier de beignets sur le ventre, mais c'était notre rituel et pour rien au monde je ne me serais autorisé à le repousser. Le chat demeura tout le temps de la lecture. Une photographie en témoigne.

Quand j'eus terminé, et qu'il me semblait que l'exercice s'était plutôt bien passé, dans un silence religieux et avec l'assentiment du chat qui n'avait pas bougé d'un de ses longs poils, après les applaudissements nourris, je fus conforté dans mon impression par le libraire qui se penchant sur moi, l'air satisfait, me glissa à mi-voix ce qui me parut comme le plus beau des compliments : On aurait dit du Bresson. Or *Pickpocket* du même compte parmi mes films préférés.

Le lendemain, ragaillardi, je me rendais à Strasbourg, pour une autre séance de signatures. La rencontre avait lieu dans une petite librairie du réseau de *L'œil de la lettre*. J'étais dans les premières semaines de mon périple, et les invitations provenaient massivement des affidés de Minuit, qui s'étaient téléphoné au cours de l'été pour discuter de leurs trouvailles dans la marée de la rentrée. Tous étaient tombés d'accord : il y avait un livre-événement qu'ils étaient disposés à défendre. Tous me l'ont raconté – et le libraire de Perpignan, dans son accent rocailleux catalan. Leur enthousiasme, les coups de fil fiévreux échangés entre collègues, heureux de se communiquer la bonne nouvelle, si tu ne l'as pas lu, lis vite celui-ci, trouvant ainsi une caution à leur intérêt pour la littérature – car les choses autrefois se passaient ainsi –, et leur accord commun pour organiser avec l'aide de la maison d'édition des rencontres dans leurs librairies. Le succès leur donnait raison, de sorte qu'ils avaient une longueur d'avance sur les grosses structures. Ce choix de l'éditeur d'accorder la préférence aux petites librairies, même si toutes ne l'étaient pas, trouvait en moi un ardent défenseur. Notre mère dans son magasin de porcelaine tenant tête aux supermarchés.

À Strasbourg, averti par son collègue de Metz, le libraire avait choisi d'organiser la rencontre dans une salle voisine, indépendante de son local. Quand il me proposa de lire, affermi par ma séance de la veille, j'acceptai avec l'autorité du professionnel (j'aurais dû me méfier, Bresson n'employait que des amateurs). La nuit était tombée et la salle se remplissait, au point qu'il fallut bientôt rajouter des bancs. Après une brève présentation, la lecture commença. Je ne notai pas de différence avec la veille, sinon que j'avais eu l'idée de ralentir mon débit de parole en battant du pied sous la table, ayant remarqué une tendance à l'emballement à mesure que les paragraphes défilaient. De la sorte je m'appliquais à réguler mon débit, mon pied faisant office de métronome. Le silence respectueux des auditeurs était un bon indice. Après quoi on passa aux dédicaces. Comme j'en avais pris l'habitude, à chacun j'accordais un temps d'écoute et d'échange, ce qui agaçait certains qui s'impatientaient dans la file, mais qu'ils ne discutaient plus leur tour venu. Il ne restait que quelques personnes, leur livre à la main, quand je remarquai une jeune femme rousse, coupe à la Louise Brooks, qui visiblement n'était pas pressée et cédait volontiers son tour lorsqu'un lecteur de dernière heure se décidait à rejoindre la file. Elle s'assura qu'il n'y avait plus de candidats et profitant d'être seule pour me parler longuement de sa lecture, me dit l'émotion et le plaisir qu'elle en avait tirés, qu'elle avait été renvoyée à sa propre enfance bien que plus jeune que moi, et je ne savais comment manifester ma reconnaissance quand elle me demanda l'autorisation d'ajouter un bémol cependant qui n'enlevait rien à ce qu'elle venait de dire. Et moi, beau joueur ravalant ma contrariété : Mais je vous en prie. Et elle : Quel dommage que vous lisiez si mal. Passé un petit moment d'aigreur, je considérai sérieusement la situation et dis adieu à Bresson.

Les semaines passaient, j'effectuais ma tournée des librairies puis revenais à mon havre du kiosque, reprenant la vente des journaux. Mais ce n'était plus comme avant. Il fallait compter avec le défilé des journalistes de la presse écrite à quoi s'ajoutaient les radios et bientôt les télévisions. Le quartier s'en amusait, peu habitué à ces marques d'intérêt. Il s'en trouvait bien un ou deux pour se plaindre, jugeant qu'il serait préférable de s'intéresser au trafic de drogue qui était une réalité tragique, la place de Stalingrad étant un marché ouvert jour et nuit. Abandonnant le kiosque j'avais ainsi raccompagné un jour chez elle une petite fille, terrorisée par des junkies, une seringue dans le bras, étalés devant la porte de son immeuble. Comme on ne citait d'ordinaire le quartier que pour cette raison, les habitants étaient plutôt heureux d'échapper à cette rengaine des journaux à son sujet.

Pendant que les techniciens préparaient la mise en place des projecteurs, car en ce temps les grandes chaînes ne se déplaçaient pas à moins de quatre ou cinq, cadreur, éclairagiste, preneur de son, journaliste, réalisateur et même producteur, je m'asseyais sur la margelle de la vitrine des marchands de meubles en face du kiosque, observant les passants qui manifestaient leur curiosité devant ce déploiement inattendu de câbles sur le trottoir, puis me découvrant à l'écart ils venaient aux renseignements. La plupart étaient au courant maintenant, de sorte que les questions portaient sur la chaîne, sur l'heure de diffusion de la séquence, et je hélais le réalisateur qui se montrait toujours évasif. On ne pouvait jurer de rien. On était toujours à la merci d'un bouleversement à l'antenne. J'en fis l'expérience des mois plus tard quand un long entretien prévu pour la mi-janvier 1991 dut céder sa place à l'invasion de l'Irak par les Américains. On n'avait pas lésiné sur les moyens.

Mais tous n'étaient pas dans la confidence. Une petite dame âgée, toute menue – on aurait dit notre vieille tante Marie –, après avoir longuement observé cet étrange manège sur le trottoir s'approcha de moi et sans préambule : Vous êtes Hervé Vilard ? Certains auraient pris un malin plaisir à la conforter dans sa confusion, mais j'ai toujours détesté ces canulars téléphoniques et télévisuels où un journaliste abuse les gens ordinaires. Lesquels, une fois la farce dévoilée, se sentent obligés de rire de cette séance d'humiliation publique. Non je n'étais pas Hervé Vilard. Pour mémoire, il s'agit d'un chanteur de variétés célèbre pour avoir chanté *Capri, c'est fini*. On apprit plus tard qu'après une enfance orpheline, ballottée d'orphelinats en familles d'accueil, il avait été adopté par Daniel

Cordier, galeriste parisien entré dans l'histoire pour avoir été dans la Résistance le secrétaire de Jean Moulin. On apprenait ce genre de choses dans *France-Dimanche* ou *Ici Paris*. Sur le moment, je ne sus si je devais m'en amuser, m'en vexer ou m'en désoler. Il y avait sans doute des trois. Mais au train où allaient les choses il devenait évident qu'il me faudrait peut-être commencer d'envisager mon futur autrement. Soit par un mouvement naturel, cette notoriété passagère allait bientôt s'essouffler et je reprendrais le cours normal de ma vie entre l'écriture et la vente des journaux, soit elle serait amenée à perdurer, entraînant la vente accélérée des livres, auquel cas il me faudrait revoir et le lieu et la formule.

Je commençais à céder à la pression ambiante d'un enrichissement miraculeux qui m'aurait dispensé de travailler. Je me livrais à des calculs : si je vendais tant de livres, à douze pour cent par livre, ça me ferait tant. Et si j'en vendais plus encore, tant et plus. J'ai un côté Perrette et le pot au lait qui se calme aussitôt que le pot se renverse, et qui repart avec la même naïveté à la prochaine opportunité. En dépit du krach boursier, la machine infernale libérale avait repris sa course folle et on proposait des sicav monétaires à des taux sidérants. J'étais bien placé pour être au courant : les journaux et revues économiques faisaient leurs gros titres avec les nouvelles merveilles des marchés financiers. Je me disais voyons, une fois l'argent touché, je les place dans ces sicav qui à raison de dix pour cent l'an, si j'ai bien saisi, m'assureront une rente qui correspondra à peu près à mon salaire présent, me dispensant de vendre des journaux et me laissant tout mon temps pour écrire.

Je m'en ouvris à mon conseiller de la rue de Flandre, le seul du quartier à y comprendre quelque chose, le prince Albert, qui m'écouta me livrer à mes calculs à haute voix. Si je gagnais tant – et je n'y étais pas, ce n'était qu'une projection d'espérance – est-ce que, cet argent une fois placé, je serais à même de vivre de mes rentes ? Sous-entendu, peut-être sauriez-vous dans ce cas me conseiller ? Le grand bourgeois eut un petit sourire gêné, comme s'il était dans la situation d'expliquer à un enfant que les bébés ne naissent ni dans les roses ni dans les choux. Et au bout d'un moment silencieux, embarrassé : Il en faut beaucoup plus, concéda-t-il. Ce qui me renvoya instantanément à la remarque de la Dame du Perrier sur le nombre d'exemplaires vendus tandis que nous observions le rideau de pluie derrière les portes en verre de la Maison de la Radio. Décidément, je n'évoluais pas dans le plus, le plus des possédants, des nantis, des ténors de la société. Ce qui était une bonne façon de me remettre à ma place, mais de ce moment je considérai Albert autrement. Son exquise courtoisie avait un prix élevé. Le trottoir de la rue de Flandre n'était qu'un leurre et le saut de classe, dans un sens ou dans l'autre, pas pour demain. Je n'étais pas et ne serais jamais de son monde. Moi je venais du petit commerce, et à bien des égards j'y suis resté.

Nombre d'articles avaient suggéré aux jurés des prix littéraires de s'intéresser à mes *Champs d'honneur*. Je regardais ces tractations de loin, pas concerné le moins du monde, n'ayant pas postulé, quand à la mi-octobre je reçus une lettre d'Hervé Bazin, qui était président de l'académie Goncourt, me demandant d'envoyer très officiellement mon livre à toute son équipe. Ce qui revenait, par cet acte de candidature, à entrer dans la grande compétition de l'automne. Fini la posture du marginal regardant passer le train des postulants. J'allais embarquer à bord. Sachant qu'à chaque nouvelle sélection on décrochait des wagons. L'éditeur dans le même temps recevait une recommandation semblable de sorte que je me retrouvai dans le petit bureau dit de Robbe-Grillet, voisin de celui de l'éditeur, à dédicacer dix livres pour les membres du jury. À Hervé Bazin, à Michel Tournier, à François Nourissier, à Françoise Mallet-Joris, à Jean Cayrol, à Daniel Boulanger, à André Stil, à Edmonde Charles-Roux, à Robert Sabatier, à Emmanuel Roblès.

Tous décédés aujourd'hui. Et qu'est-ce que je leur écris ? Cordialement, me dit l'éditeur qui n'était pas du genre à s'étendre.

D'ordinaire, il est entendu que plus on s'approche de la proclamation du prix, plus la liste des prétendants s'éclaircit. De vingt-cinq on passe à dix puis à quatre ou cinq. Cette « décimation » est la loi barbare du genre où, de liste en liste, des nominés sont abattus comme des pipes en terre dans une baraque foraine. Ce que ma position confortable de non sélectionné m'avait évité. Quelques jours plus tard, une *short list* était publiée dans laquelle on avait glissé l'ouvrier kiosquier de la onzième heure.

À côté de trois autres noms figurait le Favori qui s'était autoproclamé grand vainqueur de la compétition d'automne avant même la parution de son roman. C'était enfin son année. Il y a longtemps qu'il attendait la bonne fenêtre, mais cette fois c'était pour lui. Deux ans plus tôt, il avait raté de peu le prix, mais après avoir épluché la rentrée littéraire de septembre, il ne voyait rien qui pût entraver le sacre de son roman. Et certainement pas, dans une petite maison d'édition, prestigieuse sans doute mais confidentielle, la parution d'un ouvrage de second choix. Le terrain était dégagé. Dans la liste de la rentrée littéraire il ne lisait aucun nom susceptible de contrarier son sacre. Assuré du soutien total de Gallimard, la presse à ses pieds, il ne soupçonnait pas une seconde que le danger pût venir d'un premier roman d'une petite maison d'édition, fût-elle prestigieuse. Journaliste en vogue, autrement dit vu à la télé, et sous-directeur d'une grande chaîne de radio il n'avait pas vu malice à employer les moyens mis à sa disposition d'homme puissant, tant il est avéré que le pouvoir se croit tout permis et qu'on lui doit tout, ce qui est sa faiblesse et par quoi il chute. Lecture et correction de son manuscrit par le secrétaire de l'académie soi-même, invitation de tous ses membres dans sa maison de campagne normande au cours de l'été, et sans doute mille autres petites attentions. C'est une pratique courante. Le Favori ne faisait que reprendre une tradition ancienne. Proust en 1919 avait manœuvré bien davantage pour obtenir le prix convoité, ne ménageant pas les invitations au Ritz et les cadeaux provenant de ses fournisseurs attitrés, les déclarations flagorneuses et les courbettes de courtisan. Par ses appuis fidèlement entretenus au sein de l'académie il parvint à ses fins. La proclamation de son livre déclencha un scandale d'autant plus grand qu'il passait devant la souffrance des poilus et *Les Croix de bois* de Roland Dorgelès. Mais on a oublié cet amont trouble et cet aval houleux pour ne retenir qu'un fait : *À l'ombre des jeunes filles en fleurs* a obtenu le prix Goncourt.

On s'acheminait vers un sacre savamment orchestré de l'autoproclamé Favori quand les membres de l'académie qui n'étaient pas imperméables à certaines pressions amicales mais préféraient qu'on n'en fît pas trop cas pour ne pas écorner leur réputation de probité, se rebiffèrent. Le Favori en faisait trop, les indisposait, selon le mot recueilli plus tard de l'un d'eux, autrement dit les mettait dans une situation où ils risquaient de perdre la face. Depuis plusieurs années il se disait qu'ils n'étaient que la chambre d'enregistrement docile d'un vaste système de corruption où les trois principales maisons d'édition s'entendaient comme larrons en foire pour se partager le gros lot à tour de rôle. À y regarder de plus près, ce n'était pas exactement la vérité. Mais une tendance lourde. Quoi qu'il en soit le message était passé : l'académie Goncourt est un repaire de vendus. Et cette incitation à voter pour le candidat autoproclamé et tout-puissant n'arrangeait pas leurs affaires, ou leurs affaires – préfaces et conférences sur paquebots de croisière – mais pas leur réputation à laquelle ils semblaient attacher encore un certain prix pourvu que les apparences fussent sauves.

S'ils obtempéraient, ils auraient l'air de quoi ? De ce dont on les accusait : de pantins entre les mains des éditeurs, achetés à coups d'à-valoir monstrueux pour des livres qui ne se vendent pas. La fronde montait à mesure qu'on approchait du jour J et aucun autre livre ne paraissait en mesure de se substituer au Favori, non pour des raisons purement littéraires, mais simplement de hiérarchie, de même que dans un Tour de France on n'autorise pas un équipier plus en jambe à passer devant son leader. Et donc pas question de couronner l'autre candidat de la même maison d'édition. Impensable. Un *casus belli* et adieu les préfaces demandées aux membres du jury et payées en louis d'or. Les autres étaient de simples figurants pour aider les maisons d'édition à ne pas perdre la face. Le temps passait et aucune solution de rechange crédible ne s'imposait parmi les postulants. Tous les tours de bonneteau retournaient à chaque fois la carte du Favori.

La mâchoire d'acier de la compromission se refermait implacablement sur les membres du jury Goncourt. Alors on fait quoi ? On met la tête sur le billot en déclarant main sur le cœur que seuls prévalent au sein de la prestigieuse académie les critères strictement littéraires et qu'il est patent que toutes ces conditions sont réunies dans le formidable roman du Favori ? Même bien entraînées, les mains avaient du mal à se tenir à hauteur du cœur en signe de sincérité.

Les puissants devraient savoir qu'un courtisan n'est pas fiable. Mais les puissants sont ivres de flatteries, grisés par les privilèges, habitués aux abus de pouvoir, au point de développer un sentiment d'invulnérabilité. Au lieu que le courtisan, moins assuré, plus malin, passe son temps le nez en l'air à renifler le sens du vent. Et quand il tourne, il tourne avec. On en était là, place Gaillon, dans le salon réservé aux délibérations, entre le gigot à la menthe et la salade aux truffes, quand les convives virent une langue de feu flotter au-dessus de la tête d'Hervé Bazin. Et Hervé illuminé parla : et si on prenait le bouquin d'André ? André pour André Stil. André Stil n'avait pas écrit de livres, ou peut-être mais personne ne s'en souvient. Il avait dû sa place au sein de l'académie à un petit arrangement. Bazin avait émis l'idée de recevoir le prix Lénine de la Paix, donné par l'Union soviétique, dont le tirage formidable l'assurait de montagnes de caviar. Si André Stil, qui avait été directeur de *L'Humanité* et avait abondamment pleuré la mort de Staline, pouvait grâce à ses hautes relations y faire quelque chose, il saurait l'en récompenser en lui offrant la prochaine place vacante au sein des Goncourt. André, contre toute attente, entra à l'académie et Hervé reçut le prix Lénine de la Paix (anciennement prix Staline, le changement dans la continuité). Et où, la contribution d'Hervé en faveur de la paix ? En Anjou, sans doute.

André Stil, passant ses vacances dans les Pyrénées-Orientales, avait été convaincu par son ami Jean-Louis Coste, libraire à Perpignan, de lire un premier roman paru aux éditions de Minuit. Non, pas celui-là, l'autre, le second choix. Le directeur de la librairie Torcatis était sorti emballé de sa lecture. Et il n'était pas le seul. Lui et ses amis libraires du groupement de *L'œil de la lettre* tenaient leur livre événement de la rentrée. Ils s'engageaient à le pousser auprès de leurs clients. Par quoi aussi ils justifiaient pleinement leur rôle de dénicheurs de talents. Avec d'autant plus de conviction que le livre n'appartenait pas aux grandes puissances de l'édition. Ils ne se portaient pas au secours du grand Capital. Sauver le petit, le hisser sur un piédestal, comme la plupart de ces libraires étaient passés par la case gauchiste dans les années soixante-dix, trouvant dans une littérature de combat (puis de variétés) un succédané à leur engagement politique, ils combinaient ainsi leurs aspirations de jeunesse et les impératifs du commerce. Un obscur marchand de journaux et les confidentielles mais très sélectes éditions de Minuit, ils tenaient leur ordre de mission. Si je reçus du courrier avant même la parution d'un premier article dans la presse, c'est à la recommandation des libraires que je le dois.

La rumeur fonctionnant à plein, amplifiée par les critiques et le passage à « Caractères », les oreilles des membres de l'académie commençaient de siffler. Interpellés dans les articles qui les incitaient à lorgner vers ce premier roman, ils se demandaient bien ce qu'on leur voulait. Ils s'étaient tournés vers André qui avait lu par l'intermédiaire de son ami de Perpignan le phénomène de la rentrée. On lui demanda ce qu'il en pensait. C'était très bien en effet, et le libraire de Torcatis se félicitait de son succès. Sans doute. Et tant mieux pour le crieur de journaux (rapide coup de coude d'un voisin de tablée, on dit marchand de journaux maintenant) mais lui donner le prix serait impossible pour deux raisons : premièrement, on n'allait pas couronner un premier roman, la dernière fois qu'on s'y était risqué, c'était en 1950, et l'auteur avait profité de son succès pour acquérir une vigne et disparaître du champ littéraire, pour peu que le crieur de journaux, euh, le marchand, s'en aille ensuite dans un ashram, on aurait l'air de quoi ? D'une antichambre du mont Athos ? Et deuxièmement, ce qui clôturait le débat, on n'avait rien reçu. Pas de livre, pas de prix. Et on était passé à autre chose. Mais dos au mur, ne trouvant rien à opposer au diktat du Favori, on n'en était plus à faire les difficiles. Et si on choisissait le livre d'André ?

Hervé expliqua les avantages d'une telle option : on ne pourrait soupçonner ni l'auteur ni l'éditeur de participer à la tambouille des prix. L'auteur, on ne sait même pas s'il sait lire, et l'éditeur, passant pour l'ayatollah du milieu, il ne viendrait à l'idée de personne de le suspecter de petits arrangements entre amis. Quant à l'académie, plongée dans ce bain virginal du roman d'un inconnu publié dans une maison réputée pour ne pas vendre ses livres, elle se drapait d'un voile de vertu à couper court à toutes les médisances sur sa moralité. Vous êtes d'accord que si on couronne le Favori, c'en est fini de notre crédibilité et nous aurons à nous expliquer sur notre légendaire indépendance. Bon courage à qui sera préposé à la défense de notre choix. Tous opinèrent du chef en s'imaginant dans cette situation cauchemardesque. Alors on tente le coup ? On demande à recevoir officiellement le livre ?

C'est ainsi qu'Hervé se fendit de deux lettres, à l'auteur et à l'éditeur, en contrevenant à la coutume. Et tant pis si dans la dernière sélection, avant la proclamation, on retranche les livres plutôt qu'on en rajoute. Il n'y a pas de loi sans jurisprudence, ni de règle sans contre-exemple. Mais une question se posait au moment où l'on découvrirait avec étonnement l'intrus dans la « courte liste », apparu comme par un coup de baguette magique : serait-ce, cette mention *in extremis*, simplement pour ne pas paraître avoir ignoré le livre dont tout le monde parle, ou bien allait-on soupçonner le jury de proposer en douce un plan B ? La *short list* parut dans la presse. Les journalistes passant au kiosque jouaient aux devins. Coup de bluff ou signe tangible d'une victoire annoncée ? On me relayait les suppositions des salles de rédaction. Chacun y allant de son pronostic. Continuant de vendre mes journaux, je me sentais toujours aussi peu concerné. Plutôt amusé.

Puis l'éditeur me convoqua. Cette fois, les choses sérieuses commençaient. Il n'y avait pas que les Goncourt à s'intéresser à mes histoires de Loire-Inférieure. Vous avez le prix Novembre, m'annonça-t-il d'emblée. Il devait m'être attribué la semaine suivante. C'était bien, non ? Le prix Novembre, créé l'année précédente par des gens qui régulièrement dénoncent la cuisine peu ragoûtante du Goncourt et entendent lui opposer un prix vertueux, parfaitement étanche aux pressions du milieu, comme si tous les ans il y avait un *Voyage au bout de la nuit* que raterait comme d'habitude l'académie, avait cet avantage d'être richement doté. Deux cent mille francs, inutile de se livrer à une conversion, pour moi, c'était l'équivalent de plusieurs années de kiosque. On pouvait se réjouir. Moi, du moins, mais l'éditeur m'expliqua en quoi j'avais tort.

S'il affectait une position au-dessus de la mêlée, l'éditeur n'était pas complètement sourd aux rumeurs du milieu et il m'expliqua les raisons pour lesquelles je devais refuser le prix. Maintenant que nous avions envoyé très officiellement le livre aux membres de l'académie Goncourt, on pouvait légitimement se poser la question des intentions du jury à son sujet. Ce n'était évidemment pas à ce stade pour faire de la figuration. Si j'étais rentré directement dans la dernière liste, c'est que les jurés envisageaient de me donner le Goncourt. Oui ? oui. Ah. À peine le temps de réfléchir à cette éventualité que l'éditeur ouvrait le robinet douche froide qui lui était plus familier : mais ne pas se monter la tête, les exemples précédents le prouvent, on n'est sûr de rien, un coup de théâtre de dernière minute n'est jamais à écarter. Tel éditeur à qui l'on avait affirmé que c'était dans la poche et qui se préparait le matin à déboucher trois cents bouteilles de champagne, les remisait à la cave autour de treize heures en entendant le secrétaire de l'académie annoncer un autre nom que celui de son candidat. Tout ce qu'on pouvait dire c'est que la chose était possible, mais que rien n'était sûr.

J'ajoute, dit l'éditeur, que vous êtes également favori pour le prix Médicis, dix voix sur dix, à cette heure. Et en me rappelant ses propos, je m'aperçois que je ne m'en étais jamais soucié. Qu'à aucun moment je n'avais songé à recevoir ce prix, quand même j'avais envoyé le livre à ses membres. Aucun souvenir d'avoir jamais cherché et repéré mon nom sur la liste, car il devait bien y en avoir une aussi, sur le même principe dégressif. Ce qui m'aurait peut-être valu de connaître cette émotion liée à la « décimation », et à la joie craintive d'en être encore. Mais non. Rien. Jusqu'à la lettre de Bazin, je ne me sens pas concerné par le grand barnum de l'automne. Mais cette fois, j'y étais, au bord de la piste et sous les roulements de tambour, attendant que le monsieur Loyal du Goncourt annonce le gagnant.

Le problème, poursuivait l'éditeur, c'est qu'en acceptant le prix Novembre vous risquez de perdre le Goncourt. Le jury, contre qui le prix Novembre a été créé, estimera que vous avez déjà été primé et, vexé, n'aimera pas passer en second. Et avec sa hauteur coutumière il souleva du bout des doigts le couvercle de cette arrière-cuisine des prix. Comme vous êtes favori pour le Médicis, les jurés du Seuil au sein du Goncourt ont reçu de leur maison l'ordre de voter pour vous. Le Seuil n'ayant pas de candidat pour le Goncourt, mais un pour le Médicis, comme vous êtes le favori pour le Médicis, il faut que vous dégagiez la place, de sorte qu'en votant pour vous au Goncourt, on laissera la voie libre au candidat du Seuil pour le Médicis. Mais encore une fois, ce n'est pas une science certaine. Le prix Novembre, s'il est bien doté, ne vous fera pas vendre un livre au lieu que le Goncourt. Sous-entendu, la maison ne gagnera rien avec le Novembre, mais gros avec le Goncourt qui est la plus formidable rotative jamais inventée par le monde de l'édition. Aussi je vous propose de refuser le prix Novembre, conclut l'éditeur. En ajoutant honnêtement que quand bien même je refuserais je pourrais ne rien avoir du tout, ni Goncourt ni Médicis. Ce qui se vérifia pour le candidat du Seuil, à qui, bien que les jurés de sa maison eussent voté pour moi pour le Goncourt, ceux du Médicis préférèrent un autre auteur. Mais le berné est depuis rentré à l'Académie française.

J'avais une objection cependant. Je voulais bien jouer à quitte ou double, mais je ne me voyais pas refuser le prix Novembre. J'imaginais le ridicule de la situation. Moi, misérable marchand de journaux, je ne m'abaisserai pas à ramasser votre formidable dotation. D'ailleurs j'en attends une bien plus considérable la semaine suivante. Moyen très sûr de me mettre tous les jurys à dos. Ce garçon affiche un tel dédain qu'on ne saurait le peiner en le récompensant. Je serais le héron de la fable, heureux en bout de course de recevoir le prix du Gardon décerné par les pêcheurs-lecteurs du Brivet entre Drefféac et les marais de Brière. Soit, je renonce au prix Novembre, je me range aux raisons de l'éditeur qui ne sont pas vraiment les miennes mais je peux y trouver mon compte, une objection cependant : plutôt que d'avoir à le refuser, je préférerais qu'on s'arrangeât pour ne pas me le donner. Il réfléchit un instant, chercha l'inspiration par la fenêtre en direction de l'atelier des deux amis peintres de Carco et me dit qu'il connaissait bien Pierre Dumayet. Il était dans le jury du prix. Il lui parlerait.

L'information fuita et la semaine suivante *Le Canard enchaîné* s'indigna. Sans doute qu'un pauvre marchand de journaux aurait été heureux de toucher une telle récompense. Et il dénonçait l'éditeur d'avoir joué à ce jeu au détriment de son auteur. Ce qui fit jaser dans Landerneau. Albert en fidèle lecteur du *Canard* découvrit l'article. Je lui donnai les précisions qui avaient échappé au journaliste. Il conclut qu'il ne restait plus qu'à attendre le verdict. L'éditeur me raconta par la suite qu'il avait eu l'occasion, après la remise du prix Goncourt, de discuter avec François Nourissier de l'article qui le mettait en question dans un rôle peu favorable, et si vraiment l'obtention du prix Novembre aurait empêché l'académie de me distinguer. Aucunement, avait répliqué le secrétaire général. De sorte que sur le moment, je vis s'envoler un chèque colombe qui avait trouvé à porter sur une autre tête la bonne nouvelle.

Comme pris dans une force de Coriolis, le mouvement se précipitait à mesure que nous approchions du jour fatidique. Une éditrice de livres audio avait demandé à Jeanne Moreau de lire *Les Champs d'honneur* pour sa collection. La comédienne avait accepté, ce qui m'avait rempli de fierté. S'imaginant marchander avec le directeur de Minuit, l'éditrice avait repoussé les termes d'un accord qu'elle estimait trop élevé. Persuadée d'obtenir gain de cause dans ce bras de fer, elle avait déjà procédé à l'impression de plusieurs milliers de cassettes où la Catherine de *Jules et Jim*, de sa voix caverneuse de fumeuse, prenait à son compte mes histoires d'enfance. On m'avait raconté qu'elle avait lu le livre d'une traite, sans une pause, un verre de blanc et son paquet de cigarettes à portée de main. Mais ce qui revenait, ce passage en force, à atteler la charrue devant les bœufs. Le matin du Goncourt, l'éditrice se précipita chez l'éditeur qui lui dit que, selon toute probabilité, le livre allait obtenir le prix et que la cession des droits serait indexée désormais sur la courbe des ventes. Paniquée, elle eut ce geste désespéré de mettre les cassettes dans le commerce sans qu'aucun accord fût signé. Ce qui amena un procès qu'inévitablement elle perdit. Au point de déposer le bilan. Jeanne Moreau s'en émut et m'en rendit responsable. Comme si j'avais actionné tous les leviers de ma Loire-Inférieure natale pour faire capoter l'opération. Quand c'était la première fois qu'un nom célèbre entrait dans ma vie. L'enregistrement était considéré comme disparu quand dernièrement, on en retrouva la trace. Malheureusement manquaient les chapitres terminaux. On me proposa de les lire. Grâce à quoi, dans cette version audio des *Champs d'honneur*, ma voix prend le relais de celle de Jeanne Moreau. Ce dont je pourrais m'enorgueillir. J'eus quand même la curiosité d'écouter la version de l'actrice. Au bout de la première phrase, j'arrêtai. Décidément un auteur n'entend que sa voix intérieure.

On attendait le Favori. Les quatre autres prétendants au sacre avaient été convoqués dans un café, le *Sauvignon*, rue de Sèvres, pour une photo de groupe. Le photographe annoncé était Robert Doisneau et, heureux à l'idée de le rencontrer, j'avais emporté tous les ouvrages que je possédais de lui : quelques albums et son livre de souvenirs intitulé d'après un mot de Prévert *À l'imparfait de l'objectif*, paru l'année précédente. Sans qu'il en sût rien il avait été un de mes compagnons de route au cours de ces années obscures. Cette façon de s'intéresser aux gens modestes qui avaient constitué le tableau de son enfance et qu'il traquait encore dans les interstices d'une société bousculée par la modernité, avait guidé mon travail. Mes bistrots de campagne valaient bien ceux de sa banlieue. C'est lui qui avait choisi le lieu de rendez-vous, sans doute parce qu'il ressemblait à ces décors de café d'autrefois qu'il fixait comme s'il voulait retenir le temps, avec ses chaises bistrot et ses tables en bois. Un choix par défaut. La contrainte était bien sûr de ne pas s'éloigner de Saint-Germain. S'il n'avait tenu qu'à lui, il nous aurait tous conduits à Gentilly ou Montrouge, où subsistaient les derniers bouges ouvriers qu'il aimait et où il se sentait à son aise. Comme j'ai eu la chance jusqu'à sa mort de le voir quelquefois à sa demande – il m'appelait et on se retrouvait dans un de ses lieux préférés – il avait insisté pour me conduire dans une gargote de la banlieue où la patronne, blond platine, imposante sexagénaire derrière son bar, était moulée dans une combinaison panthère, ce qui le mettait en joie. Ce qu'il y avait dans l'assiette, des œufs mayonnaise ou ce genre de chose, lui importait peu. Non, mais regarde-la, disait-il, ça vaut le coup d'œil. Et pour le coup d'œil, Robert Doisneau était un expert.

On s'impatientait, le Favori avait annoncé qu'il serait en retard, avançant des raisons de santé. La compagnie de mes camarades postulants me confrontait à une situation inédite. Tous les trois avaient déjà publié, se connaissaient, étaient au fait des mœurs du milieu dont ils parlaient d'un air de connivence. Je me sentais comme le Petit Chose tenu d'exister malgré tout avec son roman de débutant, se glissant bêtement dans la conversation pour avoir son mot à dire. Je me souviens d'avoir cité un vers de *Phèdre*, non parmi ceux que l'on ressasse sur Ariane blessée ou les chevaux de Mycènes, mais un vers d'un dénuement inouï qui lui aussi m'avait aidé, la poésie n'avait pas besoin de pose ou d'ornements précieux, mais j'aurais mieux fait de le garder pour moi. On eut la bonté de faire comme si je n'avais rien dit. Je me sentais comme le bleu de la chambrée, son polochon sous le bras, n'osant demander aux anciens sa place dans les châlits. Pas une seconde je n'imaginai qu'ont pût voir en moi un rival. Les trois, et le Favori qui tardait, avaient rêvé de ce prix, et au moment de toucher au but, un étranger que la rumeur disait à demi illettré débarquait de son trottoir, dont il se murmurait qu'il mettrait tout le monde d'accord. J'étais le seul des quatre à y prêter une oreille distraite et à ne pas y attacher de valeur. Il était entendu, pour qui s'intéressait à l'idée même de littérature et avait bataillé comme je l'avais fait avec les questions de forme et de sens qui avaient agité les années de la « mort du roman », qu'elle ne se jouait pas dans cette joute parisienne annuelle aux manigances florentines. Mais bien loin au-dessus, dans une galaxie de noms qui n'étaient pas aussi légion que les étoiles, et à eux seuls n'auraient pas suffi à remplir une rentrée littéraire.

J'aurais pu profiter de cette attente pour m'approcher du maître photographe, mes livres sous le bras, mais j'étais bien trop intimidé. Et maître, ce n'est certainement pas le qualificatif collant le mieux à Doisneau. Il aurait regardé d'un air goguenard par-dessus son épaule plus basse que l'autre à force de porter depuis cinquante ans son sac alourdi par les appareils. Il est où, le maître ? Il était tel qu'on le devinait à travers ses images. Le regard pétillant, il patientait en devisant avec le journaliste de *France-Soir* qui avait été à l'initiative de cette photo du dernier carré (à cinq côtés), prévue pour paraître le dernier samedi avant le prix. Comme je m'étais étonné devant lui que Doisneau eût accepté ce qui semblait une tâche bien modeste pour son talent, un peu comme si on avait demandé à Picasso de repeindre le portail d'entrée (mais ce que faisait sans rechigner Yves Tanguy quand il ne vendait pas une toile), le journaliste m'expliqua que sa renommée était telle que personne n'osait le solliciter, tous persuadés qu'il était débordé et ne se déplacerait pas pour ce genre de cliché, craignant de plus qu'il ne coûte les yeux de la tête. Ce qui l'isolait et le désolait. Alors qu'il ne demandait pas mieux. Et comme j'insistais : Il est comment ? Robert ? Le journaliste avait levé les yeux au ciel. Donc Robert était à deux pas et je n'osais m'avancer.

Sa simplicité et sa modestie n'étaient pas feintes, mais elles devaient composer avec une notoriété internationale et le formidable courant de sympathie que provoquaient son œuvre et sa personne. Ce qui le contraignait à en rajouter dans son côté « gamin des fortifs ». C'était sa manière à lui de ne pas se perdre de vue, de montrer qu'il n'avait rien oublié, quand il avait fréquenté le plus élevé de la création et de loin en loin le gratin mondain. De s'être immiscé dans les hautes sphères de la société l'amusait et le fascinait en même temps, à quoi on reconnaît le complexe du roturier convié aux agapes des puissants, mais il s'autorisait de son enfance grise à Gentilly et de ses années de jeunesse dans les usines Renault dont il avait été le photographe officiel, pour tenir le cap de la fraternité universelle dont l'acmé avait été pour lui les premiers congés payés. Une fraternité tendre, amusée, mais jamais moqueuse ou railleuse. Sa conversation nous ramenait inlassablement à cette part de lui-même retranchée dans quelques témoignages ayant échappé à un monde brûlant tout sur son passage. Il nous invitait à le rejoindre dans son fief imaginaire dont il était le prince hobereau. Pas de barrière infranchissable en dépit des frises du temps. Ses images ouvertes, désarmées, on peut y sauter à pieds joints. Elles ne tiennent pas à distance, comme celles des maîtres de la sophistication ou les tenants d'une théâtralité pour qui l'affect prend le pas sur le réel, elles cherchent au contraire à rendre proche, à recoller ce que le temps a séparé, à sauver ce qui aux yeux de tout autre n'aurait pas valu une seconde d'attention. Avec cette seconde et un sens malicieux de la mise en scène, comme les enfants quand ils jouent à jouer, il avait créé un univers tendre et malicieux qui empruntait à sa jeunesse banlieusarde. Laquelle disparaissait à vue d'œil. S'il est un photographe qui convie, disposé à servir de guide, c'est bien lui : après vous, dit-il.

Mais il ne se réduisait pas à cette mélancolie. Son sourire à l'affût se réjouissait de tout ce qui se présentait sous des couleurs bon enfant. Sa conversation était truffée d'anecdotes savoureuses mettant en scène aussi bien une rencontre de hasard que les sommités du siècle qu'il avait eu la chance de croiser. Il les citait non avec cette manie du *name-dropping* par quoi certains tentent de se hausser, mais toujours comme une invitation à le suivre dans les cuisines du beau monde où sans lui on n'aurait aucune chance de jamais mettre les pieds. Et on le suivait, confiant, émoustillé. Je connaissais l'anecdote par son livre mais il fallait l'entendre raconter comment il avait transpercé une toile monumentale de Fernand Léger dont le peintre lui avait demandé une trace photographique avant qu'elle parte aux États-Unis. Une fois ses projecteurs installés face au tableau de part et d'autre de son appareil posé sur un trépied, et après avoir collé l'œil dans le viseur, mécontent d'un reflet il avait entrepris de positionner autrement l'immense cadre qu'il saisit à deux bras sur le côté et entreprit de légèrement déplacer afin qu'il prît mieux la lumière. Mais on ne retient pas un châssis de plusieurs mètres de haut et plus encore en longueur, je le sais pour avoir travaillé comme aide machiniste et participé au montage des décors de théâtre, de sorte qu'en dépit de ses efforts il assista médusé, impuissant, à cette scène apocalyptique où le grand œuvre de Léger basculant lentement, inexorablement, s'en vint s'écraser sur ses appareils, lesquels déchirèrent la toile, composant une installation inédite, deux projecteurs et un appareil photo au travers d'un immense tableau dont on ne connaîtrait que l'envers. Et Léger, à qui il fallait annoncer la bonne nouvelle. Et Léger, pas content du tout, on peut le comprendre, mais à Robert, impossible d'en vouloir. Et tout s'arrangea par un marouflage habile et une bouteille partagée.

Comme je lui avais demandé de me raconter sa rencontre avec Gaston Chaissac, dont j'avais encadré une photo prise par lui découpée dans un magazine, Chaissac dont le dénuement me touchait et cette façon qu'il avait d'intervenir le moins possible dans sa création, de composer avec les moyens du bord qui étaient un galet, une planche et quelques couleurs, de souligner au trait une forme comme le faisaient les mains d'or du paléolithique supérieur sur la paroi des grottes, il m'avoua son regret de ne l'avoir pas considéré à sa juste valeur, de l'avoir pris un peu de haut. Il était parti en Vendée avec l'idée de photographier un original un peu simplet, une sorte de timbré local entre le facteur Cheval et Raymond Isidore dans sa maison Picassiette. Peut-être laissait-il entendre par cet aveu avoir trahi sa classe, et adopté le point de vue des puissants de l'art qui portaient un regard un brin condescendant sur le cordonnier autodidacte. Voir la place que Dubuffet concède à Chaissac dans son musée de l'Art brut à Lausanne, ses beaux tableaux aux couleurs délicates accrochés à côté de productions de schizophrènes et autres malades mentaux – mais il voisine aussi avec les créations raffinées de Palanc, le pâtissier-artiste, que Dubuffet considère avec cette même pointe hautaine.

Si Doisneau se repentait de son attitude, c'est bien que, spontanément, de naissance, il savait qu'il aurait dû prendre le parti du pauvre Chaissac, qui avait tout pour être un frère, et non celui suffisant des puissants. D'autant qu'il l'avait vu profondément malheureux. Son village au milieu du bocage le martyrisait et sa femme le tenait pour un bon à rien. Pas commode, sa femme, avait dit Robert. Elle était institutrice, et c'est par elle, par le jeu des affectations de l'Éducation nationale, que le cordonnier bourguignon avait atterri dans ce coin de Vendée. Ce qui en faisait un voisin de ma Loire-Inférieure natale. Chaissac n'était pas seulement peintre, mais poète : « C'est la magie des mots d'amour, d'une turbine regret d'un jour, j'en reste sardine. » Je citai à Robert le poème. Le peu de reconnaissance qu'il avait eu de son vivant avait été un avertissement pour moi. Cette photo de Doisneau où de profil, casquette sur la tête, il présente une de ses œuvres, une pierre grossièrement retaillée sur laquelle il a peint un visage et un semblant de costume, était à mes yeux l'expression même de la solitude et du dénuement tandis que j'avançais dans mes *Champs d'honneur*. Par un effet de miroir, je me préparais à encaisser ce chagrin d'une vie sans considération.

Pour ne pas s'égarer dans les mondanités auxquelles il lui était difficile parfois de couper, Doisneau arpentait la banlieue sud, son sac à l'épaule, me montrant un mur zébré devant lequel il se postait chaque jour attendant qu'il se produise un événement : la rencontre fortuite de ces rayures avec il ne savait quoi mais qu'il saurait capter dans l'instant. Il lui arrivait aussi, certains matins, de flâner dans la salle des pas perdus de la gare Saint-Lazare, uniquement pour assister à l'arrivée des banlieusards dans la capitale, des banlieusardes surtout : Il y a de ces déesses, lâchait-il, admiratif, forçant un regard qui se voulait égrillard. Mais égrillard selon Doisneau, ce qui donnait un chanteur de sérénade au pied des fortifs. Et déesses, pour dire les belles filles non estampillées par les magazines de mode. C'était bien lui. Par quoi il les hissait au plus haut de l'Olympe d'où les privait leur naissance. Comme La Bruyère il avait fait son choix : « Faut-il opter, je ne balance pas, je veux être peuple » (et pas homme de cour dans le cas du moraliste, mais ce qui revient à peu près au même ici, dans la mesure où la cour s'est déplacée à Saint-Germain). Et La Bruyère qui souffrit d'être mal considéré, en gentilhomme de basse classe à peine au-dessus des domestiques, de poursuivre : « Quelque profonds que soient les grands de la cour, et quelque art qu'ils aient pour paraître ce qu'ils ne sont pas et pour ne point paraître ce qu'ils sont, ils ne peuvent cacher leur malignité, leur extrême pente à rire aux dépens d'autrui, et à jeter un ridicule souvent où il n'y en peut avoir. » Pour se défendre de céder à la « cour des grands » Robert s'en allait gare Saint-Lazare, où sur leurs longues jambes pressées débarquaient les déesses des banlieues qu'il ne croisait ni à Saint-Germain-des-Prés ni place des Victoires.

Le Favori finit par arriver, auprès de qui tout le monde s'empressa. En costume-cravate, le nœud mollement noué sur une chemise blanche ou bleue, raide comme la justice, s'efforçant de donner le change au prix d'une grimace douloureuse qui passait pour un sourire. Visiblement il souffrait et s'assit aussitôt sur un haut tabouret placé devant le comptoir, une jambe pendante. À sa position, on pouvait penser que son dos était enserré dans un corset. S'obliger à faire bonne figure dans ces conditions ajoutait à son martyre. Mais il était venu, considérant qu'il lui restait à se montrer beau joueur. Ce qu'il fut. N'importe qui aurait deviné en le voyant dans cet état ce qui le rendait malade. Moi non, parce que je n'entendais rien au milieu et ses tractations. Pour lui il s'agissait de l'enjeu d'une vie, d'un objectif longtemps caressé et qui au moment où les cieux lui étaient favorables, inexplicablement lui échappait. Ce ne pouvait résulter que d'un fatum antique. Qu'avait-il fait qui ait déplu aux dieux au point qu'ils le privent de sa couronne pindarique ? Ou bien était-ce le Seigneur mécontent annonçant à Moïse qu'il n'entrerait jamais au pays de Canaan, pour avoir frappé le rocher ou enterré sous le sable l'Égyptien qu'il avait battu à mort ?

Je voyais bien que la grande différence entre lui et moi, ce n'était pas le statut social – la poésie le tient pour rien – mais le degré de convoitise. Et à ce jeu, il était inévitablement perdant. Si le sort et les jurés en décidaient autrement pour moi, je reprendrais le cœur léger la vente des journaux. Ils seraient nombreux au kiosque à venir me féliciter, à me demander de raconter, et bien vite tout retrouverait sa place et moi ma machine à écrire dans les trous de mon emploi du temps. Je n'étais pas en peine sur la suite à donner à mes *Champs d'honneur*, j'avais ma feuille de route. Peut-être que pour ce livre à venir, c'est moi qui aurais le dos en compote, vivrais dans les transes de la publication et de la décimation des listes, mais pour l'heure ce casting brutal ne me concernait pas vraiment.

Avec son réseau le Favori était déjà bien sûr au courant de ce qui se tramait. Quand bien même son éditeur et ses amis tentaient de le convaincre qu'il ne fallait pas tirer de conclusion hâtive de cette arrivée impromptue du marchand de journaux dans la *short list*, lui savait à quoi s'en tenir. Il était suffisamment au fait des mœurs et des pratiques du milieu. C'était un cauchemar pour lui de se prêter à cet exercice de la photo de groupe quand les jeux étaient faits. Sans doute n'avait-il accepté que parce que le photographe s'appelait Robert Doisneau, qu'il salua en premier – les importants se reconnaissent. Une situation d'autant plus inconcevable que cette année-là, ce devait être son tour. Rien qui pût se mettre en travers de son vieux rêve. On peut imaginer sa stupeur et son désarroi quand le roman d'un employé de presse au plus bas de l'échelle s'immisça dans la dernière liste. Il pouvait légitimement penser que c'était un coup monté contre lui. De fait, ça l'était.

Ça l'était tellement que pour masquer son forfait, au moment de l'annonce, l'académie inventa deux tours de scrutin pour l'obtention du prix. C'est au second tour que se serait dessinée la victoire des *Champs d'honneur* par huit voix contre deux (les deux voix des jurés du même éditeur que le Favori). Comme si la bagarre avait été serrée. 5-5 au premier tour. En réalité, et Hervé Bazin s'empressa de me le confirmer de son air matois, il n'en avait fallu qu'un seul, sur le même score. Ce qui était humiliant pour le candidat malheureux. Après s'être concertés, les membres de l'académie inventaient ce stratagème des deux tours qui avait aussi pour but d'assurer leurs arrières. Le Favori était puissant. Mieux valait le ménager et prendre quelques gants. Plus tard il se montra parfaitement courtois avec moi. Il m'invita et m'accueillit dans sa radio, assis sur le coin d'un bureau, toujours grimaçant et la jambe pendante, mais même alors il avait du mal à camoufler son dépit, sa tristesse.

Deux ans plus tard, à New York, j'intervenais à l'université Columbia (mais je me souviens également d'une réception à NYU où siégeait le grand maître du Nouveau Roman, Tom Bishop, ami de Claude Simon, de Sarraute et Robbe-Grillet, la phalange Minuit, ce qui était sans doute la vraie raison pour laquelle on m'avait convié). Le Bureau du livre français de New York m'avait logé dans un petit hôtel de Greenwich Village à la façade en briques rouges. Attendant que mon accompagnateur règle les questions d'enregistrement à la réception (incapable d'aligner deux mots d'anglais, je pourrais écrire sur la question et ses embarras un livre des humiliations qui aurait pu lui aussi s'appeler *Lost in translation*) je m'étais assis dans une petite salle d'attente adjacente au bureau où traînaient sur une table basse des revues en anglais et, ô miracle, un magazine français. Trop heureux de retrouver la langue du pays, je m'empressai de le glisser dans ma valise, me réservant de le lire une fois dans la chambre. Sa couverture annonçait un grand dossier sur le pardon. Une fois allongé sur le lit, après avoir vainement cherché à occulter les fenêtres (ni rideaux ni volets, quand le jour me réveille), je commençai de parcourir les éléments du dossier. Rien de plus chrétien que le pardon, cette obligation à passer sur les outrages reçus, quand il est plutôt d'usage de rendre coup pour coup et de rancir dans une haine tenace. Ce qui demande un violent retournement de la conscience. Tel parent avait pardonné à l'assassin de son enfant, tel autre, un numéro tatoué sur le bras, à ses bourreaux allemands, et ainsi de suite, autant d'histoires lourdes qui réclamaient de la grandeur d'âme pour ne pas finir confit dans la rancune ou le désespoir, quand apparut bientôt au fil des témoignages la photo du Favori : il avait pardonné à Jean Rouaud. Tiens, c'est moi.

Je n'avais pas souvenir de l'avoir offensé, je lui avais même envoyé un mot de remerciement pour son attitude chevaleresque après qu'il avait dit du bien de mes *Champs d'honneur* à la télévision, ravalant son dépit et sa tristesse, obligé d'admettre qu'on l'avait invité à « 7 sur 7 », (une émission télévisée hebdomadaire où une personnalité commentait l'actualité de la semaine), en considérant comme acquis qu'il aurait le prix tellement pour son milieu la chose allait de soi. Ce préambule ressemblait même à une séance d'autocritique humiliante, à la chinoise, qui le contraignait à concéder que sa présence sur le plateau n'était de ce fait pas légitime. Mais en fait elle l'était, sinon on l'eût décommandé et remplacé par le primé, mais comme le primé était marchand de journaux il valait mieux demeurer en pays de connaissance, en quoi j'étais pleinement d'accord, qu'est-ce que j'aurais pu raconter sur les menaces de guerre en Irak ou l'effondrement du bloc de l'Est ? Il m'aurait fallu demander à Albert de m'accompagner et de me souffler les réponses. C'était beaucoup mieux comme ça.

Lisant sa confession, ma première pensée fut que tout de même, il poussait un peu, mais, à la réflexion, me mettant à sa place, même si, à sa place, je ne sais ce qu'on y fait, ce qu'on y pense, ce qu'on y ressent, je pouvais mieux appréhender les raisons de son dépit. Ce prix lui revenait de droit, du droit de sa puissance établie, de directeur d'un grand média que l'on sollicite en permanence pour ses analyses, d'homme important dans le jardin des délices parisiens à qui il suffit de lever le doigt pour obtenir ce qu'il demande. Qu'un pauvre marchand de journaux, le dernier échelon de sa hiérarchie personnelle, lui chipe sous le nez le rêve de sa vie, avait été reçu par lui comme un bug de classe, une aporie et *in fine*, faute de comprendre les mécanismes de ce déraillement sociétal, une offense. Ce ne pouvait résulter que d'un complot. Or complot il y avait vraiment eu, comme je l'appris au fil du temps des uns et des autres. Je n'étais évidemment pas responsable du traquenard qui lui avait été tendu. N'étant d'aucune chapelle, ne connaissant absolument personne du milieu qu'il fréquentait, ma capacité de nuisance se résumait à la seule histoire des miens dans ma Loire-Inférieure natale. Autrement dit, à quelques mots, à quelques morts. Il n'avait jamais pensé que ces morts de pas grand-chose pussent lui faire ombrage, omettant qu'ils étaient la multitude et que ces mots mutants les réincarnaient. Je n'étais à ses yeux, et aux yeux de ceux qui m'avaient porté – si je me suis illusionné quelque temps je dus me rendre à l'évidence de n'avoir été qu'un pion dans ce jeu d'échecs mondain –, que ce « petit ramoneur de rien du tout » que décrit Prévert dans *Le Roi et l'Oiseau*.

À la fin de la séance de photos je pris mon courage à deux mains et me présentai devant Robert « le bon petit diable », sollicitant de lui une dédicace. Il accepta de bon cœur, s'assit à une table du café et fit semblant d'être intimidé d'écrire devant un écrivain. Il formait lentement ses lettres à la plume de son stylo avec beaucoup d'application. Ce qui m'impressionna quand j'avais déjà pris l'habitude de signer à la va-vite d'une écriture qui empruntait beaucoup à la sténographie. Il était comme ces petits garçons en blouse grise qu'il installait dans une salle de classe de campagne derrière un pupitre. Dans la *short list* il y avait aussi François Weyergans, de loin le plus amical avec moi. Comme je lui avais dit mon intention de demander des dédicaces à Doisneau, il se traita d'idiot. Il avait bien pensé à venir avec ses livres pour recueillir un mot du maître mais il n'avait pas osé de peur, dit-il, de « passer pour un plouc ». Mon expérience de la Loire-Inférieure m'avait sur ce point désensibilisé. Doisneau s'excusait de ne pouvoir pratiquer un échange mais il promit qu'il me lirait. « Madame Sabine » lui avait dit beaucoup de bien de mon livre. Madame qui ? Azéma. Ciel, une star de cinéma.

Quelques semaines plus tard il me sollicitait pour une nouvelle séance de photos, sans le quarteron des prétendants pour qui cette histoire s'était arrêtée un lundi de novembre tandis que la mienne avait basculé dans une autre dimension faite de voyages, de rencontres, de demandes de textes pour le bulletin municipal, d'émissions de radio, de médailles d'honneur de la ville et autres gadgets. Il avait déniché à Malakoff un grand entrepôt, à la fois brocante et fournisseur de décors pour le cinéma, un formidable bric-à-brac relevant de la cache des frères Loiseau dans *Le Trésor de Rackham le Rouge*. Pendant la séance il me demandait de forcer mon regard. Un peu comme un entraîneur de foot conseillant : Muscle ton jeu, Robert (un autre Robert). Ce qui donne l'impression, cet éclair dans les yeux, que j'en ai une bien bonne à raconter. Robert Doisneau, par exemple. S'il avait tenu à ce qu'on se revoie c'est qu'il avait bien senti, par cet éloge de mes modestes, qu'on était du même bord, d'un même univers, en dépit de nos naissances lointaines en temps et en lieu, qu'il avait vu disparaître avec tristesse derrière ses objectifs et dont le monde se félicitait de la disparition au nom du progrès.

Un de mes regrets, c'est d'avoir donné toutes les photos qu'il m'avait envoyées avec un petit mot. L'une d'elles figure en couverture d'un album intitulé *Mes gens de plume*. Je pose en col roulé blanc et caban, entre Colette, Blondin et Prévert, tandis que Robert nous fixe à travers son objectif. Sans doute était-il pour quelque chose dans le choix opéré, même si je n'étais pas dupe, et que l'éditeur avait certainement misé sur le succès du Goncourt. Mais je dois à cet album un de mes plus beaux souvenirs partagés avec lui. Nous étions à l'approche de Noël, et je passais à la caisse du rayon livres de la FNAC de Montpellier. Derrière moi un client déposa sur le tapis *Mes gens de plume*, le présentant de dos de manière à faciliter le travail de la caissière en lui exposant sinon le code-barre qui n'était pas encore en vigueur, du moins le prix. Comme je reconnus le grand album cartonné dont j'avais reçu un exemplaire dédicacé par le doux maître, je le pris d'autorité et le retournai. Le client outré commençait de manifester, qui c'est celui-là, de quoi je me mêle, prêt à crier au voleur, quand je pointai du doigt ma photo en couverture : C'est moi, là. Le client et la caissière regardèrent alternativement la photo et le modèle, estomaqués, et je partis un grand sourire aux lèvres à l'idée de raconter cette « bien bonne » à Doisneau. Le genre d'histoire qui le ravissait et il cita le petit mot que je lui adressai dans une interview donnée à je ne sais plus quel magazine mais qu'il me fit envoyer, comme un bon tour qu'on avait joué tous les deux.

Quelquefois, lorsque je « montais » à Paris, il me donnait rendez-vous dans un restaurant de la Butte-aux-Cailles dont le cadre tentait lui aussi de retenir le temps passé, et dont le patron à la moustache conquérante en guidon de vélo avait dû faire ses classes au *Lapin agile*. Malgré ses penchants nostalgiques, on lisait une jeunesse éternelle dans ses yeux. Son esprit était à l'unisson. Plutôt que la cour des grands que dénonce La Bruyère, il avait définitivement choisi la cour de récréation. Les rides n'y pouvaient rien. Il lui était impossible de vieillir. À son contact, j'ai appris qu'on n'est pas condamné à endosser les sinistres privilèges de l'âge qui sont l'ordre, la raison, la désillusion, le désabusement, cette manie de donner des leçons, de tout le temps mettre en garde. Il aura conservé jusqu'au bout l'esprit d'enfance, qui est la plus efficace des jouvences. Je pense toujours à lui dans ce sens. Souvent. Même s'il se plaignait sur la fin d'être mal fichu, comme il disait. Il avait attrapé la maladie du légionnaire à force de respirer les produits toxiques des bacs de développement. Légionnaire, pour un antimilitariste comme moi, manquait plus que ça, disait-il. Il m'appela un dimanche soir à la veille d'entrer à l'hôpital. Il n'avait pas le moral, ne voyait pas la chose d'un bon œil. Après son opération, il tomba bientôt dans le coma.

Je lui dois d'avoir voyagé en première classe dans le métro. Juste avant l'abandon de cette partition qui avait des relents d'Ancien Régime : on s'entassait dans des wagons bondés tandis que les deux wagons réservés aux privilégiés étaient aux trois quarts vides. Nous allions nous engouffrer dans je ne sais plus quelle station quand il me tendit d'autorité un ticket de première : Il est temps que tu voyages comme les bourgeois. Ce fut mon seul trajet dans un wagon rouge. Après quoi on tirait un trait sur le monde de Doisneau en décrétant, le 1er août 1991, la fin des classes dans le métro.

Ma présence au kiosque était de plus en plus aléatoire à mesure qu'on s'approchait du jour fatal. Les demandes de signatures et les invitations diverses s'accéléraient. Ce qui permettait à M. le peintre maudit de me remplacer au pied levé. Il habitait une petite chambre du quartier et passait régulièrement aux nouvelles. Il avait beau attendre fiévreusement que la place se libère, quand je lui demandais ce service, il réfléchissait toujours en homme très occupé. Quel jour, dis-tu ? Il faut que je vérifie sur mon agenda. Il avait toujours une proposition d'exposition en vue. Il avait rencontré chez Marcel et Jeannine un cousin du beau-frère du jardinier de Clocher-les-Bécasses qui allait lui présenter le petit-neveu par alliance de la tante du maire. Lequel serait *a priori* très intéressé par ses gravures sur le Brésil.

M. avait tenu un bar dans les favellas de Rio pendant cinq ou six ans, et était revenu à Paris avec femme et enfant. Après que la femme l'avait mis à la porte parce qu'il ne faisait rien de ses journées, il avait repris contact avec P. et comptait sur les remplacements au kiosque pour son argent de poche. Entre-temps, il était revenu à une peinture figurative après sa période épluchures de pomme de terre et viscères de poulet, et usait d'encres de couleur pour ses lithogravures qu'il tirait chez lui, son installation occupant la moitié de sa chambre. C'était très beau. Je me souviens d'une chapelle baroque dans les tons carmin au bord d'une forêt tropicale, d'une plage du littoral à la mer d'un bleu laiteux, d'un enchevêtrement de cabanes colorées à flanc de colline. Il se ruinait en cadres pour présenter ses planches. Comme il jouait à l'homme débordé, il me réservait sa réponse pour le lendemain, même si je ne doutais pas qu'il me remplacerait le jour venu. Conventionnellement je me sentais obligé de prendre un air inquiet dans l'attente de sa réponse, écoute, essaie de te libérer, ça m'arrangerait vraiment. Tu vas où ? demandait-il. Et j'égrenais plusieurs noms de villes. Il en parlait comme si elles lui étaient familières. Il en rajoutait un peu, mais il avait aussi beaucoup vécu et voyagé.

J'étais étonné qu'il ne cherchât pas à nouer conversation avec Albert en brésilien. Sinon le minimum, bonjour, bonsoir, merci. Et quand Albert s'adressait à lui dans leur langue commune, après qu'ils m'avaient expliqué que Cariocas et Paulistas ne se mélangeaient pas, on n'était jamais sûr qu'il eût compris. Ce qui ne remettait pas en cause son séjour à Rio, Albert pensait qu'il n'y avait pas besoin d'un dictionnaire pour servir de l'alcool frelaté dans un bar de favella. En revanche il fallait être courageux. Et courageux, M. l'était. Du moins quand il ne s'agissait pas de travailler. Sinon, attraper quelqu'un par le col et le jeter à la rue, il en était parfaitement capable.

P. commençait à manifester un peu d'agacement concernant mon intermittence. J'étais un bon vendeur de journaux, honnête, consciencieux, aimable, la clientèle s'était habituée à nos personnalités, le kiosque était devenu un point de ralliement du quartier, chaque année le chiffre d'affaires augmentait, ce qui laissait espérer à P. une nouvelle mutation dans un kiosque plus huppé des beaux quartiers où la vie est plus calme et mieux rémunérée (c'est ainsi qu'il obtint la gérance de celui de la place Saint-Sulpice). L'organisation était bien rodée, il assurait le matin et moi l'après-midi, ce qui nous arrangeait l'un et l'autre, M. bouchait les trous, nous remplaçait pendant les vacances, mais l'aventure du livre bousculait ce bel ordonnancement. Même les clients se montraient un peu chamboulés. Comme ma mère, P. semblait pâtir de ce déplacement de notoriété. Le kiosque n'était plus seulement ce lieu où il se flattait d'avoir en rayon les revues les plus rares qu'on ne trouvait pas ailleurs (et qu'on renvoyait systématiquement, sauf exception), mais la succursale d'un service de presse qui m'était entièrement consacré. On lui demandait sans cesse de mes nouvelles pendant mes absences. Il prenait sur lui de répondre mais de plus en plus évasivement. On le dépossédait de ce qui était sa vie. À mon retour, les habitués me confiaient sa lassitude. Il était évident pour tout le monde que quelque chose se terminait à quoi je ne voulais pas vraiment croire, tout un pan de notre histoire commune. Et un pan plus large encore de ma vie.

Ma vie ne ressemblait déjà plus à ce qu'elle était quelques mois plus tôt. Et il ne s'agissait pas seulement de cette notoriété soudaine qui ne pouvait être que passagère. Je me préparais déjà à retomber dans un relatif anonymat dont je savais qu'il me convenait mieux. Mes quelques expériences mondaines et médiatiques m'avaient confirmé que mon attente était ailleurs. J'étais disposé à me laisser impressionner par des esprits devant lesquels je n'aurais qu'à m'incliner, mais manifestement ils n'étaient pas là. La médiocrité et la vulgarité sont le socle de ce monde. Il me faudrait voir ailleurs. Ce qui avait changé radicalement, c'est que je n'étais plus en attente de reconnaissance, une attente qui m'avait occupé près de vingt années durant. L'éditeur, les critiques, les libraires, les lecteurs, jamais je n'aurais rêvé qu'on m'offre autant. Mon ambition, calquée sur l'idée que je me faisais de la littérature dans ces années de contestation du roman, avait été de devenir un auteur loué pour son écriture, dont certains déplorent le faible écho dans le public. Ce faible écho était en ce temps l'étalon-or de la valeur poétique. Je ne sais si la position est tenable à long terme mais dans mes noires années, il me semblait que c'était ce que je pouvais viser de mieux. Un fort tirage, un accueil critique ne cadraient pas avec cette conception, la ruinaient, ce qui explique, avec un fond solitaire dont pourtant je me défends toujours, que je vivais mon aventure avec détachement.

À moins de me déconsidérer, et je n'avais aucune raison de ne pas croire ce qu'on disait de mon livre, il me fallait là aussi revoir mes jugements. Le texte était encensé et les lecteurs se multipliaient. C'était un cas de figure que je n'avais jamais envisagé, quasiment un oxymore, et sans doute que le discours à usage interne qui m'avait servi de bible (« Quelle humiliation pour un homme si orgueilleux ! La tristesse d'être compris », confia Samuel Beckett à Charles Juliet) avait été dans ma situation, avec ses exigences poétiques, le plus raisonnable, le plus accessible. Mais autre chose avait surgi de ces pages, qui échappait à mes expérimentations purement littéraires. Et cette autre chose, c'était le semblable. Cet autre pareil à moi qui se reconnaissait dans mes histoires de Loire-Inférieure, dans mon enfance brisée, dans ces tableautins de la vie rurale regardés avec condescendance par les puissants. Je n'étais plus seul. J'étais des milliers. Par une sorte d'ironie du sort, ce à quoi je m'étais appliqué, forger hautainement ma différence poétique, rejoignait la multitude en apparence la plus triviale. Je ne pouvais plus me visionner comme le Petit Chose orphelin sans moyens, sans défense, brimé par les malheurs de son existence. La vie s'était montrée plus que généreuse avec moi. Elle m'avait fait passer du côté des élus. Il serait indécent désormais de se plaindre. Sans doute pour me protéger, m'éviter de glisser, je feignais de croire que tout pourrait reprendre comme avant. Le prix irait au Favori et dès le mardi je serais de retour derrière mon étal de journaux. Mais j'étais bien le seul à me raconter ce genre d'histoire. Pour tout le monde, l'affaire était entendue. Encore un peu et on ne me reverrait plus au 101, rue de Flandre.

Il y eut un dernier jour au kiosque que j'ignorais mais qu'Albert avait pressenti. Nous étions un vendredi après-midi, l'annonce du prix était prévue pour le lundi suivant et le lendemain je devais visiter une librairie je ne sais plus où et serais donc loin de la rue de Flandre. Albert arriva tout sourire au kiosque avec le cabas noir dont il usait pour ses courses au supermarché voisin. Tandis que nous bavardions il regardait sa montre comme s'il avait un rendez-vous. Ce n'était pas dans ses manières courtoises. Quand bien même il n'aurait eu que quelques minutes pour acheter son journal et échanger trois mots, il aurait passé son temps à s'excuser de ne pouvoir rester davantage. Au lieu que là il manifestait une impatience dont il cachait le motif. Il avait sa vie que j'ignorais, et un événement particulier pouvait l'amener à suspendre dans l'urgence les règles irréprochables de son savoir-vivre. De temps en temps il se reculait, jetait un œil sur le trottoir dans la direction du métro Crimée et enfin : Les voilà, dit-il. Satisfait il tira de son sac une bouteille de champagne et quatre verres, au moment même où surgissaient P. et M. M. lança un « boa tarde » à Albert et dans la foulée : On m'a dit qu'il y avait un vernissage ici. À quoi je reconnus l'expression de sa coutumière pointe d'aigreur. S'il y avait un vernissage, c'est donc un peintre qu'on honorait. Mais une fois calmé, sa fantaisie reprenait le dessus.

Albert eut beau jurer que ça ne préjugeait pas de la suite, notre manifestation ressemblait furieusement à un pot d'adieu. Nous étions tous les quatre notre verre de champagne à la main, tandis que les habitués s'étonnaient. Un anniversaire ? M. improvisait : nous fêtions le lancement de la première revue de mots croisés ne comportant que des cases noires, ou la transformation du kiosque en théâtre de marionnettes, ou l'ajout d'un étage comportant une cellule de dégrisement pour les marchands de journaux alcooliques, et après une seconde pendant laquelle les clients envisageaient sérieusement la véracité de ses propos, il en profitait pour annoncer la date et le lieu de sa prochaine exposition. P., entre deux bouffées de sa pipe, rappelait comme il avait été difficile de m'apprendre à bien aligner les colonnes de chiffres sur les bordereaux, de sorte que j'avais eu bien raison de choisir les lettres, et nous égrenions les mille anecdotes qui avaient ponctué nos sept années rue de Flandre. Du livre il était peu question. Ni de ce qui l'attendait. Je n'avais pas envie d'en parler de toute manière, j'étais le premier à relancer nos souvenirs communs. Dans mon esprit il n'y avait rien encore de définitif. Tout dépendrait de la décision du lundi. Il serait temps alors de composer.

P. et M. se retirèrent. M. me confirma son accord pour me remplacer le lendemain. De son côté il avait réussi à s'arranger. Je l'en remerciai comme s'il m'ôtait une épine du pied. Albert se rappela qu'il n'avait pas encore pris son *Monde* et demeura encore un peu. Je le sentais hésitant, sans doute éprouvait-il plus lucidement que moi qu'une page se tournait, repoussant au plus loin ce moment où c'en serait fini de nos conversations quotidiennes. Il était à ranger la bouteille vide et les verres dans son cabas quand il en sortit une enveloppe de papier kraft, format A5, qu'il me tendit timidement en prenant mille précautions oratoires. Je devrais me montrer indulgent. Il n'était pas écrivain, ce n'était qu'une petite nouvelle, mais je comprendrais la raison pour laquelle il avait dû quitter ce Brésil qu'il adorait. Je lui promis de la lire, et quelle que soit la suite, nous prendrions du temps pour en parler, mais il eut un geste vague de la main. Ce n'était rien. Et il tourna le dos en me souhaitant bonne chance pour lundi.

J'attendis d'être dans le métro pour prendre connaissance de l'enveloppe. Elle contenait quatre feuillets dactylographiés pliés en deux qui portaient un titre : « Les larmes de Santa Luzia ». Et je commençai de lire. Nous sommes dans le Brésil de la dictature, à la fin des années soixante, après le coup d'État fomenté par l'armée pour soi-disant défendre le pays de la peste communiste. Il ne fait pas bon contester le régime. Les Escadrons de la mort sévissent et il n'est pas rare de trouver au matin le corps d'un opposant dans le caniveau. Ce peu d'empressement à évacuer son cadavre valant pour un avertissement en direction de ceux qui auraient des velléités révolutionnaires. Le *padre* Alfredo, d'origine espagnole, vicaire de la paroisse de Santa Luzia à São Paulo dans l'État de Bahia, n'est pas insensible à la théologie de la libération dont *dom* Hélder Câmara est la figure de proue. Héritier du catholicisme social, il prend le parti des humiliés qui constituent le fond de sa communauté de fidèles : pauvres, mendiants, prostituées, voleurs, dockers. Toute une humanité oubliée qui se presse sur ses bancs et n'a que la ressource de la prière et l'espérance d'un salut futur, quand le présent n'est qu'une vallée de larmes. Elle vénère sainte Lucie dont la statue richement vêtue est entourée de centaines de petites flammes qui consument jour et nuit la cire des cierges. Lucie de Syracuse, issue d'une riche famille, distribua sa part aux démunis avant de subir le martyre. Son nom vient de *lux*, la lumière, et on raconte qu'on lui arracha les yeux pour la plonger dans l'obscurité mais que la Providence les remplaça par de plus beaux encore.

L'église dont le *padre* avait la charge abritait non seulement la statue de la sainte mais un formidable trésor accumulé en son nom au fil des siècles, enfermé à triple tour dans la crypte et auquel nul n'avait accès. Et pour Alfredo il était étrange d'officier au-dessus d'un tel magot, d'inciter à la pauvreté et au dénuement quand ses ouailles n'avaient que leurs larmes à verser dans la main des percepteurs. En cette extrémité, et malgré l'intervention féroce de l'armée, il y eut un mouvement de grève sur le port. Des ouvriers se dressèrent contre le régime et manifestèrent dans les rues de São Paulo, au prix de victimes qu'on ne s'efforça pas de comptabiliser. De nombreux dockers furent arrêtés, emprisonnés, parfois torturés, et sans avocats, leur sort était réglé. Il leur faudrait longtemps avant de revoir le jour si jamais ils le revoyaient. Le bon *padre* se met alors en tête de leur éviter le pire. Il court les beaux quartiers afin d'obtenir d'avocats de renom qu'ils se chargent de leur défense. Mais ceux-ci se moquent bien de cette racaille sans le sou.

À moins de s'aligner sur leurs tarifs, qui ne se contentent pas des prières à sainte Lucie. Alfredo rentre dans sa cure démoralisé, avec le sentiment que rien ne pourra entraver la formidable machine à broyer les misérables. Après de longues nuits d'insomnie à chercher en vain une solution pour ses amis dockers, il a une vision. Il ne sait si c'est un rêve ou une hallucination, mais sainte Lucie lui apparaît, telle que sa statue la représente, en sa robe brodée d'or, un plateau à la main où sont déposés ses yeux. Mais Alfredo remarque qu'à la place des globes oculaires, il y a des diamants. Puis l'apparition s'évanouit sans qu'un mot soit prononcé. Plusieurs jours il demeura à se demander ce que le ciel avait bien voulu lui signifier quand il eut soudain une illumination. Ces diamants sur le plateau, c'était une indication, il savait où les trouver, ils étaient dans la crypte. Il avait la bénédiction de la sainte. C'est elle qui lui apportait – sur son plateau d'argent – la solution. Et Alfredo échafauda son plan. Il avait beaucoup plu sur São Paulo les jours précédents, ces violentes averses tropicales qui semblent annoncer la dilution du monde, et le toit de l'église avait fini par céder à certains endroits. Il inventa que le trésor était en danger, comme si on pouvait noyer un diamant et oxyder l'or et l'argent. De plus la crypte était bien cadenassée. À l'abri, et ce n'était pas une clé mais trois clés qui donnaient accès au trésor.

Si son supérieur hiérarchique, le curé principal de la paroisse, en avait une, la seconde était en possession du diocèse, et la troisième à la mairie. Il courut d'abord chez l'évêque lui expliquer la situation, sachant qu'il lui serait facile ensuite, avec son aval, d'obtenir la troisième. Il lui fallut beaucoup argumenter, l'évêque regardait ce prêtre espagnol avec défiance. Il devait connaître ses opinions qui n'étaient pas les siennes, mais Alfredo l'inquiéta suffisamment pour qu'il lui remît la clé. Et un mot pour la mairie. Qui ne discuta pas, impressionnée par le sceau épiscopal. Pour la première clé, Alfredo connaissait son emplacement. Suspendue derrière les chasubles dans la sacristie. Et c'est en tremblant qu'il fit céder les trois serrures et découvrit le fabuleux trésor de sainte Lucie. Il y avait de quoi défendre les miséreux des régions de Bahia et du Sertão, mais tout n'était pas solvable. Certaines pièces le dénonceraient immanquablement, aussi il s'empara des bracelets, des pendentifs, des colliers de pierres précieuses qu'il entreprit une fois dans sa chambre de dessertir de leur parure d'or. Puis il retourna les clés à ses gardiens en les rassurant, la crypte était bien étanche, et entreprit de démarcher, la peur au ventre que ceux-ci découvrent le larcin, les antiquaires de São Paulo. Ceux-ci, devant la beauté des pièces, feignaient d'ignorer leur provenance, bien que n'en pensant pas moins, et Alfredo repartait à chaque visite avec des liasses d'argent dans ses poches. Et ainsi plusieurs semaines de suite jusqu'à ce qu'il eût écoulé son butin. Grâce à quoi il paya « rubis » sur l'ongle les avocats qui obtinrent des adoucissements de peine pour leurs clients dockers et leur évitèrent le pire.

Il faut croire que les fuites ne concernaient pas que le toit, quelques mois plus tard on découvrit qu'une partie du trésor de la sainte avait été dérobée. Tous les regards se portèrent sur Alfredo qui, main sur la croix, nia en bloc. Plutôt que de pousser l'enquête plus avant, qui aurait mis en cause trop de notables, on conseilla au *padre* de rentrer sans trop tarder en Europe. Le jour de son départ il se présenta pour un dernier adieu devant la sainte qui l'avait visité en rêve et couvert de son autorité bienfaitrice. Il alluma un cierge qu'il plaça sur une pique et levant la tête pour lui témoigner les yeux dans les yeux sa gratitude, il aperçut des larmes qui roulaient doucement sur le visage ivoirin de Luzia.

Je n'avais pas beaucoup d'efforts à faire pour procéder à une transposition entre Alfredo et Albert. Même si sur le chapitre de la foi, Albert m'avait confié la raison pour laquelle il avait renoncé à la prêtrise. Il était au milieu d'un sermon quand soudain il se fit la réflexion qu'il ne croyait pas un mot de ce qu'il disait. Et il en tira honnêtement la conclusion. Sur ce point, les larmes de la sainte empruntaient davantage à la *Légende dorée* de Jacques de Voragine qu'à sa propre histoire. Mais bien sûr que c'était lui qui s'était démené pour ses amis dockers au point de risquer sa vie car le Brésil de ce temps ne plaisantait pas. Je le reconnaissais à une foule de détails. Je n'en admirais que davantage mon ami. Je comprenais aussi que sa sagesse politique était le fruit de tous ses combats, et qu'en comparaison nos querelles politiciennes, avec leurs aboiements de roquets édentés, ne valaient pas plus qu'un haussement d'épaules.

En reconnaissance du rôle qu'avait tenu Bernard Rapp dans le succès du livre, l'éditeur avait promis de donner la primeur au journal de treize heures d'Antenne 2, si le prix m'était décerné. Il ne servait à rien de m'attendre chez Drouant. Je n'y mis pour la première fois les pieds que l'année suivante où on inventa d'inviter à déjeuner l'élu de l'année précédente. C'est là que Bazin, à côté de qui je déjeunais, m'avait lancé : « Le Goncourt, c'est le pain des vieux jours » (lors d'une intervention à la prison de Douai un prisonnier dépité m'avait de même prévenu : « À Béthune, y a pas de thune ») et puis, le vin aidant, il s'était laissé aller : « Quand je suis arrivé dans le jury il n'y avait que des auteurs Gallimard, à chaque décès je m'arrangeais pour faire entrer quelqu'un d'une autre maison d'édition », et se penchant vers moi, me glissant à l'oreille, avec son air de matou matois content de son bon tour : « C'est comme ça que j'ai fait perdre des milliards à Gallimard. » Mais je n'ai pas connu l'arrivée mouvementée au restaurant de la place Gaillon qui appartient à la mythologie du prix.

J'étais dans un petit café voisin des studios d'Antenne 2 avec l'attachée de presse, la mère supérieure, la dame à la flaque, qui me parlait des cours de piano que lui donnait, enfant, Suzanne, la femme de Beckett, et comme il n'y avait pas non plus de téléviseur accroché au mur, ce qui n'était pas encore la norme dans les bars, je n'entendis pas le secrétaire général annoncer en direct le nom du vainqueur. Je fus le dernier informé de ma nomination. J'avais à peu près oublié la raison de ma présence ici, curieux d'entendre des anecdotes sur le grand Sam, quand un type entra comme un furieux dans la petite salle et me soulevant de ma chaise par les épaules, vite, c'est vous. Il me poussa hors du café où déjà m'attendait une meute de journalistes et de photographes dont j'ignorais par quel miracle instantané ils avaient appris ma présence ici, quand il n'y avait personne une demi-heure plus tôt. Je me retrouvai au milieu d'un entrelacs de perches, de micros et de caméras, les uns et les autres m'appelant par mon prénom pour que je fixe leur objectif, Jean par ici, Jean par là, me découvrant soudain une foule d'amis, tandis que mon accompagnateur nous frayait avec autorité un passage au milieu des corps qui me bousculaient, empressés d'obtenir un mot, une image. Mais pas le temps de livrer mes impressions, je devais me dépêcher de rejoindre le plateau du journal de treize heures, il me faudrait avant passer au maquillage et puis la chaîne avait la priorité.

Jusque-là il m'avait semblé que s'il survenait, je prendrais l'événement avec détachement, en spectateur de ma vie, comme je l'avais toujours été. Ce prix n'ayant jamais compté parmi mes aspirations, les contredisant même, je ne me voyais pas jouer les béats, assurant que le but d'une vie était atteint. Il était arrivé pour des raisons qui outrepassaient la simple valeur du livre. Je n'étais pas dupe et avais fini par comprendre pourquoi on m'avait convoqué en invité de la onzième heure. D'où le dépit des travailleurs de la première. Mais au milieu de la foule de visages tendus avec avidité vers moi, des questions s'inquiétant de mon état présent, des interpellations, des dizaines de photographes qui avaient dû sauter en catastrophe sur leur moto ou scooter pour être là, ma première pensée fut que ce ne serait pas aussi simple que je l'avais imaginé et que mes bonnes résolutions ne suffiraient pas à appréhender cet astéroïde médiatique qui me tombait sur la tête. Le détachement sur lequel je comptais pour affronter l'épreuve s'écroulait à la première véritable secousse. Mais pas de temps à perdre à répondre aux questions et prendre la pose. On me poussait vers le studio. Ma seconde pensée fut pour Michael Jackson dont le quotidien devait être un enfer. Au moment de la sortie de *Thriller*, j'avais été témoin de la frénésie des fans qui, au kiosque, s'arrachaient la moindre revue pour la simple raison qu'on y voyait son gant argenté ou ses chaussettes blanches.

À peine arrivé sur le plateau du journal, je demandai à appeler ma mère. Elle devait déjà être au courant, ayant appris la nouvelle devant son écran de télévision. À cette heure, treize heures, le magasin était fermé, elle n'aurait pas le prétexte d'un client à servir. Sa première réaction au moment de la sortie du livre – faire comme si de rien n'était – ne présageait pas un enthousiasme excessif, mais j'espérais discerner un grain d'émotion dans sa voix. Car ce que j'éprouvais à cet instant, c'était une immense solitude, l'avers de la lumière dans laquelle on me plongeait brutalement. Tout en redoutant son peu d'engouement j'avais envie de partager avec elle le dividende de ces longues années où elle avait assisté sans un mot de reproche à ce qui, aux yeux de tous, passait pour un acharnement pathétique. Jamais elle ne m'avait demandé de comptes, jamais elle n'avait remis en cause mon choix de vie, au lieu que d'autres me suggéraient de suivre une formation comme on en propose aux chômeurs de longue durée. Quand je lui avais annoncé que mon manuscrit était accepté par les éditions de Minuit, elle n'avait pas davantage manifesté son soulagement, comme une mère n'y croyant plus et s'autorisant enfin à faire part de ses doutes passés. Non, elle n'avait jamais douté. Elle se rappelait que pour cet envoi, je lui avais paru plus sûr de moi. Cette fois, c'est la bonne. Depuis l'enfance, elle avait toujours eu confiance en mon jugement. Ce qui reposait sur des impressions au sortir d'un examen qui se trouvaient validées, en bon ou en mauvais, par la notation reçue. Que le monde de l'édition ne partageât pas les mêmes critères que les concours académiques ne changeait rien à l'affaire. Il lui avait semblé entendre que j'étais prêt. Ce qu'avait ratifié l'éditeur. Ce qui validait son choix de me croire. Jeannot tel que je le connais.

On m'accompagna non dans un bureau où j'espérais retrouver un peu de calme, mais devant un téléphone mural devant lequel défilaient les techniciens et tout le personnel d'une émission en direct. Trois fois je fis le numéro de la maison natale, et trois fois je tombai sur la station d'épuration de Saint-Nazaire. J'avais beau m'y reprendre, je me croyais dans *Les Bijoux de la Castafiore*, victime du gag hergéen de la boucherie Sanzot. Moi qui avais pensé reprendre peu à peu mes esprits, passé les premiers moments d'effervescence, j'étais bien obligé de constater que le choc de l'annonce avait été plus rude que pressenti. Mon surmoi en miettes, qui me laissait croire que je faisais face, j'en oubliais le seul numéro que je connaissais par cœur. En dépit des rajouts successifs liés à la modernisation du réseau, il avait gardé depuis l'enfance ce 21 terminal grâce auquel nous communiquions jadis avec la standardiste des PTT pour demander le 13 à Riaillé, par exemple (le numéro des grands-parents maternels). J'aurais pu le demander à mes sœurs mais ce n'est pas à elles que je tenais à donner la primeur. Je n'eus d'autre ressource que d'appeler les renseignements. Je ne sais plus quel chiffre me conduisait à la station d'épuration (les deux numéros étaient effectivement voisins), mais il y avait une sorte d'acte manqué qui traduisait sans doute en ce moment paroxystique le peu de communication entre ma mère et moi. Et ce que ça disait, c'était qu'il était sans doute trop tard pour s'y mettre. Je n'ai pas souvenir de ce que nous nous sommes dit. Mais pressé par le temps ce fut nécessairement rapide, et il n'y eut pas d'effusion, pas de larmes d'émotion. Je promis sans doute de rappeler à un moment plus tranquille.

Quand je revins, un peu troublé par ce défaut de mémoire, Bernard Rapp et sa collaboratrice étaient là à m'attendre, presque anonymement dans les coulisses du journal télévisé, camouflés dans les plis d'un grand rideau noir, un large sourire aux lèvres, sincèrement heureux de cette récompense, et moi heureux de les découvrir après la bousculade et le dérapage de mon esprit, trouvant enfin dans leur accueil plein de chaleur un reposoir. C'étaient les premières figures amicales que je voyais. Nous savions tous les trois le rôle qu'avait joué la première de « Caractères » dans cette attribution. Comme si nous partagions un secret d'initiés. La morale de l'histoire, c'est que j'avais plus à partager avec eux qu'avec ma mère.

Il me réinvita trois ans plus tard sur son plateau littéraire, après quoi, comme à son habitude de ne pas s'éterniser, s'encroûter, il passa à autre chose. Sans m'oublier. Il me proposa ainsi de contribuer à sa série sur les écrivains du XXe siècle, de choisir un auteur dans la liste établie par un pêle-mêle d'experts dont on ne discutera pas de la compétence. La série touchant à sa fin, il ne restait plus qu'une poignée de noms. La plupart m'intéressaient peu et si l'on y trouvait encore Claude Simon, c'est qu'il se montrait d'une telle exigence maniaque qu'il décourageait les prétendants. J'aurais pu ainsi rembourser une partie de ma dette envers son œuvre mais me restait en travers de la gorge la lettre qu'il m'avait écrite, après que l'éditeur eut suggéré de lui envoyer un exemplaire dédicacé de mes *Champs d'honneur*. Des articles sur le livre mentionnaient son nom. L'association venait assez spontanément à l'esprit des critiques dès lors qu'était posée l'équation : éditions de Minuit + guerre. Ce qui n'était pas nécessairement du goût de l'ombrageux seigneur de Salses. Mieux valait peut-être prendre prudemment les devants. Ou est-ce qu'ils en avaient déjà parlé ensemble ?

Mais c'est ainsi que je reçus la lettre d'un prix Nobel. Dès l'introduction protocolaire, digne d'un instituteur de la Troisième République, il n'était pas difficile de comprendre que l'auteur s'acquittait d'un pensum dans le seul but de ne pas vexer son éditeur qui, par une quelconque aberration, se trouvait être aussi le mien. Il approuvait les pages sur la pluie, s'attardant plus particulièrement sur les pointes cloutées de l'eau sur les feuilles des arbres en quoi il voyait un « chef-d'œuvre » (quand ce n'était qu'une restitution besogneuse d'autant plus fantasmatique que ma myopie était bien incapable de rendre compte du phénomène), et bien vite s'acharnait sur un de mes passages préférés, lorsque la tante Marie, perdant la tête après la mort de son neveu-notre-père, plongeait sa serviette dans son assiette de soupe et allait l'étendre consciencieusement sur le téléviseur tout neuf – l'un des premiers de la commune – de l'oncle Émile, alias Rémi dans le texte. Cette scène grandguignolesque qui avait conduit à son internement, « chez les fous », comme on disait alors, je n'en avais pas été directement témoin, c'est l'oncle Émile qui nous l'avait racontée. La restituer avait été pour moi, non une parenthèse comique, mais un moment de pure compassion pour notre vieille tante dont la vie pieuse, irréprochable, d'une droiture exemplaire, ébranlée par l'impensable, la mort de son neveu, s'était abîmée dans un ultime lâcher-prise de son esprit. Ce que désapprouvait le primé de Stockholm dont la pitié n'était pas le fort et qui y voyait sans doute un gage de sensiblerie.

Il terminait sa missive par une pirouette du genre, je dis ça, je ne dis rien, et chacun fait comme il l'entend, s'acquittant ainsi par un bon débarras de son exercice imposé. Sur quoi, moi qui avais été son ardent propagandiste au kiosque, au point que certains clients dont Albert, conquis par mes arguments, étaient venus me féliciter lorsqu'il avait été consacré par le Nobel, je déchirai sa lettre en petits morceaux et les jetai au panier en les laissant tomber un à un comme des cendres. Il m'arrive de regretter mon geste. Je la lirais autrement aujourd'hui. Et même avec un sourire aux lèvres, me disant que le vieil empereur Claude avait encore toute sa morgue. Ce qui au fond me plaît mieux qu'un dithyrambe de commande. Mais peut-être que mon souvenir a déformé sa teneur. J'ai eu l'occasion de le vérifier avec la première lettre de l'éditeur que je reçus après l'envoi de *Préhistoire* et dont je racontais de bonne foi qu'elle ne disait rien d'autre que puisque j'étais parisien, si je n'avais rien de mieux à faire, que je passe le voir, jusqu'à ce que vingt-cinq ans après, la relisant, je découvre que ça n'y était même pas. Qu'il avait discerné « l'amorce d'une œuvre forte » et qu'il était disposé à en discuter avec moi. Mais impossible aujourd'hui de relire la lettre de Claude Simon, à moins que ses archives en conservent un double, dont je pourrais toujours douter qu'il ait repris mot pour mot la missive qui me causa cet accès de dépit et ce geste de mauvaise humeur.

Donc non, pas Claude Simon pour Bernard Rapp. Il y avait bien parmi les restants de la liste de ce « Siècle d'écrivains » Georges Perros, dont le *Poème bleu* avait beaucoup compté pour moi, non seulement poétiquement aussi dans mon choix de vie, mais on me l'avait retiré. À peine avais-je suggéré son nom et commencé à travailler sur un portrait du grand ami de Gérard Philipe qu'on me signalait qu'il n'était plus disponible, un plus qualifié que moi se chargeant de son portrait. Plus qualifié, j'en convenais sans peine, ce qui m'arrangeait au fond, Perros ne figurant pas dans la garde rapprochée de mes favoris, mais il m'avait aidé à prendre une décision importante. J'avais retenu qu'il avait quitté un jour Meudon sur sa moto pour rejoindre la femme aimée et ses trois enfants à Douarnenez. Je le fis pour une mère de deux enfants. J'allais me retirer du projet quand dans un éclair s'imposa le nom de René Guy Cadou, lequel ne figurait pas dans la liste mais ne déparerait pas à côté de certains élus. Nous étions tous deux natifs de « ce pays sans charme » comme il l'écrit, où il avait passé sa courte vie. Nous avions tous deux habité ces « grandes maisons tristes / Appuyées à la nuit comme de hauts vaisseliers ». Tous deux orphelins. Peu en cour, méprisé pour sa poésie délicate et rurale, c'était l'occasion de lui rendre hommage quand j'avais hésité à le nommer parmi mes lectures. Et je saurais bien mieux parler de notre ciel humide que du vent catalan.

Son malheur avait été de naître plus de vingt ans après les maîtres du surréalisme. Le terrain poétique encombré et pour longtemps par ces hautes figures lui avait laissé peu de place pour s'exprimer. Sa petite voix bucolique et sensible peinant à couvrir le vacarme ravageur de la bande à Breton. Après un bref séjour à Paris pour tenter de convaincre les éditeurs, en vain, il se repliait de guerre lasse avec sa jeune épouse, poète comme lui, dans une école de campagne, à Louisfert, au nord de Nantes, où il devait mourir, la craie à la main, à trente et un ans d'un cancer, et peut-être d'amertume et de solitude. « La nuit j'entends tomber / Ce sont les pierres qui se détachent des années. » Bénéficiant de quatre ou cinq places supplémentaires pour les électrons libres et les recalés du siècle, Bernard Rapp accepta ma proposition. Grâce à quoi, avant que ne débute le tournage, je fis la connaissance d'Hélène, inspiratrice et dédicataire de *Hélène ou le règne végétal*. Imaginez. Vous faites un film sur Ronsard et vous rencontrez Cassandre. Cassandre en tailleur fuchsia, cheveux de jais tirés en arrière, allure retenue et regard malicieux.

Rapp s'était réservé la dernière émission de la série qu'il consacrait à un auteur de son invention dont l'œuvre aurait dévalé tout le XXe siècle pour en avoir croisé les événements marquants, de la Première Guerre mondiale à Mai 68. Il me proposait d'évoquer son premier roman, souvenir des tranchées, qui était censé m'avoir inspiré. L'exercice était singulier. Pas plus que je ne sais raconter des histoires je ne mens avec conviction. Mais pour lui, pour tout ce que je lui devais, j'acceptai de jouer le jeu.

J'inventai un titre et prétendis même, lors de l'interview filmée dans les jardins du Luxembourg, en avoir repris quelques lignes *in extenso* dans mes *Champs d'honneur*. J'en parlai avec conviction au point que j'avais presque fini par y croire. Il faisait beau, nous étions à l'abri des grands arbres, l'ambiance était amicale. Bernard Rapp étrennait avec bonheur et gourmandise son nouveau métier de « réal » comme il disait. Tristement, nous ne l'aurons pas vu vieillir.

On trouve, mis en ligne par un ami qui me fit découvrir Harar après m'avoir invité au lycée d'Addis-Abeba en Éthiopie (grâce à quoi je lui dois dix ans plus tard *La Constellation Rimbaud*), un petit film chiné sur le site de l'INA où, d'un air las qui cherche à peine à donner le change, je réponds pour la énième fois de la journée aux questions d'un journaliste. On sent que l'exercice commence à me peser, que la fatigue aidant, je n'y accorde plus grand intérêt. Convoqué pour assister en direct à la transmutation de la citrouille en carrosse, du marchand de journaux en prix Goncourt, les médias se bousculent pour juger en direct, rue Bernard-Palissy où l'on m'a installé au dernier étage dans le bureau de l'attachée de presse, de l'effet produit. Si j'en crois la vidéo, ce ton désabusé, l'effet n'est pas celui escompté d'un marchand de journaux plus ravi de la crèche que nature. Mon interlocuteur s'inquiète à l'idée que je me laisse pervertir par le milieu, en clair que j'abandonne ma défroque prolétarienne pour la vêture du mondain. À quoi je réplique que peut-être (pour ne paraître trop contrariant) mais qu'il « va y avoir du boulot ». Depuis la réception chez la Dame du Perrier, mon opinion est faite. La journée de la remise du prix a été longue, qui se terminera par un cocktail au restaurant de l'éditeur, suivi d'une exfiltration à la sauvette dans la voiture d'un amateur d'art, commissaire-priseur peut-être, ceci afin d'échapper aux paparazzi qui tiennent absolument à photographier ma fin de soirée. C'est une journaliste qui organise le rapt. Il y eut ensuite un dîner chez l'amateur, faussement improvisé puisque s'y trouvent un réalisateur et deux ou trois têtes d'affiche alléchés sans doute par l'exhibition du Hottentot, autant de personnalités dont je n'ai plus jamais entendu parler. J'imagine que je pris le métro pour rentrer dans le 18ᵉ où je logeais.

Sitôt la séance sur le plateau du journal télévisé de treize heures où je me rappelle avoir cité une chanson d'Alain Chamfort : « Souris puisque c'est grave », sans doute parce que le présentateur avait pointé comme Alfred les notes d'humour dans un livre où les morts abondent, l'éditeur était venu me récupérer au studio d'Antenne 2 et nous avions traversé Paris en taxi, tous deux assis sur la banquette arrière, direction la maison d'édition où m'attendait la presse. De ce moment, je savais déjà que je ne vendrais plus de journaux, que ma première vie s'arrêtait à cette proclamation de François Nourissier dans les salons du restaurant Drouant, qui était à la fois un acte de naissance et un faire-part de décès. Et ce que j'entrevoyais de ma vie future, passé les premiers étourdissements, ne m'apportait aucune joie. Si la publication avait apaisé cette attente d'une reconnaissance littéraire, le succès n'y ajoutait rien, et je commençais même à entrevoir qu'il l'entachait.

Tandis que nous roulions le long des quais, l'éditeur me détaillait le programme des réjouissances. Ayant déjà connu la faveur du Goncourt avec *L'Amant* de Marguerite Duras, il parlait selon l'expérience qu'il en avait. Pour lui il s'agissait de garder l'image d'une maison d'édition littéraire, pas question de verser dans le grand cirque médiatique. C'était si peu son genre qu'il ne risquait rien pour lui-même, mais il veillait à ce que ses auteurs n'en subissent pas l'attraction et les contrariétés. Ce qui m'arrangeait bien. Je n'avais nullement l'intention d'abandonner sur le bas-côté celui qui m'avait accompagné pendant ces trente-sept années de ma vie. C'est bien à lui que je devais d'être là. À cette somme de chagrins, de désillusions, à cet acharnement à y croire encore, à ces chemins de traverse qui le conduisaient de plus en plus loin de la grand-route. Même si je pouvais redouter que la suite me mît littéralement hors de moi, je comptais bien l'emmener avec moi, ce piéton de l'ombre projeté soudain dans la lumière. Je veillerais à ne pas l'oublier. À ne pas m'oublier.

L'après-midi serait consacré aux interviews dont les bénéficiaires avaient été triés par l'éditeur et l'attachée de presse, mais pour la suite il n'était pas question de tout accepter. Tout passerait par son approbation. J'ai profité souvent de son refus hautain pour me dégager de certaines obligations, de certaines tentations. L'austérité quasi janséniste de Minuit en imposait alors dans tout le monde de l'édition, forçait le respect. L'éditeur intimidait par son indépendance, ses reparties cinglantes et ses prises de position inattendues, comme celle d'appeler à voter de Gaulle après avoir défendu le FLN et les porteurs de valise. Cette autorité pouvait se révéler à la longue étouffante, voire éprouvante, d'où la nécessité ressentie à chaque rebuffade de s'en dégager pour aborder à d'autres rives.

De ce voyage jusqu'à la rue Bernard-Palissy, écoutant distraitement l'éditeur soliloquer, j'ai gardé cette image de moi pensif, regardant à travers la vitre de la voiture, reprenant peu à peu mes esprits, renouant avec une réalité intime qui avait déjà pris ses distances avec le brouhaha médiatique. Mais quel paysage inconnu soudain sous mes yeux. Pour tous ceux qui suivaient l'événement je vivais un conte de fées, on me l'a si souvent renvoyé, comme si le livre n'y était pour rien, et moi tenu d'acquiescer, de remercier la fée Clochette et sa baguette magique semeuse d'étoiles. J'en avais terminé avec les « petits boulots » et la précarité, l'argent serait là, mais pour le reste, ce qu'on appelle au sens large la vie, mon bilan était désolant. Accaparé par mon désir d'écriture, j'avais négligé beaucoup de ces choses qui donnent du goût à l'existence et que j'avais fait passer en second. On verrait plus tard. Ou pas, si le sort ne m'était pas favorable. Cette mise en garde de ne pas passer à côté de choses plus essentielles, ce risque de s'enfermer dans une vaine quête de la forme et de la reconnaissance, je les tenais pourtant de Flaubert lui-même. Dans une lettre à sa nièce Caroline qui lui annonce attendre un enfant, il se lamente d'avoir perdu sa vie penché sur son écritoire. Les bateliers naviguant sur la Seine pouvaient en témoigner, qui tard dans la nuit distinguaient une lumière au premier étage du pavillon de Croisset où le maître s'arrachait ses derniers cheveux pour avoir repéré à dix lignes d'intervalle un doublon. À présent il se sentait vieux, seul, sa mère était morte, et mort Louis Bouilhet, son fidèle camarade du collège royal de Caen. On ressent l'abattement, la remise en cause profonde de quarante ans de labeur acharné, et à la jeune femme qu'il avait élevée petite à la mort de sa mère qui était sa sœur bien-aimée, il lâche cette réponse dévastatrice : « C'est toi qui es dans le vrai. » Autrement dit, et venant de Flaubert, la formule sonne comme un désaveu de toute son existence : le vrai, c'est la vie, c'est l'enfant, la poursuite de ce grand fleuve des vivants, ce n'est pas l'écriture. À son exemple je m'étais oublié et j'étais cette même personne peu douée pour les réjouissances qui allait devoir se confronter à cette vie inédite après s'en être tenue à l'écart pendant tous ces années d'apprentissage, de labeur, de déceptions. En même temps que mes esprits la mélancolie revenait à flots dans le taxi. Un sentiment que je connais bien et qui a tendance à prendre ses distances avec le monde. Ce qui n'est pas inutile dans certaines circonstances. Le soir, répondant au journaliste sur sa crainte que je ne bascule du côté de la force, c'est-à-dire du milieu, je constate que l'ouragan s'est déjà éloigné. D'où ce petit air désabusé, un rien narquois qui semble signifier « à d'autres mais pas à moi ».

Nous étions convenus avec l'éditeur que le lendemain, je resterais cloîtré chez moi, ne répondant qu'aux sollicitations provenant de la maison. L'incarcération commençait. Ce mardi qui suivit la proclamation du prix et que je passai à côté de l'appareil téléphonique, traversant la journée d'un coup de fil à l'autre, fut pour moi le plus étrange de cette aventure du Goncourt. Ce mardi m'est apparu comme le samedi dans la passion du Christ. Un trou noir dont on ne sait s'il débouchera sur la décomposition du corps ou sa résurrection. Je fus aimable au téléphone, parlai sans réserve du kiosque pour bien montrer que je ne reniais rien, ce à quoi visiblement mes interlocuteurs tenaient de crainte d'avoir affaire à un ingrat. En quoi je n'avais aucun mérite, quatre jours plus tôt j'étais encore à mon poste de vigie au 101, rue de Flandre, et je me permis même de signaler à une journaliste que nous avions des problèmes de réassort avec son magazine. Si elle y pouvait quelque chose. On avait déjà oublié le livre derrière mon histoire. Si le prix était allé au Favori nul ne se serait inquiété de mon état d'esprit au moment de regagner le kiosque. Le temps aurait passé, on m'aurait oublié et j'aurais attendu la parution prochaine pour émerger à nouveau de mon antre à journaux.

Deux mois plus tard, sans donner de nouvelles à qui que ce soit – ma mère n'apprit que longtemps après où je vivais –, je quittai clandestinement Paris avec ma guitare et un sac contenant un maigre rechange et quatre livres, la même guitare, le même sac et les mêmes quatre livres qui m'avaient accompagné de Nantes à la capitale. Je laissais derrière moi une femme éplorée, choquée, en colère, et un chat. Je laissais derrière moi toutes ces années à tenter de faire reconnaître un talent que j'étais le seul à m'accorder jusqu'à ce que l'éditeur me rattrape *in extremis* par les cheveux au moment où j'allais me noyer, c'est-à-dire noyer mes prétentions dans une vie de renoncement en me promettant de ne pas verser dans l'amertume. Je laissais derrière moi mon compagnonnage avec les tombes et leurs hôtes. J'avais payé mon tribut en témoignant pour mes disparus. Cette façon de tourner brutalement la page trouvait un écho dans l'actualité du monde. J'embarquai gare de Lyon le soir de l'expiration de l'ultimatum donné à Saddam Hussein par les Occidentaux pour évacuer le

Koweït qu'il avait envahi quelques semaines plus tôt, et nul n'était en mesure de prévoir sa réaction. On parlait d'attentats possibles dans les trains, de gaz lâché dans le métro comme il l'avait utilisé contre les villages kurdes, « on », c'est-à-dire la propagande, et le monde retenait son souffle. Dans les faits il ne se passa rien de tel. Sans doute n'en avait-il pas les moyens. Il n'avait même pas les armes chimiques qui furent le prétexte de la seconde invasion de l'Irak, laquelle lui fut cette fois fatale. Mais cette rime tragique à mon séisme de vie était encore pour moi un signe, signe que l'urgence désormais était de donner la priorité au bonheur, et ce n'était pas Saddam Hussein qui allait m'en empêcher. Je rejoignais celle qui deviendrait la mère de ma fille rencontrée à peine deux mois plus tôt.

Me découvrant régulièrement dans la position du gisant, mains croisées sur la poitrine sur le divan installé à côté de ma machine à écrire, elle imagina que la seule façon de me sortir de ma mélancolie serait d'avoir un enfant. La littérature peut beaucoup. C'est par l'exemple de Georges Perros que j'étais venu jusqu'à elle, et là, sans la phrase de l'ermite de Croisset, peut-être aurais-je demandé un délai, le temps de me familiariser avec cette idée, mais là c'était tout réfléchi : « C'est toi qui es dans le vrai. » J'assistai à la naissance de la « vérité » un 28 avril 1993 dans la chambre d'une maternité de Montpellier. Le gynécologue-obstétricien qui avait aidé à l'accouchement me tendit la « vérité » emmitouflée d'une serviette. Je la pris maladroitement dans mes bras, impressionné, démuni devant cette apparition au petit visage rouge chiffonné, aux petits yeux fermés et gonflés, aux minuscules poings serrés, n'ayant que la ressource de lui parler, de lui parler encore et encore, l'assurant que je serais toujours là pour elle. La chambre se remplissait bientôt de connaissances, on déboucha une bouteille de champagne et on offrit un verre à la maman encore sous le choc de l'accouchement sous péridurale. Quelques semaines plus tard, elle demandait que notre fille fût baptisée. Ce qui avait du sens pour elle. Croyante sincère, bien que non pratiquante, il lui arrivait de ponctuer certaines conversations par des formules littéralement désarmantes : « Dieu est fort tout de même », ou bien, face au déroulement inattendu d'un événement : « Dieu est le plus grand metteur en scène. » En quoi, ayant consacré sa vie au théâtre, elle savait de quoi elle parlait. Mais cette intrusion du divin avait quelque chose de troublant dans un environnement qui l'avait totalement expurgé. Elle était bien la seule à l'exprimer aussi ouvertement, sans se sentir obligée de s'excuser par avance. Ce qui sans doute me conduisit à ne pas complètement couper les ponts avec mon enfance pieuse, d'autant qu'elle insistait sur la nécessité de trouver en soi sa « part divine ». Ce carré de grâce enfoui en chacun et qui se révèle d'un grand secours quand on se laisse emporter par les contrariétés et les vexations qui jalonnent une existence.

Mon héritage catholique de Loire-Inférieure avait beaucoup exigé, beaucoup pesé. M'en extirper avait demandé un long travail d'effacement et de reniement, et je renâclais à l'idée de replonger dans les scènes d'une autre époque de mon enfance. À cette seule pensée, je revoyais l'église monumentale de Campbon et les fonts à gauche du porche d'entrée ouvrant sur la grande nef, la large vasque ouvragée et son pesant couvercle de métal doré, la famille endimanchée tendant le nouveau-né au prêtre, celui-ci déversant sur son front quelques gouttes de l'eau baptismale, lesquelles suffisent à réveiller ses pleurs, les paroles de circonstance, un peu niaises, sur son avenir d'enfant de Dieu, les boîtes de dragées marquées à son prénom, les cloches à toute volée, et chez l'oncle Émile, horloger-bijoutier, les petites chaînes en or et les médailles à l'effigie de la Vierge, d'un saint ou d'une sainte martyre. Mais après ce cadeau offert de la « vérité », c'était bien le moins d'accéder à son souhait. Se posait alors la question du parrain. Avec Albert, nous communiquions de loin en loin par courrier. La relation se distendait. Ce qui l'avait construite, ce rituel du kiosque, n'était plus là pour l'entretenir. La bonne volonté et les promesses de se revoir ne suffisent pas quand les vies bifurquent. Je lui proposai néanmoins, en souvenir de ses leçons de sagesse, de devenir le parrain de ma fille. Il se montra prudent dans sa réponse, argumenta sur les conséquences d'un tel engagement, et je compris qu'il préférait ne pas, comme dit Bartleby. Je n'insistai pas, ce qui mit un terme à nos échanges.

L'occasion de retrouvailles se présenta vingt-cinq ans plus tard alors que j'étais redevenu parisien. Lors du montage du film sur René Guy Cadou pour la série de Bernard Rapp, « Écrivains du XXe siècle », j'avais rencontré une jeune productrice qui, suite à cette expérience, avait décidé de créer sa propre maison et m'avait invité à la suivre. Je n'eus pas à hésiter longtemps tant intellectuellement elle faisait la différence avec le milieu. Nous avions enchaîné avec un documentaire sur Carnac et ses alignements, et un autre sur Bibracte, la cité des Éduens, au sommet du mont Beuvray, au cœur du Morvan, où César écrivit sa *Guerre des Gaules*. On échafaudait d'autres projets quand elle fit la rencontre de son époux qui se trouvait être de la famille d'Albert. Bien que plus jeune que mon ami du kiosque, il avait aussi connu le château de Rosny et les derniers fastes de la famille. Nous en avions parlé ensemble et j'en savais presque plus long que lui. Lui non plus n'avait pas de nouvelles d'Albert, qui était un cousin éloigné. Mais il proposa de partir à sa recherche et, si nous en étions tous d'accord, d'organiser un dîner. Quelques semaines plus tard on m'annonçait la bonne nouvelle. J'allais revoir mon ancien complice de la rue de Flandre.

Comme je sortais du métro à Wagram dans la nuit tombée, je reconnus la silhouette familière semblant marcher contre le vent, l'imper Burberry et la casquette de tweed. Ce ne pouvait être que lui mais je pris mon temps avant de revenir à sa hauteur, le suivant à distance, veillant à bien m'assurer de ne pas me tromper avant de l'aborder quand il y avait peu de chances d'en trouver deux semblables. Sans doute aussi craignais-je que nos retrouvailles n'altèrent mon souvenir. De profil il semblait ne pas avoir tellement changé bien qu'il dût approcher des quatre-vingts ans. Comme autrefois, il retira son gant pour me serrer la main. Et nous reprîmes un peu intimidés notre conversation. Après m'être enquis de sa santé – il allait bien – je lui demandai d'emblée s'il habitait toujours le quartier de Flandre, désireux aussi de recevoir par lui des nouvelles des uns et des autres, mais il me confia en avoir déménagé et s'être rapproché de ses amis brésiliens dans le 5e arrondissement, ce qui était un grand changement. Sur ce nous arrivâmes ensemble à notre lieu de rendez-vous.

À mesure que la soirée passait, il fallut bien se rendre à l'évidence. Nous ne retrouvions plus notre ancienne complicité. Il n'était plus tout à fait le même. Plus à cet endroit qui était le sien et qui m'impressionnait, en équilibre entre l'idée de justice et l'état présent du monde, avec cette façon dans son argumentation de donner à voir le revers en même temps que l'endroit, sans jamais cependant renier ses engagements, quand au nom de la *realpolitik* ils étaient nombreux au cours de ces mêmes années à s'asseoir dessus. Les commentaires de table ne sortaient pas du registre des remarques convenues où l'on cherche plutôt la concorde que l'esclandre. On s'ennuyait sans trop se l'avouer. Après avoir exposé les raisons qui l'avaient poussé à quitter le quartier de Flandre il confia au cours du repas avoir renoué avec son milieu familial du faubourg Saint-Germain, ce qui était déjà une première explication à cette distance qu'il manifestait, comme s'il avait réendossé en même temps la posture un brin hautaine des maîtres. Il n'était effectivement plus au même endroit. Après que les deux cousins eurent évoqué avec regret et dépit la mise à l'encan du château de Rosny par une société japonaise, la conversation filant, le ton monta à propos d'une mesure gouvernementale visant les aides sociales. Et là soudain il se lâcha. Je l'entendis avec stupeur, lui l'apôtre des pauvres de jadis, l'homme sage et droit de mes sept années au kiosque, s'indigner de manière véhémente de la foule des assistés qui vivaient aux crochets de l'État, et on parlait bien de ces gens vivant de rien, qui ne savent jamais comment finir le mois, à qui on concède quelques euros à réinjecter dans le circuit comme des jetons dans une machine à sous. C'est-à-dire le discours le plus réactionnaire, venu en droite ligne de l'école de Chicago et des monétaristes, repris ici par de petites gouapes ambitieuses et sans scrupules, qui gomme d'un trait comptable la fonction première de l'État qui est de peser de l'autre côté de la balance à profits pour assurer à chacun une vie digne.

Je fus abasourdi. J'en aurais avalé de travers. En souvenir de jadis, je me retins de lui rappeler que ses rentes l'avaient dispensé de jamais travailler, qu'il avait vécu toute sa vie du labeur des autres, question que nous n'avions jamais abordée au kiosque, même si elle m'avait effleuré quelquefois. À mes yeux, son engagement sincère le dédouanait de ses manigances de boursicoteur. Mais il faut croire qu'on ne joue pas impunément à ce genre de jeu. Que l'espoir d'un gain meilleur finit par l'emporter sur toute autre considération. Il me restait pour sauver notre mémoire commune à accuser en silence le naufrage de la vieillesse. Ou ce ralliement de classe était-il la rançon à payer pour le retour du vieil enfant prodigue au bercail ? Sans doute avait-il trop attendu, trop puisé dans ses réserves avant d'opérer ce revirement fracassant. Qui sait ce que lui avait coûté de s'arracher au nid doré qui l'avait vu naître du bon côté de la rue de Grenelle, quand les temps poussaient à plus d'équité dans le monde, au nom de quoi il avait engagé sa vie sous le double signe du socialisme et de l'Évangile. Après une vie de lutte à rebrousse-poil de son milieu, il avait fini par rendre les armes, rattrapé par ce tendeur puissant de l'enfance, son exquise courtoisie davantage à sa place parmi les siens quand elle cédait de tous côtés sous les coups de boutoir d'une vulgarité acceptée, enseignée, au point d'épouser en repentance de ses errements passés les préjugés de sa caste.

J'en aurais pleuré. La conversation n'avait plus de raison de s'éterniser et nous nous séparâmes en nous félicitant de ce dîner, mais les formules étaient creuses, fausses, et nous savions l'un et l'autre, en dépit des promesses d'une autre fois, qu'il n'y aurait pas de suite. Il avait commandé un taxi et je déclinai son invitation, arguant que me déposer lui occasionnerait un trop grand détour. Et comme il était encore temps pour un dernier métro, je prétextai l'heure et me dépêchai de rejoindre la station. En réalité, je traînai le pas, déçu, triste, amer, comme si un pan de ma vie s'était écroulé, longeant tête baissée la rue Alphonse-de-Neuville dont j'étais certainement un des rares à connaître l'histoire, jeune peintre aux armées bien décidé à tirer de cette campagne contre les Prussiens de grands tableaux héroïques qui feraient de lui un nouveau Meissonier, et au retour rapportant dans sa besace les croquis moins glorieux de la débâcle de 1870 et, dans la foulée, du carnage de la Commune. Arrivé trop tard, découvrant les grilles fermées, je choisis de rentrer à pied, espérant mettre un peu d'ordre dans mes pensées chahutées. La nuit était fraîche, et je n'aurais pas trop d'une longue marche dans Paris désert pour me débarrasser d'un sentiment de malaise qui ne m'avait pas quitté de la soirée.

Ruminant ma déception je retournai contre moi ce que je lui reprochais : qu'est-ce que j'avais fait moi de toutes ces années que j'aurais pu opposer à son renoncement, à sa trahison ? Le succès et l'argent m'étaient tombés momentanément dessus, pour autant les avais-je mis à la disposition des démunis ? De temps en temps, mais je me rappelai une de mes hontes, au cours d'une soirée provinciale alors que je vivais financièrement les deux ou trois années fastes de ma vie, une réunion improbable composée uniquement d'hommes d'affaires, de directeurs de cliniques, de laboratoires d'analyses. La raison de ma présence est encore mystérieuse, sans doute de ma part la curiosité, de la leur le besoin d'une touche fantaisiste pour donner un peu de piment à leurs conversations rituelles. Un convive, dont plus tard j'appris qu'on le soupçonnait d'avoir mis le feu lui-même à son entreprise pour toucher l'argent de l'assurance, avait lancé qu'autour de cette table il présupposait que nous étions tous assujettis à l'ISF, l'impôt sur la fortune. Ce qui visiblement était pour lui, bien qu'il combattît farouchement la mesure, un signe de haute distinction. Celui-là ne savait rien de ma condition, et surtout pas que j'avais attendu d'avoir trente-neuf ans avant de passer sous le collimateur du fisc, mais sur le coup je fus secrètement flatté d'appartenir à ce cercle de parvenus que dessinait, non une exigence de qualité intellectuelle ou morale, mais une vulgaire tranche d'imposition. Même si ce désir d'appartenance à un groupe, je vois bien qu'il fut une constante de ma vie solitaire. Fatigue de ne devoir compter que sur soi, d'avoir à se débrouiller seul. On regarde avec envie les « familles » d'intérêt ou de classe, ou d'amitié, et on désespère de ne faire partie d'aucune. Là, sous le sceau infamant de la fortune, toute provisoire pour moi, on m'accueillait.

Sortant de la soirée je me sentis honteux, renégat, d'avoir acquiescé à cette tablée de notables, au demeurant sympathiques pour la plupart, ayant éprouvé combien il était facile, pourvu qu'on en ait les moyens, de basculer au versant des nantis, bien décidé à ne plus me laisser embarquer dans cette foire d'argent qui n'avait jamais constitué un objectif, ni pour moi ni pour les miens. Hormis cette faiblesse momentanée de vanité, de lassitude aussi liée à une vie d'errance, sur ce point je n'avais pas renié mon camp. Mais était-ce simplement d'être né du côté des sans-voix ? Mon mérite ne tenait-il qu'à cette naissance modeste ? Auquel cas, quel mérite ? Albert aussi à sa façon, renouant avec la rue de Grenelle, témoignait de sa fidélité à ses origines. Sur ce point, la différence entre lui et moi ne tenait qu'au hasard de la naissance. Et il m'avait sans doute été plus facile de ne pas dévier de ma ligne de vie, n'ayant jamais eu vraiment à la quitter. Ce ne sont pas les hochets mondains et les convoitises du pouvoir qui risquaient de m'en détourner. Le pourcentage d'esprits médiocres y est supérieur à la moyenne. Quand bien même ses propos m'avaient blessé, lui s'était courageusement battu au nom de la justice, au nom des misérables. Pour eux il avait bravé la police brésilienne à qui tout était permis, torture et assassinat, sa hiérarchie qui risquait de le dénoncer au régime, l'appareil judiciaire entièrement inféodé à la junte militaire. Il lui avait fallu aussi infléchir sa morale pour s'improviser menteur, voleur, roublard, receleur. Grâce à quoi il avait déposé aux pieds des avocats de quoi défendre ses amis dockers.

J'aurais dû être plus vigilant ce dernier jour au kiosque où il me remit avec humilité sa nouvelle. Il avait pressenti, lui, que de ce moment ma vie allait se passer ailleurs, que c'en était terminé de notre compagnonnage de sept années, de mon long chemin d'obscurité. Moi qui vois des signes partout, j'avais raté celui-ci. Sainte Lucie se fête le 13 décembre, qui est la nuit de ma naissance. Ce qu'Albert ignorait bien sûr. Mais on connaît la puissance de ce que faute de mieux on appelle le hasard. Si on a choisi Lucie de Syracuse et ses yeux arrachés pour habiter cette date, c'est qu'elle correspond à la nuit la plus longue de l'année, du moins ce qui se disait autrefois. Après quoi la lumière inverse minute par minute la tendance en grignotant sur l'aube et le soir. Sainte Lucie à qui l'on greffe des yeux plus beaux encore, c'est l'annonce qu'on en a désormais fini avec l'envahissement des ténèbres.

Ce qu'illustrent les bougies de Hanoukka et que confirme le sapin étoilé de Noël. La nouvelle d'Albert, qu'il m'avait glissée timidement comme une carte de visite dans une main, rejouait la nuit de ma naissance pour une naissance nouvelle. Je n'y voyais pas mieux, ma vue ne portait pas plus loin, mais j'étais bien obligé d'admettre que depuis ce pot d'adieu – adieu au kiosque, à la rue de Flandre, aux compagnons, à mes sept années sur le trottoir – il faisait davantage de lumière dans ma vie. J'avais moi aussi pillé l'humble trésor de ma famille, compressé mes larmes pour en faire des diamants et, sur un plateau de phrases desserties de mes chagrins anciens, plaidant la cause des miens, gagné à ce prix ma liberté.

Cet ouvrage a été achevé d'imprimer par
CPI Brodard et Taupin à La Flèche
pour le compte des éditions Grasset
en juin 2023.

Mise en pages
PCA 44400 Rezé

PAPIER À BASE DE FIBRES CERTIFIÉES

Grasset s'engage pour l'environnement en réduisant l'empreinte carbone de ses livres. Celle de cet exemplaire est de :
350 g éq. CO_2
Rendez-vous sur www.grasset-durable.fr

N° d'édition : 22875 – N° d'impression : 3053394
Dépôt légal : août 2023
Imprimé en France